TOLKIEN

TALES FROM THE PERILOUS REALM

托爾金奇幻小說集

- Farmer Giles of Ham
- The Adventures of Tom Bombadil
- Leaf by Niggle
- Smith of Wootton Major
- Roverandom

J. R. R. TOLKIEN 著／插圖
莊安祺 譯

仙境即險境，在那裡，有許多陷阱等著毫不提防的人，也有地牢等待膽大妄為者……奇幻故事的領域寬廣又深奧，而且充滿了形形色色的事物：各種各樣的飛禽走獸，無邊無際的大海汪洋，不計其數的繁星；美是一種魅惑，是無所不在的危險；不論悲喜，皆如劍般銳利。能徜徉在那奇境之中，或許可稱幸運，但它的豐富和奇特，卻使得原有意敘說那幻境的旅人，欲言又止。即使旅人置身那奇幻之境，也不敢問太多問題，以免奇境之門關閉，遺失了鑰匙。

——J.R.R.托爾金錄自一九三九年三月八日，托爾金的演講〈論奇幻故事〉

目次

論奇幻故事——托爾金……001
哈莫農夫吉爾斯……001
前言……003
哈莫農夫吉爾斯……005
後記……053
湯姆·龐巴迪歷險記……055
序……057
1湯姆·龐巴迪歷險記……061
2湯姆·龐巴迪泛舟記……071
3遊俠……083
4蜜公主……089
5月中老人熬長夜……094

6月中老人摔落凡塵……098
7石巨人……104
8小伙子派瑞……108
9食人妖……116
10奧利芬特……119
11法斯提托卡隆……121
12貓……124
13影子新娘……126
14寶藏……128
15海鐘……133
16最後的船……141
尼格爾的葉子……149
大伍頓的史密斯……173
羅佛蘭登……205

創作緣起……207
Ⅰ……223
Ⅱ……235
Ⅲ……254
Ⅳ……269
Ⅴ……293
附註……300

哈莫農夫吉爾斯

Farmer Giles of Ham

前言

談起小王國（Little Kingdom）的歷史，如今只剩斷簡殘篇。不過，在偶然的機緣下，卻保留了王國的由來：這或許是傳奇，而非事實的紀錄，因爲它很顯然是後來彙整成篇，記載了許多奇聞軼事，來源並非嚴肅的編年史，而是其作者經常提及的流行歌謠。作者所紀錄的事件發生在遙遠的過去，然而作者本身應該也住在小王國的領地。書中展現的地理知識（這點並非作者所擅長）都在這個國度，至於王國之外的天地，不論北或西，他一概不知。

這個奇特的故事由不列顛拉丁文轉爲現代英語，翻譯它的原因之一，是因爲它提供了英國史上黑暗時期的人民生活剪影，也指出了許多難解地名的源起。有的讀者可能會覺得本書的各個角色和其主角的冒險本身，就充滿趣味。

小王國的領域，不論時間抑或空間，都因爲缺乏史實證據，因此很難斷言。自布魯塔斯（Brutus）以至不列顛興起，許多王國已經多次改朝換代，洛克林（Locrin）、坎勃

（Camber）和厄勃奈克（Albanac）的分裂，只是多次史地更迭的起始。一方面為了追求微不足道的獨立，另一方面是各國國王擴張領土的野心，使得時代動盪不安，戰爭與和平交替，快樂與悲傷輪轉，正如亞瑟王的史學者所言：這是邊界未定的時代，英雄可能突然竄起，猝然殞落，遊吟歌手有豐富的題材，和熱情聆聽的聽眾。就在這一段長久的時代中，繼柯爾王（King Coel）之後，但在亞瑟王或七個王國（約在第六至第八世紀）之前，就是我們述說的故事所發生的年代，其地理背景位於泰晤士河谷，並遠屆威爾斯國界西北。

小王國的首都很明顯就和我們的一樣（指倫敦），位在國土東南隅，但其範圍很模糊，似乎並未溯泰晤士河而上到西部，也未超過奧圖莫（Otmoor）到北方；其東部的邊界也並不清楚。曾有一些零星的傳說，關於吉爾斯之子喬治亞斯和其僕人蘇維塔瑞利奧斯（蘇特），提到在法辛戈曾設有哨兵，防範「中王國」，不過那無關本故事主旨。如今這個故事原汁原味呈現在讀者眼前，毫無更動，亦無進一步的評註，不過原來浮誇的標題已經恰如其分地改為〈哈莫農夫吉爾斯〉。

哈莫農夫吉爾斯

哈莫的伊吉迪亞斯住在英格蘭島正中央的地方，他的全名是哈莫地方的伊吉迪亞斯·阿希諾巴布斯·朱利亞斯·艾格利可拉，因爲很久很久以前，英國還被分成許多小王國的那時候，大家的名字都又臭又長，那時候時間比較悠長，人又比較少，所以大部分的人都是有頭有臉的大人物。不過那個時代已經結束了，所以下面我就以一般通俗的方言來敘述我們的主角：他就是長了一把紅鬍鬚的哈莫農夫吉爾斯。哈莫只不過是個小村莊，不過那時的村莊都是自命不凡，而且獨立自主的。

農夫吉爾斯養了一隻狗，名喚加姆。狗輩能在方言中有個簡短的名字就該知足了：拉丁文的長名字是保留給比牠們高等的人使用的。加姆連話裡攙幾個拉丁文都聽不懂，不過牠卻能（和當時大部分的狗一樣）用村言俚語或威脅，或吹噓，或甜言蜜語。威脅的對象是乞丐或侵入者，吹噓則是保留給其他的狗兒，至於甜言蜜語，則是針對牠的主人。加姆對吉爾斯是又敬又怕，因爲吉爾斯吹牛和威脅的本事比牠還高明。

那個時代是不慌不忙不喧囂不吵鬧的時代，不過話說回來，吵不吵鬧其實無關緊要，不吵不鬧一樣可以工作，而生意之所以做得成，也往往是集努力與談天綜合的結果。可聊的東西很多，因爲當時常會發生可歌可泣的事件，只是在這個故事開始之時，哈莫的確已經有好長一段時間沒有發生什麼大事了，這很適合吉爾斯：他是個保守的人，做事的方式總是一成不變，而且全心全意忙著自己的事。他忙著（據他說）「別讓狼闖進家門」：意思就是把自己養得像他父親當年那樣肥肥胖胖，安安逸逸。他的狗也忙著幫助主人，兩者都很少去想外面的天地——在他們的田地、村莊，和最鄰近市場之外遼闊的天地。

然而遼闊的天地依然存在那裡。森林就在不遠之處，往西和往北分別是荒野和教人心生恐懼的山林沼澤，除了許多教人害怕的生物之外，還有巨人也在那裡遊蕩：他們野蠻粗魯，有時候很難應付。其中有一個巨人，體型特別高大，腦袋也特別不靈光。歷史文獻中沒有記載他的名字，不過這並沒多大關係。他非常魁梧，光是他拿的手杖就像大樹一樣粗，他的步伐也十分沉重。他雙手一撥，就像拔草一樣把榆樹連根拔起；他一踏步，就踩毀了道路，踩荒了花園，他的大腳可以在地面上踩出如井般深的大洞；若他一跤摔下，房子就立刻壓扁。他走到哪裡，哪裡就滿目瘡痍，因爲他的頭遠在屋頂之上，管不到腳，只好任由雙腳隨意亂踩。他又近視，又耳聾。幸好他住在離村子很遠的曠野裡，很少造訪有人煙的地方，至少不是故意來訪。他在深山裡有一間傾頹的大房子，不過因爲他的耳朵不好、愚昧無知，再加上巨人原本就很稀少，因此他沒有什麼朋友。他習慣獨來獨往，在荒山和山腳下空曠的地方漫遊。

一個晴朗的夏日，這個巨人又外出散步，漫無目標地四處亂逛，在森林裡造成大破壞。突然間，他發現太陽快要下山，覺得該吃晚餐了，但他舉目四顧，卻認不得這到底是哪裡，他迷路了。他胡亂猜了一個錯誤的方向，一直向前走，直到夜幕低垂。於是他坐下來等月亮出來，再在月光下走了又走，急著要趕快回家。原來他出門前已經把最好的那口銅鍋生起了火，這下子恐怕鍋底都要燒穿了。但他背對群山向前走，因此早已經走到人群聚居的地方，而且不偏不倚正是朝著伊吉迪亞斯·阿希諾巴布斯·朱利亞斯·艾格利可拉的農莊，也就是名喚哈莫（俗稱哈姆）的村落而來。

那是個月光皎潔的夜晚，牛群都圈在農場裡，吉爾斯的狗也趁著主人睡覺，自己跑出去遛躂。牠最喜愛的就是月光，還有兔子。當然牠可沒想到竟然有巨人也和牠一樣出來閒逛，這或許是牠不假外出的好藉口，不過卻更是乖乖待在廚房裡的好理由。大約在凌晨兩點之際，巨人走到了吉爾斯的農場，拉壞了籬笆，踩爛了農作物，乾草也都踩平了。五分鐘之內，他幹的好事就比皇家獵狐隊五天所造成的破壞還多。

加姆聽到嘭嘭噔噔的聲響沿著河岸而來，趕緊跑到農莊矗立的低坡西側，一探究竟。牠突然看到巨人一腳跨過河水，踩上主人最愛的母牛葛拉西亞，把這可憐的牲畜壓得稀爛，就像他主人踩扁蟑螂一樣。

加姆看不下去了，牠害怕地吠了一聲，回頭就跑，飛奔回家，跑到主人臥室窗下號叫，根本把自己偷溜出來的事拋諸腦後。牠叫了半天，毫無反應，吉爾斯可不是輕易就能叫醒的。「救命呀！救命呀！救命呀！」加姆大喊。

窗子突然打開，一只瓶子瞄得準準地飛擲出來。

「汪！」狗叫道，以矯捷身手跳到旁邊：「救命呀！救命！救命！」

農夫的頭伸了出來：「『混蛋，臭狗！嚎什麼嚎？』他罵道。

「沒什麼……」狗說。

「沒什麼！走著瞧！我明天一早就剝你的皮。」農夫砰的一聲關上窗戶。

「救命呀！救命！救命！」狗又叫。

吉爾斯的頭又伸了出來：「我要宰了你。再出一聲看看！你是怎麼啦？蠢蛋！」

「沒什麼，」狗說，「不過有東西找上門來了。」

「你說什麼？」吉爾斯又氣憤，又驚訝，加姆從來不敢這樣頂撞他。

「農場裡有個巨人，超級大巨人，而且他朝這個方向來了。」狗說：「救命！救命呀！他踩扁了你的羊，還踩爛了可憐的葛拉西亞，把葛拉西亞壓得像門墊一樣扁。救命呀！救命！他壓破了你所有的籬笆，踩扁你所有的作物，你非得趕快採取行動不可，主人，不然你馬上就會一無所有。救命啊！」加姆開始長嚎。

「閉上你的狗嘴！」農夫關上了窗戶：「我的老天爺！」他自言自語說，雖然這天晚上很暖和，他還是不由自主地打了個寒噤，發起抖來。

「回去睡覺，別傻了！」農夫太太說：「明天早上就淹死那隻狗，沒有必要去相信一隻狗！每次抓到牠們偷溜或偷東西，牠們就胡說八道。」

「也許吧，阿嘉莎，」他說，「但也可能不是。總之我的農場上一定出了什麼事，不然就是加姆有問題，那隻狗被嚇壞了。而且爲什麼他原本可以由後門溜進來，等著早上的牛奶，現在卻在半夜裡大叫大嚷呢？」

「不要光站在那裡耍嘴皮子！」她說：「要是你相信那隻狗，就趕快採取行動！」

「說得輕鬆！」吉爾斯答道。他的確有點相信加姆的話，在深夜裡，巨人似乎有存在的可能。自己的財產還是得去維護，農夫吉爾斯應付闖入者的方法，大概沒有人吃得消。他穿上長褲，走進廚房，取下掛在牆上的老式喇叭槍。或許有人會問，什麼是喇叭槍？的確也有人拿這個問題問牛津四大學者，他們想了半天之後答道：「喇叭槍是一種口徑很大的短槍，可以射出許多砲彈或子彈，能在有限射程內射擊，卻不命中目標。（現在文明國家已經用其他的火器取代）」

農夫吉爾斯的喇叭槍有個像號角一般的大嘴，不射砲彈和子彈，而是射出他順手塞進去的任何物品。它也從不用做眞正的射擊，因爲他根本很少爲它裝子彈，更從沒發射過它。光是擁有這把槍，就足以達到他的目的了。而且這個國家還未開化，因爲還沒有別種火器取代這種槍：這是當地所有唯一的槍種，數量也很少。大家比較喜歡用弓和箭，火藥大多是拿來放煙火之用。於是，吉爾斯取下喇叭槍，塞進一堆火藥，以防萬一，接著又在大嘴槍口裡塞進了一堆舊釘子、鐵絲、破瓦片、骨頭、石頭，和其他垃圾。然後他套上高筒靴和外套，穿過菜園走了出去。

月亮低垂在他身後，除了大樹和樹叢的長長黑影之外，他什麼也看不見，但他聽到駭人的沉重腳步聲，由山側而來。不論阿嘉莎會怎麼說，他都提不起勇氣，也不想採取行動，但他視財產如性命，所以雖然膽怯，但依舊硬著頭皮朝山坡頂走去。

冷不防巨人的臉孔出現了，由山沿冒出來，在月光的照耀下顯得蒼白，只有一雙又大又圓的眼睛閃閃發光。他的雙腳還遠遠地在下方，在農場裡踩出大洞。月光讓巨人眼花，沒看見吉爾斯，但吉爾斯卻看到了他，差點嚇得魂飛魄散，他不及思索就扣了扳機，喇叭槍也呑吐吐發出砰的一聲，幸好槍正瞄著巨人醜陋的大臉，垃圾飛了出來，石頭和骨頭、陶片和鐵絲，還有六枚釘子。由於射程的確夠近，憑著運氣，農夫的這些破爛玩意兒打中了巨人：一片瓦片射進了他的眼睛，還有一枚大釘子塞進了他的鼻子。

「該死！」巨人粗魯地說：「我被叮了！」他沒聽到槍發射的噪音（他耳聾），但卻不喜歡釘子刺到他的感覺。已經有很長一段時間，沒有任何昆蟲能刺透他粗厚的皮膚。不過他曾聽說在東邊低窪地方，有咬起人來像火燙鉗子一樣疼痛的蜻蜓，他想他一定是碰到這樣的生物。「這一定有害身體。」他說：「我今晚不能再朝這邊走下去了。」

所以他隨手由山邊抓了幾隻羊，準備回家再吃，接著走回河的對岸，大步朝西北方走去。最後他誤打誤撞，終於走對了方向，找到回家的路，但他的銅鍋底早已經燒穿了。

至於農夫吉爾斯，在喇叭槍發射的時候，他就因後座力而四仰八叉倒在地上，雙眼望天，只擔心巨人的腳會不會把他踩扁。但什麼也沒發生，而且轟隆轟隆的腳步聲也逐漸遠去。於是他爬起身來，揉揉肩膀，拾起喇叭槍，接著突然聽到大家的歡呼。

原來哈莫大部分的居民都躲在窗前朝外偷看，有些人穿上衣服跑了出來（巨人走了之後），現在邊喊邊跑上山坡。

其實村民早已聽到巨人可怕的轟隆腳步聲，大部分人都躲在被子裡，有些則爬到床底下。但加姆對主人又敬又怕，牠覺得他發起脾氣來驚天動地，巨人自然也該有相同的感受才對。因此牠一看到吉爾斯帶著喇叭槍走出門來（照往例這是暴怒的信號），就衝到村子裡邊叫邊喊：「出來！出來！出來！起床！起床！快來看我那偉大的主人！他又勇敢又機智。現在他要射殺闖入的巨人了，快出來！」

村裡大部分的房子都可以看到山頂。村民和這隻狗看到巨人的臉伸了出來，全都心驚膽戰，屏氣凝神，除了吉爾斯的狗之外，大家都覺得事態嚴重，吉爾斯一定沒辦法應付。然後就聽到喇叭槍一響，巨人突然轉身離去，他們既驚奇，又歡喜，不禁拍手歡呼，加姆更是歡叫得震耳欲聾。

「萬歲！」他們大喊，「這回他可學到教訓了！伊吉迪亞斯狠狠給了他一記，現在他回家等死，眞是活該報應！」他們全都歡呼雀躍，不過一邊慶賀，一邊也在心裡偷偷記住，這柄喇叭槍可是貨眞價實能夠發射的。原本大家曾在村裡的酒館爲此脣槍舌劍，現在可獲得了證明。此後再沒有人敢闖入吉爾斯的領地。

一切都安全之後，有些膽子比較大的人爬上坡來，和吉爾斯握手，還有一些牧師啦、鐵匠啦、磨坊主人啦，和一兩位大人物，還拍拍吉爾斯的背，吉爾斯可不怎麼開心（他的肩膀痛得要命），但他覺得有義務請他們到家裡來坐坐。他們在廚房裡圍成一圈，邊喝酒祝他健康，邊大聲稱讚他的勇敢。吉爾斯拚命打呵欠，但只要有酒，他們根本不在意。大家都喝了一兩杯（吉爾斯自己喝了兩、三杯）之後，吉爾斯開始覺得自己的確很勇敢；大家都喝了兩、三杯（他自己喝了五、六杯）之後，他就認爲自己就像他的狗想像得那樣勇敢。他們親切揮別，他也痛快地拍他們的背，他的手又大又紅又厚，終於報了一箭之仇。

第二天，這個故事一傳十，十傳百，他成了當地的大人物。下一周，消息傳到方圓二十哩內所有的村落，他成了鄉間英雄，他發現這太好了，因爲在下一次趕集日，他喝了一大堆免費的酒，多到簡直可以泛舟了，他幾乎脹破肚皮，哼著古代的勇士之歌打道回府。

最後連國王也聽到了這個消息。在那美好的過去，英格蘭島上「中王國」的首都離哈莫有二十里格（一里格約四．八公里），宮廷裡的貴族名媛對鄉下人的生活並不關心。但如此迅速就趕跑這麼可怕的巨人，似乎值得注意，值得嘉獎一番，因此在適當的時候——也就是約三個月後，在聖麥可節（九月二十九日）那天，國王送來了一封高貴華麗的信，用紅墨水寫在白羊皮紙上，表達國王對「摯愛的皇家臣民哈莫地方的伊吉迪亞斯·阿希諾巴布斯·朱利亞斯·艾格利可拉」的欣賞。

信上簽名處是一塊紅色墨漬，但宮廷書記又加上一段：「Ego Augustus Bonifacius Ambrosius Aurelianus Antoninus Pius et Magnificus, dux rex, tyrannus, et Basileus Mediterranearum Partium, subscribo：」還有一個大紅封印，所以這份文件顯然是真的。

這讓吉爾斯十分開心，而且眾人也常對它讚嘆不置，尤其當大家發現只要向吉爾斯要求要看這封信，他就會請你坐在火爐邊喝酒之後，這封信更是大受歡迎。

比褒揚狀更棒的，是隨之一起賞賜的獎品。國王送了一條皮帶和一柄長劍。老實說，國王自己根本沒用過這把劍，這是祖傳的，已經掛在他的軍械庫裡不曉得有多久了。管理軍械的人根本想不起劍是從哪裡來的，或是該拿它做什麼用途。像那樣沉重而樸實的劍在宮廷裡已經褪了流行，因此國王覺得適合將它送給鄉下人。但吉爾斯卻十分歡喜，他在當地也聲名大噪。

吉爾斯對所發生的一切都很高興，他的狗也一樣，牠並沒有像原先主人恫嚇的那樣遭一頓毒打。據吉爾斯自己覺得，他是個公正的人，在他心裡，他覺得這一切當然有一部分要歸功於加姆，雖然他從沒有把這個想法說出來。他依然會隨興所至朝這隻狗咒罵或摔擲東西，但牠有多次開小差——加姆喜歡到遠處野地去閒逛；他都睜隻眼、閉隻眼。吉爾斯諸事順遂，那個秋天和初冬都過得很愉快，萬事如意——直到惡龍現身。

在那個年代，龍在英格蘭島上已經越來越稀少，其實在現任的奧格斯塔斯·邦尼法西亞斯國王即位後，已經很多年沒有看過任何一隻龍了。當然，王國的西方和北方依然有聲名狼藉的沼澤和杳無人煙的高山，但那還有很長的距離。在那些地方，很久以前有形形色色的各種惡龍，牠們四處掠奪，但中土王國的武士威名赫赫，許多和龍群走散的龍，不是被殺，就是受重傷，教其他的龍都不敢再越雷池一步。

那時國王的聖誕大餐習慣上還是要有龍尾巴入菜，每年都得派一位武士去獵龍，他該在聖尼可勞斯節（十二月六日）出發，在聖誕夜之前帶隻龍尾巴回來。但多年來，御廚研發出美味的仿龍尾巴點心，用蛋糕和杏仁糊製作，還用硬梆梆的糖霜製出如假包換的鱗片。雀屏中選的武士就在聖誕夜捧著這道點心進入大廳，此時絃樂和喇叭聲大作。聖誕節大餐之後，大家享用仿龍尾巴，人人都說（爲了討好廚子）那滋味比眞龍尾巴還好。

沒想到這時又有眞龍出現了，這都要怪那巨人。在那一次冒險之後，他常常在山區漫步，走訪散居四處的親戚，爲的就是想借一口大銅鍋，他去的次數遠比以往頻繁，教他們難以忍受。不管他借到鍋與否，他總會一屁股坐下來，遙想當年、話說從頭地談起東方山腳下美麗的鄉野，和外面遼闊的世界。在他想來，他是既偉大又勇敢的旅行家。

「那裡眞是美好的地方，」他總這麼說：「非常平坦，踩起來很柔軟，有很多好吃的東西任你取用：遍地牛羊，只要仔細看，很容易就可以看到。」

「那裡的人呢？」他們會問。

「一個影子也沒看見。」他說：「根本看不見，也聽不見任何一個武士的聲音，好朋友們，頂多只有河上幾隻會咬人的蒼蠅。」

「你爲什麼不去住在那裡？」他們會問。

「唉，不是有人這麼說嗎？金窩銀窩不如家裡的狗窩呀。等我哪天下定決心，或許會搬去那裡住。總而言之，我已經去過一回了，這就夠了，現在銅鍋借我吧。」

「那邊的肥沃土地呢？」對方一定會趕忙問道：「究竟那塊牛羊遍地的洞天福地在哪裡？朝哪個方向？有多遠？」

「喔，」他答道：「朝東或東南方，不過路很遠。」接著他又大吹大擂自己走了多遠，跋涉了多少森林、山坡和平原，從沒有其他腳比他短的巨人走過。談話就這樣繼續下去。

如是夏去冬來，山間酷寒，食物稀少。巨人更常談起低地的牛羊。躲在山裡的龍全都豎起耳朵聆聽，牠們肚子餓扁了，對於有關食物的傳言，興趣濃厚得很。

「所以說，屠龍武士根本只是神話嘛！」比較年輕、沒見識的龍說：「我們早就該知道了！」

「至少他們是越來越少了。」比較有經驗的老龍這麼想道：「他們十分遙遠、非常稀少，根本沒什麼好怕的。」

這樣的想法深深打動了一隻叫做克瑞索菲賴克斯·戴夫斯的龍，牠出身名門，具有皇室血統，而且非常富有。牠狡猾、好奇心強烈、貪婪、全副武裝，卻不太勇敢。不過，牠一點也不怕蒼蠅或昆蟲，不論多大的蒼蠅或蟲子都沒關係，何況牠已經快要餓死了。

因此一個冬日，約在聖誕節前一周，克瑞索菲賴克斯就展翅起飛，靜悄悄地降落在奧格斯塔斯·邦尼法西亞斯國王的中王國，只花了一點時間就造成了大破壞，撞爛燒壞許多東西，還活吞了許多牛羊馬。

那地方其實離哈莫還很遠，但可嚇壞了加姆。牠長途跋涉，仗著主人的寵愛，竟敢一兩夜不回家。牠沿著森林追蹤一股誘人的氣味，沒想到一個轉彎，突然嗅到駭人的腥風；原來牠撞上了克瑞索菲賴克斯的尾巴，這隻龍才剛剛降落。舉世大概再沒有別的狗像加姆這麼飛快地夾尾而逃。龍聽到牠的狺狺吠叫，轉身甩頭噴氣，但加姆已經一溜煙不知去向。牠整晚死命地跑，早餐時分終於趕回家門。

「救命呀！救命！」牠在後門外大呼小叫。

吉爾斯聽到牠的吠聲，不祥之感油然而生。他想到往往在諸事順遂之時，就會樂極生悲。「老婆，讓那隻死狗進來，賞牠一頓棍子。」他說。

加姆匆匆跑進廚房，眼睛骨碌碌地轉，舌頭也掉了出來：「救命呀！」牠喊道。

「這回你又怎麼啦？」吉爾斯邊說，邊丟了一塊香腸給牠。

「沒有什麼。」加姆氣喘如牛，牠心慌意亂，無心注意那塊香腸。

「好了，給我停下來，不然我剝你的皮！」農夫吼道。

狗說：「我沒有犯錯，也沒有做錯事。但我不小心撞上一條龍，差點沒把我嚇死。」

農夫被啤酒嗆到：「龍？你這個沒事找事幹的混球！在這個我忙得要死的時候，你去找龍做什麼來著？那傢伙在哪兒？」

「喔，在山坡上北邊，離這裡很遠，在石柱區的後面。」狗說。

「哦，在那裡！」吉爾斯大大的鬆了口氣，「我聽說那邊的人很奇怪，什麼事都可能在那裡發生。讓他們去處理牠吧！不要再用這樣的故事來煩我。滾出去！」

加姆出了門，在村子裡四處散布這個消息，牠可沒忘記提主人一點也不害怕：「他超酷的，繼續吃他的早餐。」

大家在家門口七嘴八舌地談這件事：「多像古早時代！」他們說：「正好就在聖誕節前，真合時宜。國王一定會開心死了！今年聖誕節他可以吃到真的龍尾啦！」

但第二天傳來更多的消息。這隻龍特別大，特別兇猛，牠四處肆虐，無法無天。

「國王的武士做什麼去了？」大家互相探問。其他人也早已提出相同的問題。受惡龍殘害最嚴重的村落，已派出使者，到了國王面前，鼓足勇氣竭盡所能地探詢：「陛下，您的武士在哪裡？」

但這些武士袖手旁觀。他們還沒有正式收到惡龍出現的消息，因此國王特別把他們召來，明白交代要盡早採取必要的行動。但後來他發現他們的「盡早」一點也不早，而且一天拖過一天，不禁大發雷霆。

然而武士振振有詞提出形形色色的藉口。首先，喜歡把一切規劃得井井有條的御廚，已經做好了當年聖誕節要用的龍尾大餐，如果在最後關頭再拿出真龍尾巴，一定會冒犯他，十分不敬，因爲他是非常重要的人物。

「別管尾巴！只要把牠的頭斬下來，讓牠了結就得了！」受害最嚴重的村民代表喊道。但聖誕節過了，更不湊巧的是，聖約翰節（十二月廿七日）即將舉行大賽，各地武士都將應邀參加，競爭珍貴的獎品。如果賽前派中王國的英雄豪傑去屠龍，破壞他們大展身手的機會，恐怕太不近人情了。接著又是新年假期。

然而夜復一夜，惡龍不斷往前行進，每一天都更靠近哈莫。到新年那一天，大家已經可以看到遠方的火光，惡龍在離哈莫十哩左右的森林安頓下來，快活地噴火。只要心情好，牠就是一隻熱騰騰的龍。

於是，大家開始盯住吉爾斯，在他背後竊竊私語，教他十分不自在，他只好假裝什麼也不知道。第二天，龍又靠近了幾哩，這回就連吉爾斯也大聲地批評起國王的武士沒用。

「我眞想知道他們究竟是怎麼混飯吃的。」他說。

「我們也想知道！」哈莫每一個人都應和。沒想到磨坊老闆接口道：「有人說，有些人是光憑榮譽就得到武士封號的。其實從某個標準衡量，我們的好伊吉迪亞斯已經是武士了。國王不是賜了他一封紅色的信和一把寶劍嗎？」

「要冊封武士，不能只憑寶劍，」吉爾斯說：「還得要有儀式等等的，不管怎麼說，我還有自己的活要做。」

「喔！但是我可以肯定，只要有人要求國王，他一定會舉行儀式的。」磨坊老闆說：

「讓我們來要求他，打鐵得趁熱！」

「不！」吉爾斯說：「冊封儀式不適合我。我是農夫，也以此自豪：我是個平凡的老實人，而他們說，老實人在宮裡總是笨手笨腳。冊封恐怕比較適合你吧，磨坊老闆。」

牧師微笑了：不是因爲農夫回嘴，而是吉爾斯和磨坊老闆據當地的說法，是「心腹之敵」，總是唇槍舌劍，你來我往。牧師靈光一現，突然有了主意，但他當時並沒多說。

磨坊老闆可不覺得那麼有趣，因此他皺起了眉，拉長了臉，「平凡是不錯，老實嘛，也可能，」他說：「但還沒有屠龍，就能去宮中當武士嗎？就在昨天，我才聽到伊吉迪亞斯先生宣稱，只要有勇氣，什麼都做得成。他當然有和其他武士一樣的勇氣吧？」

所有站在一旁的村民都大喊：「當然不止！」，「的確有！爲哈莫的英雄歡呼三聲！」

如此這般，吉爾斯非常不自在地回到了家。他發現自己處境艱難，因爲他得維護自己在當地的名聲，但這樣做卻非易事。他踢了狗，然後把寶劍藏在廚房的櫥子裡。在這之前，寶劍一直都懸在火爐上方。

第二天，惡龍已經來到鄰村奎爾斯屯（又名奧克利），不但生吞了牛羊和一兩個小孩，甚至連牧師也吃下肚去，這得怪牧師太魯莽輕率，想說服惡龍不再作惡。地方上聽到這個消息，起了大騷動，所有的哈莫居民都跟著哈莫本地的牧師奔上坡來，等著吉爾斯。

「我們只能指望你了！」他們說，然後圍著吉爾斯站著盯住他瞧，害得農夫的臉比他的紅鬍子還紅。「你什麼時候要開始動手？」他們問道。

「呃，我今天不行，這是事實。」他說：「我的牧童生病了，還有一大堆事情。讓我想想。」他們走了；但到了晚上，傳說惡龍又更接近了，於是大家全都又回來找他。

「我們指望你了，伊吉迪亞斯先生。」他們說。

「呃，」他說：「實在太不巧了，我的母馬跛了，母羊又要生小羊，我會盡快考慮此事。」所以他們再一次離開，不過嘴裡唸唸有詞，還竊竊私語。

磨坊老闆暗笑不止，牧師則跟在吉爾斯身後，吉爾斯怎麼也擺脫不了他，他不請自來，留下晚餐，還說了一番意有所指的話。他甚至問到寶劍的近況，還堅持要親眼瞧一瞧。寶劍放在櫥裡架上，雖然才一會兒，但它悶得可夠久了。吉爾斯才把它取出來，它就一躍彈出劍鞘，害得吉爾斯失手把劍鞘掉在地上，彷彿它很燙手似的，牧師也嚇了一跳，連手上的啤酒都灑出來了。他小心翼翼撿起寶劍，想把它放回鞘裡，但一吋都塞不進去，接著又趁著牧師手離刀柄時，乾淨俐落地再彈了出來。

「老天爺！這太奇妙了！」牧師說。他仔細地觀察刀鞘和刀身。牧師是個有學問的人，不像吉爾斯，連拼出幾個拉丁字母都還有困難，自己的大名都不識。也因此，吉爾斯從沒有注意到鞘身和劍上模糊可見的幾個奇特字母。對於國王賞賜的這件武器，他早已習慣上面神祕的文字，不論是劍身或劍鞘上的名字或其他記號，他都沒花一點心思，因爲他根本就覺得這些字早已經過時了。

但牧師卻皺眉凝視了很久。他原本希望能在劍身劍鞘上找到一些文字，而這正是他前一天福至心靈的靈感，只是現在他卻對所見所聞大感驚奇，因爲劍上雖然有字母和記號，但他卻什麼也看不懂，「這劍鞘上刻了文字，劍身上還刻有一些記號。」他說。

「眞的？」吉爾斯說：「那是什麼意思？」

「這些文字是古文，語言我看不懂。」牧師這麼說，以爭取時間，「我得仔細查查。」他請吉爾斯把劍借他一晚，吉爾斯欣然同意。

牧師回家之後翻箱倒櫃，找出許多艱深的書，熬了一整晚的夜。第二天一早，大家發現惡龍更靠近了。哈莫地方的居民全都栓上了門，關上了窗，有地窖的人全都躲進地窖，在燭光中瑟瑟發抖。但牧師卻悄悄溜出門，挨家挨戶敲門，對著任何敢由隙縫或鑰匙孔中聆聽的人，公布他在書房中的發現。

他說：「我們的好伊吉迪亞斯，拜國王之賜，現在成了名劍柯迪魔岱克斯的主人，這柄劍就是傳說故事中的『咬尾劍』。」

聽到這個名稱的人莫不打開大門，他們全都聽過「咬尾劍」的威名，因爲這柄劍屬於王國最偉大的屠龍者貝羅馬瑞斯，有人說他是國王的曾外祖父。敘述他英雄事蹟的歌曲和故事有很多，即使宮裡已經忘了這號人物，民間依然流傳他的故事。

牧師說：「只要方圓五哩之內有龍，這把劍就不肯歸鞘。再明白不過的是，只要有勇敢的人拿到這柄劍，就萬龍莫敵。」大家受了鼓舞，有些人打開窗戶，探出頭來。牧師終於說服了一些人出來陪他，但只有磨坊老闆是誠心誠意要去遊說吉爾斯，能看到吉爾斯進退兩難陷入困境出糗，絕對值得冒這個險。

他們一邊爬上山坡，一邊緊張地朝河北岸探頭探腦——沒有龍的跡象，說不定牠睡著了。自聖誕節以來，牠可是吃得酒足飯飽。

牧師（和磨坊老闆）敲了農夫家的大門，沒有回應。最後吉爾斯終於出來了。他的臉紅通通的，因爲他也幾乎徹夜沒睡，麥酒一杯接著一杯，一起床又繼續喝下去。

他們擠在他身邊，拚命灌他迷湯，稱他是「好伊吉迪亞斯」、「勇敢的阿希諾巴布斯」、「偉大的朱利亞斯」、「可靠的艾格利可拉」、「哈莫的驕傲」、「鄉間的英雄」。他們提到柯迪魔岱克斯、咬尾劍、不肯歸鞘的寶劍，你死我活。他們談到農夫的榮譽、國家的棟樑，和國人的光榮，聽得農夫頭昏腦脹。

「好了！一次一個人說！」他一有機會趕緊插嘴：「這是做什麼？這是做什麼？我今早忙得很，你們知道！」

於是他們公推牧師說明整個情況，磨坊老闆幸災樂禍，等著看農夫的好戲。但事情並不如磨坊老闆的期待，因爲一方面，吉爾斯已經喝了許多酒精很強的麥酒，另一方面，他一聽說自己的寶劍竟是鼎鼎大名的「咬尾劍」，不禁感到驕傲和鼓舞。他小時候就很愛聽貝羅馬瑞斯的故事，在他懂事之前，也曾幻想自己擁有一把英雄劍，因此他突然下了決心，要帶著咬尾劍去屠龍。但他一輩子討價還價慣了，因此也再一次殺價，想要拖延這個行動。

「什麼！」他說：「要我去屠龍？穿著這樣破舊的綁腿和背心？據我所知，屠龍可需要鎧甲的。我家什麼鎧甲都沒有，這是事實。」

大家都承認這可有點棘手，於是派人去請鐵匠，鐵匠聽了直搖頭。他是個慢吞吞、憂鬱陰沉的人，大家都叫他「陽光山姆」，但他的眞名是法布瑞西斯·康克泰特。他工作時從不吹口哨，除非是有什麼災難（如五月還下霜）眞如他預言的那般發生。他終日都在預言各種災禍，也很少有他預言不到的災難，他把預言準確納入自己的功勞。這是他最大的樂趣，因此他當然不願意採取任何行動以避免這些災難。

他又搖了搖頭，「我不能憑空製造鎧甲，何況這也不是我的專長。你最好請木匠幫你製木盾牌，不過這可能也幫不了你什麼忙，牠可是隻熱騰騰的火龍。」

大家聽了，都垂頭喪氣。但磨坊老闆可不是那麼容易就氣餒的。按照他的計劃，要是吉爾斯肯，就讓他去屠龍，要是他不肯，那麼他在當地也會聲名掃地。「用環鎧甲（皮革上縫滿圓鐵片）怎麼樣？」他說：「那很實用，而且不用做得太精細。這是用來工作的，而不是在宮廷裡炫耀的。你那件舊的皮上衣呢？我的朋友伊吉迪亞斯？鐵匠舖裡還有一大排環釦。我想就連法布瑞西斯師傅恐怕都不知道店裡有那些壓箱寶呢！」

「你太外行了。」鐵匠精神來了：「如果你說的是眞正的環釦，那麼是做不來的。你得要有傳說中打鐵侏儒的技巧，才能讓每一個小環和其他四個環釦在一起，而就算我有這樣的技術，也需要好幾週才能完成，到那時我們都已經進了棺材！或者進了惡龍肚子裡了！」

所有的人都沮喪地扭著手，鐵匠不禁微笑了起來。但村民實在太焦慮了，所以不肯放棄磨坊老闆的計畫，於是轉而向他求教。「呃，」磨坊老闆說：「我聽說在古早的時候，買不起亮晶晶鎖子甲的人會把皮衣縫上鐵環，這不就得了？我們能不能這樣做？」

於是吉爾斯不得不拿出他的舊皮衣，鐵匠則匆匆趕回店裡。大家在店裡翻箱倒櫃，從各個角落找出舊的金屬，他們已經很久沒這麼做了。正如磨坊老闆說的，他們在金屬堆最底下翻出一整堆小環釦，不知道是由哪件鎧甲上掉下來的，全都生了鏽。隨著工作有進展而臉色越來越難看的鐵匠山姆，就當場開始工作，把所有的鐵釦收集、分類、清理乾淨，最後發現（他得意地指出）這些環釦並不足以覆蓋伊吉迪亞斯的後背和前胸，但大家不肯放棄，逼著他解開舊的鐵鍊，發揮他高明的技術，把鍊子打成細細的環釦。

他們把較小的鋼環縫在皮衣的前胸部位，較大較笨重的則縫在背後，等找到更多環釦，他們找出農夫的一件短褲，又逼著可憐的山姆，把環釦縫上去。磨坊主人又在鐵匠舖子的一處暗角，找到一副頭盔框架，他又讓皮匠盡量用皮革覆蓋它。

這工作耗了他們當天的時間，還有第二天整整一天，那是第十二夜，也就是主顯節（一月六日）前夕，但大家都沒心情過節。吉爾斯農夫倒灌了比平常更多的麥酒，但拜老天之福，龍呼呼大睡，牠暫時忘了飢餓和寶劍。

主顯節一大清早，大家全爬上山坡，捧著他們精心製造的奇特傑作。吉爾斯正等著他們，現在他可沒有藉口再拖延，只好穿上鐵環鎧甲的上衣短褲。磨坊主人忍不住吃吃竊笑。接著吉爾斯穿上馬靴，戴上一對舊馬刺，和蓋上皮革的頭盔，但在最後關頭，他戴上舊氈帽，蓋住頭盔，又在鎧甲上罩上灰色的寬斗篷。

「這是做什麼？」大家問道。

「呃，」吉爾斯說：「如果你們覺得屠龍要叮叮咚咚像朝聖隊伍般大肆宣揚，我可不以爲然。一路招搖讓龍知道你來挑釁，可不是明智之舉，何況戴上頭盔，就是來找碴的模樣。還不如只讓這畜牲看到我的舊帽子冒出樹籬。說不定我可以在交手之前更接近牠。」

村民已先把環釦縫在皮衣上，環環相扣，前一個鬆鬆地掛在下一個的上面，發出叮噹的聲響。披在外面的斗篷雖然擋住了一點聲音，但吉爾斯的屠龍道具卻很怪異，只是大家並沒把這一點告訴他。他們費了好大的勁兒才把皮帶掛在他的腰上，接著再把劍鞘掛上皮帶，但他卻得用手拎著寶劍，因爲寶劍不肯歸鞘，除非使盡吃奶的力氣壓著。

農夫叫加姆過來。他覺得自己是公平的人：「狗，你得跟我一起來。」

狗號叫了起來：「救命呀！不要呀！」牠喊道。

「給我住嘴！」吉爾斯說：「不然我教你嘗嘗比龍更可怕的滋味。你認得這隻大蟲的氣味，或許能證明你有用。」

接著吉爾斯又喚來他的灰母馬。牠作了個怪樣子，結果挨了一記馬刺，不由得咻咻噴氣，但牠讓他爬上馬背，於是他們出發了，一行人全都心事重重。他們撒開腳步，小跑穿過村子，全體村民都在窗子裡鼓掌歡呼，農夫和馬勉強裝出不在乎的表情，唯有加姆不懂得難爲情，因此夾著尾巴偷偷摸摸地跟在後頭。

他們越過了村尾河上的橋，等一走到村民都看不見他們的地方，就放慢了步伐，但再怎麼慢，依然很快地離開了吉爾斯和其他哈莫村民所擁有的土地，來到惡龍所在地。放眼望去滿目瘡痍，樹倒了，籬笆被燒了，草木焦黑，還有奇怪的寂靜，教人不由得毛骨悚然。

陽光燦爛，吉爾斯眞希望有膽能脫下一兩件衣服，同時也疑惑自己是不是喝得太多了。他想：「這眞是聖誕節假期的美好結尾，如果不是我的最終結局，那可是走運了。」他用一條綠色的大手帕擦臉——是綠而非紅色，因爲紅色會激怒龍，至少他是這麼聽說的。

但他並沒有找到龍。他穿過大街小巷，走到其他農夫荒蕪的田野，依然沒有看到龍的蹤影。加姆當然完全沒有用，牠一直跟在馬身後，根本不肯用牠的鼻子。他們一行終於來到一條破壞不大的蜿蜒道路，這條路看起來靜謐平和，走了半哩，吉爾斯就開始疑惑：自己是不是已經可以算盡了維護名譽的義務？他下定決心，覺得自己已經走得夠長，找得夠久了。他才轉念想要回頭，想到他的晚餐，想到要告訴朋友龍已經看到他來，所以飛走了，就在這時，他碰到了一個急彎。

龍就在那裡，半臥在破籬上，恐怖的頭就伸在路當中。「救命啊！」加姆大喊，回頭就跑，灰母馬撲通一聲坐在地上，而吉爾斯則向後倒栽在溝裡。他好不容易把頭抬了起來，卻看到龍睜著眼睛凝視著他。「早！」龍說：「你似乎很驚訝！」

「早！」吉爾斯說：「我的確是很驚訝！」

「抱歉，」龍說。早在農夫摔倒時，牠就聽到鐵環叮噹的聲音，疑心重重，立即豎起耳朵，「對不起，請問你是衝著我來的嗎？」

「不，絕不是！」農夫說：「誰想到會在這裡看到你呢？我只是騎馬兜兜風而已。」他趕緊七手八腳爬出水溝，朝灰馬那裡撤退，而馬現在也站了起來，嚼著路邊的青草，一副事不關己的模樣。

「那麼我們的相見，是純屬意外囉。」龍說：「是我的榮幸。你穿的是假日服吧？也許是新流行？」

吉爾斯的氈帽已經掉了下來，灰斗篷也裂開了，不過他還是硬著頭皮應付，「是啊，」他說：「是全新的。但我得去追我的狗，牠恐怕是跑去追兔子了。」

「我想不是吧。」克瑞索菲賴克斯舔著嘴唇（覺得有意思的動作）：「我猜牠一定比你早回到家了。但請繼續走吧，先生……讓我想想，我還不知道你的名字吧？」

「我也不知道你的名字，」吉爾斯說：「就維持這樣吧。」

「隨你。」克瑞索菲賴克斯又舔了一次嘴唇，不過牠假裝閉上眼睛。牠的心腸很壞（就像所有的龍一樣），但膽子卻不大（並非不尋常）。牠比較喜歡不必費力就能吃到的盤中飧，但飽飽睡了一覺之後，牠現在胃口大開。奧克利的牧師太精瘦，牠已經有好多年沒嘗過肥滋滋的人肉。因此牠下定決心，只等這個老傻瓜不備，就要嘗嘗這快到手的肥肉。

但這個老傻瓜可沒有外表那麼愚笨，他一隻眼盯住龍，就是在攀上馬背時也不敢鬆懈。但那匹馬卻另有主意，在吉爾斯準備上馬時又踢又躲。龍不耐煩起來，蓄勢欲撲。「對不起！」牠說：「你是不是掉了什麼東西？」

這是個老花招，但卻很有效，因爲吉爾斯的確掉了東西。他摔下馬來時，把咬尾劍摔掉了，現在它就掉在路邊。他彎身去撿，龍一躍而起，但卻還不如咬尾劍快。一等它落入農夫手裡，它就發出閃爍光芒向前一躍，強光直刺入龍的眼睛。

「喂！」龍突然停了下來：「你手上那是什麼？」

「只不過是咬尾劍，國王賜給我的。」吉爾斯說。

「是我的錯！」龍說：「請原諒我。」牠臥下匍匐，吉爾斯覺得安心多了，「你這樣對我不公平！」

「怎麼不公平？」吉爾斯說：「而且爲什麼我該公平？」

「你隱瞞了自己的赫赫威名，假裝我們是偶然邂逅。但其實你是家世顯赫的武士。先生，在這樣的情況下，武士習慣上都得在交換姓名頭銜等資料之後下戰帖。」

「也許以前是這樣，現在也是如此。」吉爾斯開始有點得意。不論是誰的跟前，有龐然巨龍這樣卑躬屈膝，恐怕都免不了要洋洋得意。「不過你這隻老大蟲犯的錯更多。我不是什麼武士，而是哈莫的農夫伊吉迪亞斯，而且我最忍受不了非法入侵的人。從前我就曾用過喇叭槍射過巨人，他的破壞還不如你這麼嚴重。而且我也從不會事先警告。」

龍開始心神不寧：「那個巨人該死，竟敢說謊！」牠想道：「我被騙了。現在面對這樣一個勇敢的農夫和這麼明亮鋒利的劍，該如何是好？」牠搜盡枯腸，也想不出前例，「我名叫克瑞索菲賴克斯，富有的克瑞索菲賴克斯。我有榮幸爲你提供什麼服務嗎？」牠一隻眼睛盯住寶劍，開始拍馬屁逢迎，希望能夠全身而退。

「你這硬皮惡獸可以滾了，」吉爾斯也希望能全身而退：「我不要再看見你！現在離開這裡，回到你那污穢的洞穴去！」他朝火龍前進，雙手亂舞，好像在趕烏鴉似的。

但這對咬尾劍已經夠了，它在空中繞行，光芒閃爍，接著朝下一刺，落在龍的右翼關節上。這響亮的一擊把牠嚇壞了。當然，吉爾斯對如何屠龍所知不多，不然寶劍就會落在龍身比較柔軟之處，但咬尾劍已經盡其所能，在缺乏經驗的人手上發揮本事了。這一擊對克瑞索菲賴克斯打擊不小，牠有好幾天都不能用翅膀。牠振翅欲飛，卻發現無能爲力。這時農夫躍上馬背，龍趕緊拔足飛奔。馬也開始疾馳，農夫咆哮吶喊，彷彿他在旁觀賽馬似的，而且一路上他都揮舞著咬尾劍。龍跑得越快，就越覺得迷惑，灰馬拚著吃奶的力氣緊追在後，死跟著龍。

他們由鄉間小路上呼嘯而過，穿過籬笆的隙縫，越過大片大片的田野，橫過許多道小溪，龍冒起煙來，咆哮怒吼，失了方向。最後他們突然來到哈莫的橋，轟隆轟隆穿過它，又一路怒吼地來到村落的街道上。加姆這會兒一時衝動，溜出小巷，加入追逐。

所有的村民不是躲在窗邊，就是爬在屋頂上，有的人哈哈大笑，有的人則吶喊助威，有的人敲鑼打鼓，有的人吹號舞笛，牧師也敲響了教堂的大鐘。哈莫已經有一百年沒有這樣熱鬧了。

龍跑到教堂外，終於投降了。牠橫躺在路當中，氣喘如牛，加姆趕了上來，嗅牠的尾巴，但克瑞索菲賴克斯卻不顧難爲情地求饒，「好心人，勇敢的戰士，」眼看著吉爾斯策馬趕來，村民（在適當的距離外）也拿起乾草叉、棍子和鉗子聚攏過來，牠喘息著哀求：「好心人，不要殺我！我很有錢，會負責賠償一切破壞。我會負責所有被害者的喪禮，尤其是奧克利的牧師，他會有個漂亮的紀念碑——不過他實在太瘦了。我還會送大家每位一份禮物，只要你們能讓我回家去拿。」

「多少？」農夫問。

「呃，」龍很快地盤算了一下。牠注意到人實在是不少：「每個人十三鎊八便士？」

「胡說八道！」吉爾斯斥道。「亂開價！」村民喊。「騙人！」狗叫。

「每個人兩基尼金幣，兒童半價怎麼樣？」龍又說。

「狗呢？」加姆問。「再繼續，」農夫說：「我們洗耳恭聽。」

「每人十鎊外加一包銀幣。每隻狗都有金頸圈？」克瑞索菲賴克斯提心弔膽地提議。

「宰了牠！」村民開始不耐煩了。

「每個人一袋金子，女士各得一袋鑽石？」克瑞索菲賴克斯急忙說。

「這還像話，但還不夠！」吉爾斯說。「你又忘了狗了。」加姆說。「多大的袋子？」村民問。「多少鑽石？」他們的太太問。

「老天爺！老天爺！」龍哀嘆道：「我破產了。」

「活該。」吉爾斯說：「你可以選擇要破產，還是要死在現場。」他揮動著咬尾劍，龍不禁畏縮退後。

「快決定！」大家齊聲吶喊，越來越大膽地步步進逼。克瑞索菲賴克斯眨著眼睛，但卻在暗自竊笑：他們沒注意到牠心裡打的壞主意。這些村民和牠討價還價，教牠覺得有意思得很。顯然他們想由牠這裡撈點油水，卻不知道龍心險惡——的確，舉世從來沒有任何人曾經和龍打過交道，領略牠們的詭計。克瑞索菲賴克斯的呼吸已經緩了下來，腦筋也恢復清醒。牠舔了舔嘴唇，「你們自己開價！」牠說。

大夥兒七嘴八舌搶著發言。克瑞索菲賴克斯興味盎然地聽著，只有一個聲音教他覺得不安：鐵匠的聲音。

「不會有好處的，不信的話，走著瞧吧。」他說：「大蟲是不會回來的，你們盡可隨便說，但不管怎麼樣，都不可能有好處。」村民說：「你要是不想參加，盡可以請便。」接著他們繼續講價，根本沒注意龍的存在。

克瑞索菲賴克斯舉起頭來，但若是他想撲上去，或趁著大家爭議時偷溜，那麼牠可要失望了。因爲吉爾斯正咬著稻草盤算，他手上拿著咬尾劍，眼睛則盯著龍瞧，「給我好好躺著！」他說：「不然就給你好看——不管有沒有金子。」

於是龍只好老實臥著。最後牧師被指定爲發言人，他走到吉爾斯身旁，「壞大蟲！」他說：「你得把所有的不義之財都搬到這裡來，等賠償完所有受傷害的犧牲者，大家再平分。

接著，若你能眞心起誓絕不再打擾我們的家園，我們就讓你毫髮無傷地回家。現在你先發個重誓，按著大蟲的良知，帶賠償金回來。」

克瑞索菲賴克斯裝模作樣了一番，才接受了這個條件，牠甚至還落下熱淚，悲嘆自己破產，路上都是熱氣騰騰的水窪，但大家卻不爲所動。牠發了許多重誓，說自己一定會在希拉利節和聖菲利克斯節（一月十四日）前，帶著所有的財富回此地，這樣只有八天時間往返，就連完全不懂地理的人，也知道時間太短，然而村民卻讓牠走，還送牠到橋的那頭。

「下回見！」牠邊過河邊說：「我相信大家都期待那時的來臨。」

「的確如此，」村民說。他們實在很傻。因爲雖然牠起的誓本該讓牠良心不安，擔心大禍臨頭，但很不幸的，牠根本沒有良心。而若是這個血統高尙的缺憾，非單純的村民所能理解，那麼，至少有學問的牧師該能夠猜得到。或許他也猜到了。他是個學者，應該能比其他人更了解局勢。

鐵匠搖頭進店：「不祥的名字。希拉利和菲利克斯！我不喜歡它們的聲音！」

國王當然很快就聽到了這個消息，新聞如火般迅速傳遍全國，而且一字不漏。國王大爲動容，原因有很多，當然金錢的原因也是其一。他決心親自騎馬赴哈莫，也就是發生這等奇事的所在。

在龍離開後四天，國王抵達哈莫，騎著白馬走過橋樑，其後有許多武士和號手，還有一大排載行李的貨車隊。所有的村民都穿上最好的衣著，在街上列隊歡迎。車隊在教堂大門前的空地停了下來。吉爾斯被引見給國王時，跪在國王面前，但國王請他起來，甚至還拍了拍他的背。所有的武士都假裝沒看到國王這樣親暱的態度。

國王命全村村民到河邊吉爾斯家的大草地上集合，等大家（包括加姆，牠覺得自己也有關係）都聚攏在一起之後，奧格斯塔斯·邦尼法西亞斯國王很高興能向他們講話。

他一五一十地向村民說明，邪惡的克瑞索菲賴克斯所有的財富都該屬於該處的領主，也就是他自己。他輕描淡寫地提到自己是這片山野的藩主（此事還有可議之處），而且「毫無疑問，這隻大蟲所有的寶藏都是偸取我們祖先的財產，大家都知道，我們既公正又慷慨，而高貴的伊吉迪亞斯應該獲得適當的酬報，其他此地的皇家臣民，由牧師到最幼小的孩童，也都會得到象徵尊榮的信物。因爲我們爲哈莫而驕傲，至少在這裡有堅強而誠實的人民，依舊保留我們祖先所擁有的勇氣。」他講到這裡時，所有的武士都低聲交談，聊起最新流行的帽子款式。

村民躬身行禮，謙卑地表達謝意，但他們私底下倒寧可當初和龍以十鎊達成交易，而不致張揚此事。他們很明白國王不會把這點小錢看在眼裡。加姆注意到國王沒提到狗的事。在所有的人中，吉爾斯是唯一開心的人，他很肯定他的辛苦會有代價，而且也很高興能夠由這個麻煩中全身而退，而且還聲名大噪。

國王並沒有離開。他在吉爾斯的草地上搭起了帳篷，等待一月十四日的來臨，雖然這裡是遠離首都的窮鄉僻壤，但他還是盡其可能的享受。他的隨從在三天之內幾乎吃光了此地所有的麵包、牛油、蛋、雞、醃肉和羊肉，也喝光了每一滴麥酒，接著開始抱怨伙食不佳。但國王出手大方（全都掛在國庫賬上，他希望馬上就能補充國庫的進賬），哈莫的居民並不知道國庫空虛，所以都很滿意。

一月十四日終於到了，正是希拉利節和聖菲利克斯節，大家早早就起身，武士穿起鎧甲，農夫也穿上自製的盔甲，招來武士的嘲笑，直到國王皺起眉頭，才制止了武士的行爲。農夫還掛上咬尾劍，這劍像塗了油一樣輕鬆地滑進了劍鞘，乖乖待著。牧師仔細地盯著劍瞧，暗自讚許，鐵匠則咧嘴而笑。

正午時分，大家因爲等得心焦，都吃不下。下午緩緩地過去了，但咬尾劍依然沒有躍出劍鞘的跡象，山坡上的守望者和攀在大樹頂上的孩子們不論在天空或大地上，都看不見預示龍回來的跡象。

鐵匠一邊踱步，一邊吹起口哨，但一直到日暮時分，群星開始閃爍，其他村民才開始疑心龍根本不打算回來，不過他們想起牠發的重誓，還是抱著希望。最後午夜降臨，約定好的這一天結束了，他們才感到深深的失望，鐵匠卻開心極了。

「我不是早就說了嗎？」他說。但他們還是不相信。

「畢竟牠受了重傷。」有人說。

「我們給牠的時間不夠。」又有人說：「回山裡的路很長，牠又有很多東西要扛，說不定牠得去找幫手。」

但一天一天過去，他們最後都放棄了希望。國王可氣炸了，食物飲料全都吃光了，武士們都高聲抱怨，他們想趕緊回到宮裡享受，但國王一心要錢。他向他的臣民道別，不過口氣冷淡，言辭簡短，而且作廢了一半的國庫帳單。他對吉爾斯非常冷漠，點點頭就打發了他。

「你們不久會接到我們的訊息。」他帶著武士和號手，驅馬離開。

比較樂觀而心思單純的村民以爲：宮裡不久就會有命令召喚伊吉迪亞斯，至少封他作武士。一周後，命令的確來了，但並不是爲了這個目的。這份命令一式三份：一份給吉爾斯，一份給牧師，還有一份要張貼在教堂門口。其實只有給牧師的那份才眞正有用，因爲宮廷體的字跡十分古怪，在哈莫的村民看來猶如天書。但牧師把它翻譯爲通俗的語言，在講壇上讀給大家聽。這份命令寫得簡明扼要（就皇家書信而言），因爲國王顯然非常匆促。

「朕奧格斯塔斯等宣布，朕已經決定，爲了國家安全，爲了維護我們的尊嚴，必須搜出自稱『富有的克瑞索菲賴克斯』這隻惡龍，懲罰牠行爲不檢、侵犯、殺人重罪及僞誓等惡行。凡我皇家所有的武士均受命整裝待發，只等伊吉迪亞斯·艾格利可拉抵達王宮。伊吉迪亞斯已經證明自己忠實可靠值得信賴，而且他擅長處理巨人、惡龍及其他干擾國王安寧的敵人，因此朕等命他立即上馬，以全速加入我們武士的行列。」大家都說這是至高無上的榮譽，只差一點就和冊封武士一樣了。

磨坊老闆十分嫉妒：「老友伊吉迪亞斯已經成了有頭有臉的人物，希望他回來時還認得我們。」他說。

「也許他永遠不會認得了。」鐵匠說。

「夠了，你們這些厚臉皮的傢伙！」吉爾斯非常洩氣：「我的名聲毀了！要是我回得來，就是有磨坊老闆來陪我，我也會很開心。不過想到可以看不到你們一陣子，還是教人安慰。」說完這些話，他就走了。

對待國王不像對鄰居那樣可以有藉口，所以不管母羊要不要生小羊，田要不要犁，不管是弱還是強，他都得騎上灰馬出發；而牧師爲他送別。

「我想你帶了堅牢的繩索吧？」牧師說。

「爲什麼要帶？」吉爾斯問：「難道要上吊？」

「不是！記得，伊吉迪亞斯！」牧師說：「我相信你一定會有好運。但記得帶一長段繩索，因爲你一定會需要它，除非我的預測不準。現在再會了，願你平安歸來！」

「是呀！等我回來時我的房子田地都會一片荒涼了。這些可惡的龍！」吉爾斯說。接著他把一大捆繩索塞進馬鞍旁的袋子裡，爬上馬背啓程了。他並沒有帶狗同行，因爲這傢伙一整個早上都跑得不見狗影。

但等他出發後，加姆卻偷偷摸摸地溜回家待著，整夜鬼哭神嚎，就是挨了揍，牠還是一直嚎叫：「救命，嗚救命！」牠叫著：「我永遠再也看不到親愛的主人了，他是這麼神勇厲害。我眞希望能和他一起去，眞的。」

「閉嘴！」農夫的妻子說：「不然你別想活著知道，他會不會回來。」

鐵匠聽到狗的嚎叫：「可真是噩兆。」他幸災樂禍地說。

一天又一天過去了，一點消息也沒有。「沒有消息就是好消息。」他說，一邊開始哼起歌來。

吉爾斯風塵僕僕抵達王宮，疲憊萬分，但一身鎧甲亮晶晶，頭戴閃亮頭盔的武士們，卻都牽著馬整裝待發。國王的諭令和農夫的加入教他們不快，因此他們故意要逐字逐句遵守命令，一定要等到吉爾斯抵達才肯出發。可憐的農夫連喝口酒的時間都沒有，就再度出發上路。他的馬可氣壞了，幸好牠對國王的想法未訴諸文字，否則可是大逆不道。

出發當時天色已晚。「太晚了，不可能開始獵龍。」吉爾斯想道。他們的確也走不遠，武士們急匆匆地出發之後，在路上倒好整以暇，三三兩兩零零散散地前進，武士、扈從、小廝、和背著行李的小馬，吉爾斯則騎著疲憊的母馬落在後面。

夜暮低垂，他們停步搭起帳篷。由於他們並沒有爲吉爾斯作任何準備，因此他只能東拼西湊向大家借。他的馬義憤填膺，發誓絕不再效忠國王。

第二天他們繼續向前行，第三天亦然。他們在第三天遠遠看到幽暗荒涼的山巒，不久就走出了國王的領土之外。他們更加謹慎的前進，而且盡量靠在一起。第四天，他們抵達了荒山，也就是傳說中各種奇特生物的棲地。突然騎在前面的一位騎士看到溪流邊的沙岸上有不祥的腳印，於是他們把農夫喚來。

「這些是什麼？伊吉迪亞斯大師？」他們問。

「龍的腳印。」他答。

「你帶我們走。」他們說。所以現在他們朝西行，由吉爾斯帶頭。他皮衣上所有的環釦都叮噹作響，不過這沒什麼關係，因爲所有的武士都在笑鬧交談，還有一名遊吟詩人唱歌陪他們同行，他們不時跟著重複的樂句哼上一段，大家一起，聲音又大又宏亮。這首歌很棒，非常鼓舞人心——因爲那是在很久以前征戰還比競賽多得多的時候作的曲子。然而他們這樣大聲唱和卻十分不智，因爲當地所有的生物全都知道有人來了，所有的龍都在西方的洞穴裡豎著耳朵聆聽，他們絕不可能趁著老克瑞索菲賴克斯在睡覺的時候奇襲。

不知是不是命運女神（抑或是那匹灰母馬自己）的傑作，等他們終於接近黑色山巒的陰影時，吉爾斯的母馬跛了。他們現在已經開始攀爬險峭的石頭路，辛勞費力地向上爬，心頭的不安也越來越重。但吉爾斯的母馬卻一步一步地退回來，顛顛簸簸顫顫巍巍，看起來教人好生不忍，最後吉爾斯只好下馬步行。他們不久就落到挑行李的小馬群裡，但卻沒有人理會，武士們忙著討論地位和禮節，分散了注意力，否則他們一定會看到：現在龍的腳印又多又明顯。

他們的確來到了克瑞索菲賴克斯經常出沒，或是作完空中操練之後棲息的地點。較低矮的山坡和小道兩邊的斜坡，都留下了燒焦和蹂躪的痕跡，四處都沒有草，被壓歪的石楠和荊豆則焦禿禿地矗立在大片的灰燼和燒焦的大地上。多年來這裡都是龍的遊戲場，在這前面則是一片陰暗的牆。

吉爾斯當然擔心他的馬，但他也很高興終於有藉口不再那麼出鋒頭。在這樣陰沉可怖的地方騎在這麼顯眼馬隊的前方，一直教他心頭七上八下。又過了一會兒，他更開心了一點，而且眞該感謝命運（和他的馬），因爲正在中午之際——當天是聖燭節（二月二日），也是他們出發之後的第七天，咬尾劍一躍出鞘，龍也出了牠的洞穴。

龍既沒有警告，也沒有客套，立即就發動攻擊。牠發出怒吼，直撲而下。雖然牠有古老而高貴的血脈，但在牠的地盤之外，卻並沒有太過勇敢的表現，然而現在牠急怒攻心，因爲敵人居然欺進牠的家門，牠還有許多寶藏需要守護。牠以雷霆萬鈞之姿轉過山頭，發出疾風閃電般的怒吼。

關於席次排名的討論戛然而止，所有的馬不是躲到這邊，就是逃到那邊，有些武士被摔下馬背，載著行李的小馬和隨從則立刻抱頭鼠竄，他們對排名順序可一點也不在乎。

突如其來地冒出一陣煙來，害得他們全都窒息，就在濃煙之中，大龍直撲行列最前方，幾名武士還來不及報上名號，正式挑戰，就當場送命；有些武士則連人帶馬滾下山坡。其餘的人則不及費神，他們的馬一肩挑起大任，轉身奔逃，不顧主人是否樂意，載著主人逃竄，而且大部分的主人的確也有此意。

但那隻老灰馬可不讓步。或許牠是擔心在險峻的石頭路上跑起來，可能會摔斷腿，或許是因爲牠太累了跑不動，不過牠心知肚明，展翼飛翔的龍在身後追逐，遠比在你身前迎向你還更糟，再說飛總比跑快，更何況牠以前就見過這隻克瑞索菲賴克斯，牠還記得在自家地盤把這隻龍追得滿山遍野地逃，直到最後乖乖躺在村裡的街道上。不管怎麼說，牠伸直四腿，鼻子裡噴出氣來。吉爾斯臉色發白，但他站定在牠身邊，因爲似乎沒有別的事可做。

於是這隻龍一路攻來，突然見到眼前正是宿敵，手裡還握著咬尾劍，這大出牠的意料之外。於是牠像蝙蝠一般一個轉彎，在路旁坡地緊急煞車。灰馬直奔而來，根本忘記該跛腳。吉爾斯士氣大振，急急忙忙攀上馬背。「對不起，」他對龍說：「你是不是湊巧在找我？」

「不，絕不是！」龍說：「誰想到會在這裡碰到你？我只不過是路過而已。」

「那麼眞太巧了。這是我的榮幸，因爲我正好在找你。還有件事，我得向你抱怨，其實是有好幾件事要抱怨。」

龍鼻子噴出了氣，吉爾斯揮揮手臂驅散熱風，咬尾劍一閃向前，差點切下龍的鼻子。

「喂！」牠不敢再噴氣，反而開始發抖退卻，牠全身的火都熄了，「我希望你不是來殺我的吧？好先生？」牠哀嚎道。

「不！不！」農夫說：「我根本就沒提殺字。」此時灰馬大聲吸氣。「那麼我可不可以請教，你帶著這些武士來做什麼？」克瑞索菲賴克斯問：「武士總會屠龍，除非我們先宰了他們。」

「我和他們沒有任何關係，他們對我不重要。」吉爾斯說：「何況現在他們死得死，逃得逃。你上個主顯節說的話還算不算？」

「怎麼了？」龍焦慮地問。

「你已經遲了近一個月還沒回來，」吉爾斯說：「該交的錢也過期了。我是來討債的，你害我花了這麼大工夫，該求我原諒。」

「的確如此。」龍說：「我希望你根本不要費心前來。」

「這回我要你的每一丁一點寶藏，可不許耍花樣。」吉爾斯說：「不然你必死無疑，而且我要剝了你的皮吊在教堂的尖塔上，給大家作警告。」

「這太殘酷了！」龍說。

「交易就是交易。」吉爾斯說。

「既然我是付現，能不能留下一兩個戒指，或是一咪咪金子？」牠問。

「一顆銅釦子也不行！」吉爾斯說。雙方討價還價了半天，就像市場上的買賣一樣，唇槍舌劍斤斤計較，然而結果你已經可以想見，因爲很少有人在講價上能勝得過吉爾斯。

龍得一路走回牠的洞穴，因爲吉爾斯緊緊跟在牠身邊，咬尾劍就貼在身旁。山上只有一條蜿蜒小徑，幾乎容不下他們倆。母馬只得跟在後頭，一臉沉思冥想的模樣。

這段路只有五哩，但卻非常艱險，吉爾斯辛苦跋涉，氣喘如牛，但他的眼睛一直盯住龍。最後他們終於走到山的西側龍的洞口，洞又大又黑，陰森森的，黃銅鑄的大門由大鐵柱支撐搖晃。很顯然在已被遺忘的年代，這裡曾金碧輝煌，因爲龍不會自己造出這樣的建築，也不可能挖掘出這樣的洞穴，而是住在英雄豪傑或古代巨人的墳墓和寶庫裡。這個地底寶窟的大門又大又寬，他們在門的影子裡駐足。到目前爲止，克瑞索菲賴克斯還沒有機會逃跑，現在回到牠自己的家門，牠向前一躍，準備鑽進去。

吉爾斯用劍柄敲牠，「嘿！在你進去之前，我有幾句話要說。要是你不趕快帶些有價值的東西出來，我就進去找你，先由你的尾巴開始切起。」馬噴出氣來，牠無法想像吉爾斯爲了任何一毛錢甘願孑然一身勇闖龍穴，但克瑞索菲賴克斯卻很相信這樣的說法，尤其有亮晶晶的咬尾劍在一旁虎視眈眈。其實或許牠是對的，只是那匹馬還不了解牠的主人已經改變。吉爾斯憑著他的好運氣兩度占上風，現在他以爲沒有龍能夠敵得過他了。

不論如何，克瑞索菲賴克斯很快就出來了，捧著二十鎊（金衡）的金銀，還有一箱戒指項鍊等寶貝。「這裡！」牠說。

「哪裡？」吉爾斯問：「這連你當初承諾的一半都不到，而且我敢打包票，也不到你所有的一半。」

「當然不到！」龍說，農夫的智慧似乎比他們在村裡時大增，這教牠很懊惱。「當然不到！但我不可能一次把它們全捧出來。」

「我打賭兩次也不能。」吉爾斯說：「你再進去，要比現在快兩倍出來，否則我就讓你嘗嘗咬尾劍的滋味。」

「不！」龍邊說，邊趕快跳進又跳出洞窟，這回速度加快了一倍。「這裡！」牠說，牠放下好大一袋金子和兩箱鑽石。

「再來一次，」農夫說：「認眞一點！」

「這太殘酷了，慘絕人寰。」龍邊進洞邊說。

不過這時候灰母馬開始擔心了，「誰要負責把這些重死人的玩意兒扛回家？」牠一邊想，一邊不由得意味深長地看著袋子和箱子，農夫立刻猜到牠的心意。

「不用你擔心，小姐！」他說：「我們會叫這隻老大蟲來搬。」「饒了我吧！」龍扛著最多的一批寶物，還有許多翠綠燦紅的珠寶出洞時，聽到了這些話，不由得哀嚎：「饒了我吧！如果要我來扛著這些東西，恐怕我的死期也不遠了。就是再多一袋我也扛不了，就算你殺了我也不可能。」

「你是說裡面還有寶貝？」農夫問。

「是，」龍說：「足夠我維持體面。」牠狡猾地說了一番聰明的話：「要是你把剩下的寶藏留給我，我就永遠作你的朋友。我會把這些寶貝送到閣下家裡，而非國王那裡，而且我還會幫你保住它。」

於是農夫左手拿出一根牙籤，仔細思索了一分鐘，「一言爲定！」他作了明智的判斷。因爲可能會有武士劫走這所有的寶物，讓它受到詛咒，而且吉爾斯把龍逼入絕境，牠很可能就會背水一戰，不管有沒有咬尾劍。不論是哪一種情況，吉爾斯如果自己沒送命，就得殺了運送寶物的龍，而把這些寶貝留在山裡。

好了，這就是結局。農夫口袋裡塞滿了珠寶，以防萬一，他還拿了一小批寶貝讓馬運載，其他的則裝箱裝袋，背在克瑞索菲賴克斯背上，讓牠看起來簡直像皇家家具搬運車一樣。牠載的東西實在太多了，根本不可能飛，所以吉爾斯把牠的翅膀綁了起來。

「這繩子果然有用！」他想道，而且深深感謝牧師。

於是龍開始出發，噴氣冒煙，身後跟著母馬，吉爾斯則持著光閃閃的咬尾劍，讓牠不敢耍花樣。

雖然母馬和龍負載沉重，但牠們回家的速度卻比來時的騎士隊快，因爲吉爾斯很急，一方面是因爲袋子裡已經沒有多少食物，另一方面也是因爲他不信任不拿誓言當一回事的大蟲，他還擔心該如何在不犧牲不損失的情況下，安然度過黑夜。然而夜幕尚未降臨，他又碰上了好運氣，因爲他們正好趕上了匆忙逃走，因而在荒山漫遊的六七個僕從和小馬，他們因恐懼和驚訝四散躲藏，但吉爾斯喚住他們。

「嘿！小伙子！回來！我有事要你們幫忙，報酬豐厚。」於是他們聽了他的話，很高興當他的嚮導，心想這回他們的薪水總該會按時發放了。

他們一行向前行，七個人、六匹小馬，一匹母馬和一隻龍。吉爾斯開始覺得自己好像貴族領主一般，不禁抬頭挺胸，意氣風發。他們盡量減少休息，夜裡吉爾斯把龍的四隻腳拴在四根尖樁上，並派三個人輪流看守牠。不過吉爾斯的馬也半張著眼睛，以防這些人耍花樣。

三天後，他們回到自己的國家，引起了前所未有的騷動和驚奇。他們駐足的第一個村莊，非但免費提供豐盛的飲食，而且村中有一半的年輕人都想加入他們的行列。吉爾斯挑了十二個年輕人，答應給他們豐厚的薪水，而且幫他們買了最好的馬匹。他開始有了主意。休息一天之後，他騎馬繼續向前，新侍從跟在身後，他們齊聲歌唱頌揚他，雖然歌聲未經琢磨，但聽在他耳裡卻十分悅耳。有些人爲他高呼，有些人爲他歡笑，好一幅愉快的景象。

不久吉爾斯就轉向南方，朝自己的家園而去，既不往國王那個方向去，也不送任何訊息。但伊吉迪亞斯大師凱旋的消息如野火燎原般由西方往各地傳播，造成了極大的驚訝和迷惑。因爲就在不久之前，皇室才宣布所有的城鎮都要爲壯烈犧牲的武士哀悼。

吉爾斯所到之處，大家都不再哀悼，反而敲起了歡樂的鐘，居民全都聚集在路邊，邊歡呼，邊揮舞帽子和絲巾，但他們卻對可憐的龍大開汽水，讓牠爲自己所作的交易悔恨不堪。對擁有這麼古老高尚血統的生物而言，這不啻是侮辱。他們回到哈莫，所有的狗都對著牠狂吠——除了加姆，因爲加姆的眼睛、鼻子、耳朵，全心全意都放在牠的主人身上。牠好像發了狂一樣，拚命在街上翻觔斗。哈莫當然熱烈地歡迎吉爾斯，但最讓吉爾斯開心的莫過於看到磨坊老闆瞠目結舌，鐵匠說不出話來。

「這件事還沒完，信不信由你！」鐵匠說。但他想不出別的觸霉頭的話，只能垂頭喪氣。吉爾斯帶著六名僕從和十來名小伙子和龍和所有的寶物登上了山坡，待了一陣子，只有牧師受邀到他家一遊。

消息很快就傳到了首都，大家聚在街上，忘了這是國殤期間，也忘了自己原本該做的事。大家又吵又鬧。國王枯坐在富麗堂皇的宮裡，咬著手指甲，捋著鬍鬚，他旣哀痛又憤怒（還混雜著對財政的憂慮），因此情緒暴躁，沒有人敢和他說話。但最後城裡的歡鬧聲終於傳到他的耳際，聽起來實在不像悲悼或哭泣。

「大家在吵什麼？」他質問：「教大家進屋去，認眞的哀悼！這裡聽起來簡直像菜市場！」

「龍又回來了，陛下。」臣子們答道。

「什麼！趕緊把武士召來，還剩多少就召來多少！」國王喊道。

「沒有必要，陛下。」臣子們回答：「伊吉迪亞斯在牠身後，牠乖馴得不得了。至少我們聽到的消息是這樣。消息才剛傳來，還衆說紛紜。」

「老天保祐！」國王看起來鬆了好大的一口氣：「想想我們居然還要在後天爲殉難者唱輓歌呢！把它取消！有沒有我們財寶的消息？」

「據說有金山銀山那麼多呢，陛下。」臣子們回答。

「什麼時候會到？」國王急切地問：「這伊吉迪亞斯是個好人——他一回來就趕快教他來見我！」

這個問題的答案，大家有點難以啓齒。終於有人鼓起勇氣說：「陛下明鑑，但我們聽說那農夫直接打道回府了。不過他一定會在最快的時機打扮停當，趕來這裡的。」

「的確如此，」國王說：「不過去他的打扮！他不該不先報告就回家。朕大感不悅。」

最快的時機過去了，接著許多機會也過去了。吉爾斯回家已經一個多星期了，宮廷裡卻依然沒有收到他的片語隻字，或聽到他的任何消息。到第十天，國王的怒氣爆發了：「去把那個傢伙找來！」他說。他們派人去了，要從王宮到哈莫，來回都得騎整整一天的路程。

「他不肯來，陛下！」兩天後，使者渾身顫抖地回來報告。

「天打雷劈！」國王怒道：「命令他在下周二前來，否則就永遠被打入大牢！」

下周二，倒楣的使者單獨回來報告：「陛下明鑑，他還是不肯來。」

「十倍的天打雷劈！」國王罵道：「把這個蠢蛋打入大牢！現在派人去把這個小器鬼用鍊子給我鍊來！」他向身邊的大臣咆哮。

「派多少人？」他們結結巴巴地問：「他那裡有龍，還有……還有咬尾劍，而且……」

「還有連篇的廢話！」國王罵道，接著他命令把白馬牽來，召來武士（還剩下的幾位）還有一堆武裝士兵，在盛怒中策馬上路。所有的人民全都驚訝地跑出家門看。

吉爾斯現在已經成了鄉間的英雄：他成了全國的寵兒。人民見到騎士或武裝士兵時，不再歡呼吶喊，唯有看到國王還會脫帽致意。國王離哈莫越近，情況就越不妙：有些村民乾脆把大門關起來，根本不露面。

國王由火爆的盛怒變成冷靜的煩惱。他終於騎到哈莫旁邊的河，遙望吉爾斯的家時，不禁露出陰鬱的表情。他一心想放把火把這整片地方燒光，但吉爾斯卻在橋上，騎在灰母馬身上，手裡拿著咬尾劍，除了臥在路當中的加姆之外，一個鬼影子也看不見。

「早安，陛下！」吉爾斯如陽光一般開朗地說，並沒有等國王先開口。

國王冷冷地打量著他：「你的言行舉止不配出現在我們眼前，但這並不能作爲召你來你卻不來的藉口。」

「我並沒有那樣想，這是實情。」吉爾斯說：「我有自己的事得照顧，而且已經浪費太多的時間幫你辦事。」

「十倍的天打雷劈！」國王又暴怒起來：「你這麼蠻橫無禮，眞該滾下地獄！你膽敢如此，非但沒有報酬，而且能逃過絞刑就算是運氣！我要絞死你，除非你現在立刻跪地求饒，並且把我們的劍還給我們。」

「咦？」吉爾斯說：「我以爲我已經得到我的報酬了。我們這裡的人說，找到即保存，保存即擁有。而且我認爲咬尾劍跟著我遠比跟著你的大臣好。不過容我請問，這些武士和僕從是做什麼用的？若你是來拜訪我，那麼少帶一點人才會受歡迎；若你是要我走，那麼你需要的人還要比這些更多。」

國王張口結舌說不出話來，武士們臉都紅了，只敢看著自己的鼻尖。有些武裝士兵則趁著國王背對他們，露齒而笑。

「把我的劍還給我！」國王好不容易發出聲音喊道，但他忘了用「我們」來代替「我」。

「把你的王冠給我們！」吉爾斯則大聲說。這樣的要求在中王國從沒有聽說過，教人大吃一驚。

「天理不容！把他抓住綁起來！」國王氣得忘形喊道：「你們大家還等什麼？還不趕快抓住他，把他殺了！」武裝士兵策馬向前。

「救命呀！救命！救命呀！」加姆喊道。說時遲，那時快，就在那一刻，龍由橋上一躍而下。牠一直埋伏在較遠的那一側。現在牠噴出恐怖的蒸氣，因爲牠先喝了許多加侖的水。如今掀起了一陣濃霧，霧裡只看到牠血紅的眼睛。

「滾回去！你們這些笨蛋！」牠咆哮道：「不然我就把你們撕成碎片。你們還記得山徑上有許多冷冰冰的武士，河裡馬上也會有國王所有的人和馬！」牠大吼。接著牠縱身向前，一爪伸向國王的白馬，白馬動如脫兔逃到遠處，就像國王的口頭禪「十倍的天打雷劈」那麼快，其他的馬也立刻有樣學樣：有些先前就見過這隻龍，記憶猶新，士兵四處抱頭鼠竄，只不敢朝哈莫的方向去。

白馬只是被抓傷，走不了多遠就被國王帶了回來。不管怎麼說，他終歸是馬的主人，而且絕不能讓人說國王竟會怕世上的某個人或某隻龍。等他回到原地來的時候，霧氣已經消散，不過他的武士和人馬也全都不見蹤影。現在國王孑然一身要和拿著咬尾劍的強壯農夫談判，身邊還有一隻龍虎視眈眈，局面可就完全不同了。

但空談無益。吉爾斯固執得很，一點不肯讓步，而且他也不肯動手，雖然國王向他挑戰，要一對一當場決高下。

「不，陛下！」他笑道：「回家冷靜一下，我可不想傷你，但你最好趕緊離開，否則我可不敢保證龍會不會傷你。再會！」

這就是哈莫之橋一役的結局。國王分毫未得，也沒有聽到吉爾斯的一句道歉，而吉爾斯則志得意滿，更有甚者，自那天起，中王國的勢力再也到不了哈莫地方，因爲這附近的人都奉吉爾斯爲王。不管國王的名銜有多少，都再也使喚不動任何一個人反抗伊吉迪亞斯，因爲他成了當地的英雄，也是歌謠的主角，根本無法禁絕所有歌詠他英勇事蹟的曲子，其中最受歡迎的一曲，是用百行仿英雄體（抑揚五音步）諷刺詩，描述哈莫橋之會。

克瑞索菲賴克斯在哈莫待了很長一段時間，對吉爾斯自然大有裨益，因爲家有馴龍，必然教人尊敬。牠獲得牧師允許，被養在用來存放捐稅的穀倉，由十二名前途有爲的小伙子看守，這就是吉爾斯最初頭銜的由來：Dominus de Domito Serpente，換成普通話就是乖馴的蛇，或簡稱爲「乖馴」。吉爾斯雖廣受推崇景仰，但名義上依然交納貢品給國王：六隻牛尾和一品脫的苦酒，在聖馬修日，也就是橋上之會那天送出。不過不久之後，他晉升爲伯爵。

幾年之後，他成爲朱利亞斯·伊吉迪亞斯親王，也不用再繳納貢品。吉爾斯富甲一方，爲自己建了富麗堂皇的廳堂，也召來了許多強壯的士兵，他們活潑機警，配備也是坊間最好的。十二名有爲的青年如今全成了隊長，加姆則添了一個金頸圈，快樂自豪地任意遊蕩，只是牠的同伴們受不了牠，因爲牠自以爲主人承受了可怕和精彩的經歷，其他的狗就該尊敬牠。灰母馬得享天年，而且從未透露牠對這一切的想法。

最後，吉爾斯當然成了國王，他是小王國的國王，在哈莫以伊吉迪亞斯‧德拉康納瑞斯的名號加冕，但大家還是比較習慣「馴龍老吉爾斯」之名，因爲在他的宮廷裡，流行的是村言俚語，他自己一句拉丁文也不說。他的妻子則成爲體型碩大，無比威儀的王后，一手緊抓家用，別想哄騙阿嘉莎王后——她可不是省油的燈。

如此這般，吉爾斯逐漸成爲受人敬重的長者，長長的白鬍子直垂到膝，他的朝廷受人尊敬（只要有美德就會受到報償），武士階級也是全新建立，他們都是看龍守衛，以龍爲標記：十二名有爲青年如今全都成爲高階武士。

我們不得不承認，吉爾斯的成功有大部分是靠運氣，雖然他也展現了機智，而運氣和機智也一直延續到他晚年，讓他的朋友和鄰居全部沾光。他給牧師非常豐厚的報酬，就連鐵匠和磨坊老闆也都各有一份，因爲吉爾斯花得起錢，可以慷慨大方。但他當上國王之後，卻下了一道嚴格的命令，嚴禁不祥的預言，並且規定磨粉是皇家獨占企業。鐵匠後來改行拉保險，磨坊老闆則成了逢迎國王的僕人。牧師當上了主教，並且把教區定在哈莫，這時哈莫的範圍已經擴大了不少。

如今依然住在小王國的居民一定會注意到在上面這段歷史中，城鎮村落的名稱和當今有所不同。因爲對這方面有所研究的學者告訴我們，新王國的首邑哈莫有了「哈莫」和「泰莫（乖馴之意）」兩個名稱，漸漸以泰莫聞名，迄今依然。而爲了紀念那隻龍，德拉康納利在泰莫西北四哩處興建了大房子，這正是吉爾斯和克瑞索菲賴克斯初會之地，如今在王國以

「奧拉·德拉康納利亞」，也就是俗稱的「蛇廳」聞名。大地的風貌自當時迄今有了不少變化，王國改朝換代，森林消失，河川改道，唯有山坡屹立不變，但它們也受風吹雨打而消蝕損耗，然而美名依舊持續，只是現在大家稱它爲「烏諾」，村莊昔日的光彩盡褪。但在蛇廳還存在的當時，龍旗飄飄，咬尾劍揚名人世，一切都美好快樂。

後記

克瑞索菲賴克斯一再地懇求放了牠，而要養牠的確也耗費不少銀子，因爲牠還在一直長大，原來龍和樹木一樣，只要有生命，就會一直長個不停。因此幾年之後，當吉爾斯覺得自己地位穩固了，就讓這可憐的大蛇回家了。他們分別時互道珍重，並訂下互不侵犯條約。龍雖然壞心腸，但卻對吉爾斯有好感，畢竟他有咬尾劍：盡可以輕鬆取牠的性命和牠所有的寶藏。牠洞裡的確還存有許多寶藏（一如吉爾斯所懷疑）。

牠緩慢而吃力地飛回山上，因爲翅膀太久沒用，有點生硬，而且牠的身材和鱗甲也長大不少。一到家，牠就立刻把趁牠不在時，借住的年輕小龍趕了出去，據說兩龍格鬥的聲音響震維納杜提亞。等牠把落敗的對手香進肚裡之後，牠才心滿意足，覺得舒服多了，恥辱的瘡疤也緩和了，於是牠呼呼大睡。但牠卻突然驚醒，起身去尋覓那愚蠢的巨人，他就是這一切麻煩的始作俑者——在很久以前的那個夏夜。牠嚴厲責備他，這可憐的傢伙垂頭喪氣。

「是喇叭槍不是？」他抓抓頭：「我還以爲是馬蠅哩！」

finis

或以俗話說就是　完

湯姆・龐巴迪歷險記

（又稱：紅皮書）

The Adventures of Tom Bombadil

序

《紅皮書》內收錄許多韻文，其中有些收進《魔戒》書中，或附在相關的故事和本紀年表中，但更多卻散佚各方，還有一些是隨手寫在書頁邊緣或空白處。最後這一些韻文大多無意義，即使能辨清字跡，其意亦不可解，或只是斷簡殘篇。在這裡由邊註收錄的是第四、十一，和十三首，不過更能表現其一般特性的是記載比爾博〈冬日方寒〉的那頁潦草詩句：

大風迴旋，風向雞
尾巴搖擺不定；
寒霜摧殘，歌鶇
啄不著蝸牛。
「我命悲淒」歌鶇哭喊，

而「一切空虛」，風向難應和；
牠們齊聲哀嘆。

目前的選集是選自較早的作品，主要是談第三紀元末夏爾的傳說和傳奇故事，這些傳奇的主角大多是比爾博及其友人，或他們的直系子孫。不過作品的來源並未說明故事之外的詩作出自何人之手，很可能原本是來自口傳的歌謠。

在《紅皮書》裡，有人說第五首是比爾博所作，第七首的作者則是山姆·詹吉，第八首作者也標爲詹吉，應該可以接受。第十二首同樣把作者列爲詹吉，但詹吉最多只是改寫，這則動物寓言原先就已經流傳在哈比人之間，廣受喜愛。在《魔戒》中，詹吉也提到第十首是夏爾傳統歌謠。

第三首是另一種哈比人喜愛的作品：可能是詩，也可能是故事，其結尾又回到開頭，因此可以一再反覆，直到聽衆受不了爲止。《紅皮書》裡還有其他的例子，不過大部分都很簡單粗糙。第三首是其中最長、描述也最詳盡的一首，顯然是比爾博所作，由它和比爾博在愛隆家所誦的長詩來看，有明顯關聯，即可明白。它原本是「無意義韻文」，而在瑞文戴爾的版本中，卻被硬改爲高等精靈語，以及努曼諾爾的埃蘭迪爾傳奇，可能是因爲比爾博發明了其格律體裁，而且爲此自豪，這樣的韻腳在《紅皮書》其他作品中再也未見。這裡收錄的舊版形式，必然是比爾博遊歷返家之初所作。雖然其間可以依稀看出精靈的傳統，詩中所採用的名字（戴瑞林、泰拉米、貝瑪利、艾瑞）則只是以精靈風格虛構的名字，並非眞正的精靈。

第三紀元末所發生的事件，以及夏爾因爲接觸到瑞文戴爾和剛鐸，對夏爾產生的影響及視野的擴展，也見諸其他作品。第六首在此雖然列在比爾博的月中老人詩旁，還有最後的第十六首，應該都是源自剛鐸。它們很顯然是出於人類的傳說，因爲人類住在岸邊，對河水入海的情況非常熟悉。第六首其實提到了貝爾法拉斯（風大的貝爾海灣），和多爾安羅斯的海邊高塔。第十六首提到流到南方王國海中的七條河，並且以高等精靈語的形式，採用剛鐸的名字——費瑞爾：凡人女子。在朗斯特蘭和多爾安羅斯，有許多古老精靈居處的傳說，以及摩桑德（Morthond）河口港灣的傳說。船由此西航，時間可溯及第二紀元伊瑞詹的陷落。因此這兩個作品只是重新整理南方的素材，只是可能經由瑞文戴爾，傳到比爾博那裡。第十四首也是根據瑞文戴爾、精靈，努曼諾爾的傳說寫成，內容是第一紀元末的英雄時代，其間似乎包含了呼應圖林和小矮人密姆的故事。

第一、第二首詩顯然是來自雄鹿地和柳條河森林茂密的谷地，因爲作品中對此地有更多的了解，遠非沼澤以西的哈比人所能及。這兩首作品也顯示雄鹿地的人認識龐巴迪，雖然他們對他力量的了解，就和夏爾人對甘道夫一樣所知不多。兩者都被視爲仁慈的人，神祕難測，但屬喜劇人物。第一首是較早的作品，由多首和龐巴迪相關的哈比人傳說綜合而成。第二首採用類似的傳說，雖然原本龐巴迪的逗趣現在轉爲針對他的朋友的戲弄，而他們以詼諧

（但摻雜恐懼）的態度面對這樣的戲弄。這首詩可能是很晚之後才作，在佛羅多及其友人拜訪龐巴迪家之後。

此處這些源自哈比人傳說的韻文有兩大共同點：愛用奇特的字，還有格律和音節技巧——率眞質樸的哈比人一定認爲這些技巧高雅動人，雖然它們不過是模仿精靈的詩句。此外，它們至少在表面上都輕快活潑，雖然有時候我們不免感到不安，疑惑在耳朵聽到的音韻之下，是否還別有意涵。顯然也是源自哈比人傳說的第十五首則是例外，這是最後一首，屬於第四紀元，但收錄在此，因爲其上草草寫上「佛羅多的夢」。這很特別，雖然這首詩絕不可能是佛羅多本人寫的，但標題卻顯示這詩和佛羅多最後三年三月和十月所作的黑暗絕望夢境息息相關。但還有其他的傳說，和受到「流浪狂熱」影響的哈比人相關，他們縱使回到家鄉，也都從此變得古怪而難以溝通。海的念頭一逕出現在哈比人想像的背景裡；但對海的恐懼，和對所有精靈傳說的不信任，是夏爾第三紀元末時流行的氣氛，而這樣的氣氛，完全不被那世紀結束時的事件和改變所驅散。

1 湯姆·龐巴迪歷險記

老湯姆龐巴迪是個快活的傢伙；
淡藍色的外套，黃色的靴子，
綠色的皮帶，皮製的短褲；
他在高帽上插上天鵝翅膀的羽毛。
他住在山坡下，柳條河
湧自芳草青青的井泉，流下峽谷。

老湯姆在夏日晨光行過草地
摘採水芹，追逐蔭影，
逗弄花間嗡嗡飛舞的大黃蜂，

靜坐水畔消磨時光。

他的鬍鬚搖來晃去飄入水波：
河之女金莓浮現水中；
拉住湯姆飛揚的髮絲。他跌進水中，
落在荷花之下，直吐泡泡，喝了好幾口水。

「嘿！湯姆龐巴迪！你要往哪裡去？」
美麗的金莓說，「你吹的泡泡，
嚇壞了小魚和棕色的河鼠，
嚇走了鷿鷈，淹沒了你的羽毛帽！」

「請你把帽子取回來，美麗的姑娘！」
湯姆龐巴迪說，「我不畏跋涉。
潛入水中！安睡在水潭蔭處
柳根深處之下，小姑娘水之女娃。」

年輕的金莓回身往水湄最深處
游去，母親的家。但湯姆並不跟隨；
他坐在盤根錯節的柳樹根上，趁著暖和天氣，
曬乾黃靴和拖垂的羽毛。
柳樹老頭醒來，開始展喉歌唱，
唱得湯姆熟睡在搖擺的枝椏之下；
緊緊地把他卡進隙縫之中：卡答！隙縫再度合攏，
逮住湯姆龐巴博，連衣帶帽和羽毛。

「哈，湯姆龐巴迪！你想怎樣，
偷窺我的枝葉，看著我
在木屋深處暢飲，用羽毛逗我，
滴得我的臉濕答答，好像下雨天？」
「你放我出來，柳樹老頭！
我躺在這裡渾身僵硬；這裡可不是枕頭，
而是彎曲糾結的硬根。喝下你的河水！
回家去像河之女一樣熟睡！」

柳樹老頭聽了他的話，放他自由；
鎖緊自己的木屋，嘰嘰嘎嘎喃喃低語，
在樹身裡輕聲細語。
擺脫柳樹糾纏，湯姆走上柳條河。
在林緣邊他坐下聆聽：
林梢枝頭小鳥吱喳啼叫。
眼前頭上蝴蝶翩翩飛舞，
直到陽光不再，灰雲沉沉。
於是湯姆向前疾行，雨落滴答，
潺潺河水掀起圓環般的漣漪；
陣風吹起，抖顫的樹葉隨著沁涼的雨珠落下；
老湯姆墜落隱伏的洞穴。

雄獾出洞，額白如雪、雙眼黑又亮。
在山坡上牠挖採石頭，帶著妻子和許多兒子。
牠們逮著了他，抓住外套，

把他推進牠們的領土，沿著牠們的隧道滑入。

進入牠們的密窟，牠們坐著咕噥：
「嗨，湯姆龐巴迪！你跌跌撞撞打哪裡來，
闖進了前門？獾族逮著了你，
你永遠也找不到，我們帶你進來的路！」

「好了，老獾，你給我聽著：
趕快告訴我出去的路！我非走不可。
告訴我，你野薔薇花下的後門；
然後清理你那骯髒的爪子，
擦擦你那滿是土的鼻子！
回去再睡你那稻草枕，
像美麗的金莓和柳樹老頭一樣！」
於是所有的獾族都說：「請你原諒！」
牠們指引湯姆再度出洞，到牠們布滿荊棘的花園，

接著回到家裡躲藏，渾身顫抖哆嗦，
擋住所有的門，連土帶草。

雨已經過了，天空復晴，在夏日的薄暮
老湯姆龐巴迪歡笑返家，
再度打開了門，拉開百葉窗。
廚房內飛蛾圍繞著燈火拍翅；
湯姆透過窗戶，只見
醒轉過來的星星眨著眼睛，如鉤新月向西移。
黑暗籠罩山坡下。湯姆點起了蠟燭；
嘰嘰嘎嘎走上樓，轉動門把。

「呵，湯姆龐巴迪！看看夜晚把什麼帶來給你！
我在這裡就在門後。現在我終於逮到了你！
你忘記了古墓屍妖，住在老土墩裡
在那山頂上，圍著一圈石頭。
他又溜了出來。他會帶你到地下陰間。

可憐的湯姆龐巴迪，他會讓你蒼白冰冷。」

「滾！關上門，永遠不准再來！」
移開你那閃亮的眼睛，帶走你那空虛的笑聲！
回到草塚，在那石堆枕頭上，放下那硬梆梆的頭，
像柳樹老頭，像青春金莓，和地洞裡的獾群！
回到你埋藏的黃金和遺忘的傷痛！」

古墓屍妖自窗外一躍而出，越過庭院，
跳過高牆，像影子一樣迅速，嚎啕上山，
回到傾頹的石圈，回到寂寞的墳塚下，全身骨頭格格作響。

老湯姆龐巴迪躺上枕頭
比金莓還甜美，比柳樹老頭還靜謐，
比獾族或老屍妖更溫暖舒服；
睡得像個響簧陀螺，鼾聲如雷。

他在晨光中醒來，吹起口哨宛若椋鳥，
唱著，「來吧，戴瑞多，麥瑞多，我的親愛！」
他扣上破舊的帽子、靴子、外套和羽毛；
敞開窗戶迎接晴朗的天氣。

聰明的老龐巴迪，他是個謹慎的傢伙；
淺藍色的外套，黃色的靴子，
從沒有人逮著他在高原或幽谷，
走在林間小徑，或是柳條河畔，
或在百合池塘水上泛舟。
但有一天湯姆，他遇到了河之女，
身穿綠袍，長髮飄飄，坐在燈心草叢，
唱流水老歌給草叢上的鳥兒聆聽。

他逮著她，緊抱住她！
水鼠落荒而逃，蘆葦嘶嘶作響，鷺鷥出聲叫喊，
她的心小鹿亂撞。湯姆龐巴迪說：

「這是我的美麗姑娘！隨我回家！
餐桌已經擺好了：黃煉乳、蜂巢、白麵包和奶油；
玫瑰在窗台朝內探看。
你該來到坡下！莫管你老娘，
在她長滿水草的深池：那裡找不到情郎！」

老湯姆龐巴迪行了歡樂婚禮，
全都覆滿了水芹，帽、羽齊飛揚；
他的新娘捧著勿忘我和鳶尾花環，
穿著一身銀綠。他啼唱如椋鳥，
嗡鳴像蜜蜂，歡欣節奏隨著伴奏，
緊抱著河之女的纖纖細腰。

燈在他的屋裡散放光芒，寢具一片雪白；
在歡欣的蜜月，獾族踏步而來，
一路跳舞直下坡谷，柳樹老頭
輕扣窗台，而他們睡在枕上，

蘆葦岸上河女嘆息，
聽得老墓屍妖在他塚裡哭泣。

老湯姆·龐巴迪不理會這些聲音，
扣扣、敲敲、舞動的小腳，所有夜晚的動靜；
睡到日上三竿，接著如椋鳥般鳴唱：
「嘿！來吧，戴瑞多，麥瑞多，我的親愛！」
他坐在門階上砍著柳條，
而美麗的金莓梳弄金黃的長髮。

2 湯姆·龐巴迪泛舟記

舊的一年轉眼過；西風在呼喚；
湯姆接到林間飄落的山毛櫸葉。
「我接到微風吹來的快樂時日！
爲什麼留待明年？我要趁興所至。
就在今天，我要修補我的小船，隨它
順著柳條河西下，任意遨遊！」

柳鶯鳥枝頭安坐，「喂嘍，湯姆！我看到你了。
讓我猜猜，我猜到你興之所至的去向。
我該去，我該去，通知他迎接你嗎？」

「不許提名字，你這多嘴鳥，不然我就剝皮吃掉你，
總是在每個人耳裡囉嗦些不干你的閒事！
若你告訴柳樹老頭我的去向，我就用火燒你，
用柳樹條當烤肉叉烤熟你，讓你再也不能窺伺！」
柳鶯翹起尾巴，嘰哩咕嚕飛走：
「先來抓住我，先來抓住我！不用提名字。
只消附在他這邊的耳朵上：他就會注意我的訊息。
『順游而下往麥斯河而去，』我會說：『朝日落的方向。』
趕快，趕快！該是暢飲的時刻！」

湯姆仰天大笑：「或許我就會去那裡。
我本可走別條路，但今天我偏要划去那裡。」
他削槳修船，從隱密小溪把它拖出
穿過蘆葦和黃華柳叢，就在傾斜榿木之下
接著順流而下，唱著：「傻柳木，
深深淺淺順著柳條河而下！」

「喂！湯姆龐巴迪！你往哪兒去，
輕舟蕩漾，順河而下？」

「也許順著柳條河再溯烈酒河；
或許住在籬尾的心靈之交於黃昏時，會爲我點燃火把。
我認得那裡的哈比人，
我不時會去那裡。」

「幫我帶話給親人，帶回他們的消息！
告訴我潛水的地方和魚兒藏身之處！」

「這可不成！」龐巴迪說：
「我划船只是隨興所至，可不是爲人跑腿。」

「啐！妄尊自大的湯姆！小心你的破船沉沒！
注意楊柳的斷枝！我會笑看你翻船掙扎。」

「少說兩句，藍翠鳥！留著你那體貼的願望！
飛開去，用魚骨頭梳理你的羽毛！
在枝頭上你快活作主，回家卻是個齷齪的僕吏
住在邋遢的屋裡，雖然你的胸毛火紅亮麗。
我聽說翠鳥的喙懸在空中展示，
風向朝哪裡而去：那就是你垂釣的結局！」

翠鳥閉上了牠的口喙，眨眨眼睛，
看著湯姆穿過樹枝而下。唰！牠展翅起飛；
落下宛若藍寶的艷藍羽毛，湯姆接著了它
在陽光下閃爍：多美麗的禮物！他想。
他把它插在高帽子上，舊的羽毛已經脫落：
「現在湯姆有了藍色，」他說：「歡樂的色調而且持久！」

漣漪繞著他的船旋轉，他看見泡泡浮起。
湯姆拍槳，啪！落在河中暗影之上。
「呼噓！湯姆龐巴迪！好久不見。

你成了船夫，嗄？把你推翻會怎樣？」

「什麼，嘿，長鬍小伙子，
我要騎著你順河而下。
我的手指頭放在你背上，
教你的皮抖個不停。」

「呸，湯姆龐巴迪！我要去告訴我媽；
『叫所有的親戚都來幫忙，爸爸，姊姊，哥哥！
湯姆發瘋了，就像裝上木腿的傻瓜一樣：
他竟搖槳沿柳條河而下，坐在一艘破船上。』」

「我要把你的水獺皮剝給古墓屍妖。
他們會加工鞣製你！再用金環箍住你！
即使你媽媽看見，也永遠認不出她的兒，
除非是認出了鬍鬚。
好了，別取笑老湯姆，除非你遠比我快捷得多！」

「喔—吁！」水獺小子將河水
噴在湯姆的帽子和身上；
小船搖晃，水獺潛下船底，游到岸旁凝神細看，
直到湯姆歡樂的歌聲消失遠揚。

天鵝島的老天鵝趾高氣昂地游過他身旁，
惡狠狠地瞪著湯姆，鼻子大聲噴氣。
湯姆大笑：「你這老天鵝，是否想念你的羽毛？
給我一隻新的！舊的已經風吹雨淋壞了。
要是你說句好話，我會更愛你一點：
長頸項啞喉嚨，但依然愛高傲的嘲笑！
哪一天國王回來，就會帶你走，
烙印你的喙，讓你不那麼趾高氣昂！」
老天鵝拍拍翅膀，嘶嘶作響，加快撥水；
在他身後湯姆泛舟繼續前航。

湯姆來到柳條河堰，順沿下衝
激起白沫直入溫多水域，水花四濺；
湯姆的小船，像風打落的果實一般旋轉不停、
像瓶塞般起伏不定，漂往葛蘭德渥的港岸。
「嗨伊！這是蓄著山羊鬍鬚的樵夫龐巴迪！」
籬尾和布烈登所有的哈比人同聲大笑。
「小心，湯姆！我們會用弓箭射死你！
我們不讓來自古墓的林間人或妖怪
泛舟或擺渡跨越烈酒河。」

「咄！小圓肚子！可別說得如此神氣！
我可見過哈比人挖洞躲藏，
只要有角山羊或獾瞪著他們就魂飛魄散，
恐懼月光，躲避自己的影子。
我要叫半獸人來找你們：這可叫你們抱頭鼠竄！」

「盡管去叫，樵夫湯姆。

你可以吹牛吹到鬍子掉光。
帽上三支箭！我們可不怕你！
你現在要往哪裡去？如果你是要喝啤酒，
布烈登的酒桶可不夠你解渴！」

「我要溯烈酒河而上，往夏爾河去，
但河水流得太快，小舟難行。
要是哈比人讓我登上他們的小船，我就爲他們祈福，
願他們有美好的夜晚和許多歡喜的清晨。」

烈酒河泛紅；火燄般點燃了河水，
夕陽西下，落在夏爾之外，接著暗淡變灰。
麥斯階空空蕩蕩，沒有人在那裡迎接。
大道一片靜寂。湯姆說：「愉快的會面！」

湯姆咔答咔答沿著路走，天光越來越暗。
盧謝的燈在前面泛光，他聽到有聲音招呼。

「喂，喂！」小馬止步，輪子不再轉滾。
湯姆繼續前行，並不左顧右盼。
「嗬，唷！沼澤地有乞丐跋涉！
你來此地有何貴幹？帽上全都是箭矢！
有人警告你快走，逮到你偷偷摸摸？
來這裡！告訴我你在尋找什麼！
夏爾的酒，我敢打賭，雖然你一毛也沒有。
我要叫他們緊鎖大門，讓你一滴也喝不到！」

「好，好，泥腳農夫！對遲來麥斯河畔赴約的人，
這樣的接待可真不客氣！
你這老農夫胖到氣喘如牛無法走路，
像袋子一樣在車裡被拖著，應該更和善。
像我這樣可憐的酒桶，身無分文，別無選擇！
否則我只好叫你走開，那麼輸家就會變成你。
來，馬嘎！拉我上車！現在你欠我一大杯啤酒。
即使光線昏暗，老朋友應該依然認得出我！」

他們歡笑前駛，到盧謝亦未停車，
客棧仍然開著，他們聞到酒香。
他們轉入馬嘎巷，車聲轆轆，湯姆在農夫的馬車上跳舞。
班佛朗星光熠熠，馬嘎家燈火通明；
廚房裡爐火熊熊，歡迎夜歸人。

馬嘎的兒子在門前鞠躬，女兒敬禮致意，
太太拿出了大啤酒杯，給口渴難耐的客人。
他們歡聲歌唱，還說了快樂故事，暢飲舞蹈；
老好人馬嘎神氣十足，
湯姆在觥籌交錯之間跳起土風舞，
馬嘎的女兒跳起活潑的史普林格舞，女主人則歡欣鼓舞。
其他人在乾草堆、羊齒植物，或羽毛之間入睡，
在爐邊大家把頭靠在一起，湯姆和老農夫，交換了所有的消息
由古墓崗到塔兒坡：由步行到騎乘；
由麥穗到麥實，由栽種到收成；

由布理的稀奇故事，到鐵匠、磨坊及市場上的蜚短流長；
呢喃樹語的八卦，落葉松的閒談，
淺灘上的高大值夜人，和邊界地區的陰影。
老馬嘎終於在爐火餘燼旁沉沉入睡。
黎明不到，湯姆就已經離去；彷彿記憶模糊的夢，
有些快樂，有些憂傷，有些隱含著警告。
沒有人聽到門開啓；清晨一場陣雨
沖走了他的腳印，在麥斯他未留蹤跡，
在籬尾他們未聽到歌唱，也沒有沉重步伐的聲響。
他的船在葛蘭德渥港停泊了三天，
接著一個早上又回到柳條河。
水瀨一族，哈比人說，趁著夜晚鬆開了它，
把它拉過堰去，推著它逆流而上。
從天鵝島游來老天鵝，
喙中銜住船首纜繩在水中拖行，
趾高氣昂向前拉；水獺在船身四周打轉
繞著柳樹老頭彎彎曲曲的樹根引導它；

翠鳥高棲枝頭，鷦鷯在船板上歌唱，
快活地輕舟朝向家鄉，
終於來到湯姆的小溪。水獺小子說：「呼噓！
這可不是野鳥沒有了腿，魚沒有了鰭？」喔！
傻柳條河！他們忘了帶槳！
它們留在葛蘭德渥港長長久久，等著湯姆來尋找。

註：龐巴迪穿過柳條河堰後的小溪到達葛蘭德渥（Grindwall）的 Hythe。Hythe 是河岸上的低地，供泊船之用。古英文 hy 是港的意思。

籬尾，Hays－end，和布瑞萊登 Breredon 都是靠近葛蘭德渥的村落。－don 是高原、坡之意。意即布萊爾坡，表示河港後高地上的小村落。

麥斯河（the Mithe）是 Shirebourn 的支流，在這裡有另一個可泊船的小港口：麥斯階（the Mithe Steps）。

Mithe 意思是兩條河交會之處，有河口之意，在此有一段地方可登岸，接往 Deephallow、Causeway（大道），再通往盧謝（Rushey）和 Stock。穿過盧謝之後，湯姆轉往馬嘎巷，抵達班佛朗（Bamfurlong）農夫馬嘎的家。

3 遊俠

有一個歡樂的乘客，
是使者，是水手：
他造了鍍金的鳳尾船
爲了要漫遊，而且在船裡
滿載了柳橙和粥
作果腹之用；
他用墨角蘭爲它噴香
還有小荳蔻和薰衣草。
他呼喚大商船隊
帶著商貨來載他

越過十七條河水
橫跨其間耽擱了旅程。
他孑然一身登陸
在一動也不動的鵝卵石間
戴瑞林河的水奔馳
歡欣鼓舞向前流。
他接著越過草原
到沉寂陰鬱的陰影之地,
在山坡下和坡上
繼續邁向乏味的旅途。
他坐著唱起一首旋律,
延誤了他的遊俠行為;
他向一隻漂亮的蝴蝶求婚
求鼓翼飛過的她嫁給他。
她藐視他、嘲笑他,
她毫不留情地譏笑他;
激使他曠日耗時研習魔法。

他織起空靈薄紗
想捕捉她；爲了跟蹤她
他自製了甲蟲皮翼
和燕子毛製的翅羽。
他趁她迷惑時，用蜘蛛絲逮著了她；
他爲她建了柔軟的亭閣
用百合花，還有新床
用花朵和薊的柔毛
讓她得以棲息安枕；
還有如薄膜般的白絲織網
他還用銀光爲她梳妝。
他串起珠寶項鍊，
但她卻漫不經心肆意揮霍
終至兇猛爭吵；
在痛苦中他繼續流浪
他任她在那裡枯萎，
而他抖顫飛走；

身後有多風的天氣助威
他乘著燕翅加速離去。
他穿過許多群島
那裡長了黃色的金盞花，
那裡有無數的銀泉，
和金黃的山巒。
他上了戰場突襲，
掠奪海外的土地，
接著流浪至貝瑪利，
和泰拉米與方塔西。
他製了盾牌和頭盔
用的是珊瑚和象牙，
他用翡翠製作一支劍，
可畏的是他的對手艾瑞
和仙境的精靈武士和遊俠
金髮亮眼，馳騁而來向他挑戰。
水晶製成他的鎖子甲，

他的劍鞘是玉髓；
銀色裝飾在新月頂端
他的矛是烏木砍削。
標槍是孔雀石和鐘乳石造
——他揮舞著它們，
往前對戰天堂的蜻蜓，
並且讓牠們俯首稱臣。
他和黃蜂對戰，
力抗蜂鳥和蜜蜂，
贏得金黃蜂巢；
並且由陽光海上歸鄉
乘著葉片和蛛絲船隻花朵
爲天幕屏障，
他坐著歌唱，磨亮打光
他的全副盔甲。
他耽擱了一陣子
在孤寂的小島，

發現那裡一無所有，唯有風吹青草；
因此別無退路
他只能，轉身，回鄉
帶著蜂巢，作爲紀念
他的訊息來到，還有任務！
在蠻勇和魅惑中
他已經遺忘，
遊歷和比武競技，一個漫遊者。
因此現在他必須再度出發
再搖起他的鳳尾船，
永遠是個使者，
是乘客，是遊蕩者，
流浪宛如羽毛飄盪，
是逐天氣而行的水手。

4 蜜公主

小蜜公主玲瓏可愛
如精靈歌謠所唱：
她頭戴珍珠　美麗成串；
小蜘蛛網綴著黃金
織成她的頭巾，
銀色的繐帶
星星製成，繞著她的頸項。
蛾網輕盈
一身皎潔月光
她穿著毛織外套

繞著她的裙
繫著腰帶
縫綴鑽石露珠。
她白天步行
在灰色的披風之下
蓋著暗藍色的兜帽；
但她夜晚行走　一身閃耀
在繁星夜空下，
而她嬌俏的便鞋
是魚的鱗片
隨著她的步伐放光
行至她的舞池，
在沁涼的鏡面上——
無風的水戲耍。
如光之霧，
在旋轉翻翔之間
她全身閃閃發亮宛如玻璃

不論她銀色的雙腳踩到哪裡
輕敲著舞池地板。
她仰頭朝天
望向無頂穹蒼，
再回顧幽暗的水邊；
接著她轉身繞圈，
她的眼光轉向
看到正在她的腳下
有位「絮」公主，
如「蜜」一般美麗；
她們腳尖對腳尖起舞！
「絮」輕盈
如「蜜」一般，且同樣明亮；
但「她」卻奇怪地，
倒懸在地
繁星冠冕
垂入無底深井！

她燦爛的雙眸
驚奇不已
望向「蜜」的雙眼：
神奇美妙，
頭下腳上
懸在繁星點點的海洋！
唯有她們的雙腳
可能相碰；
因爲哪裡才能有路，
通往一個地方
讓她們並非站立
而是懸在穹蒼裡
沒有人知曉
也無人由魔咒學習
在那精靈的傳說。
因此她依然孑然一身。
孤獨的精靈

如以往一般起舞，
珍珠在髮上
穿著漂亮的裙子
和嬌俏的便鞋
「蜜」穿著魚的鱗片
魚的鱗片
和嬌俏的便鞋
和美麗的裙子
珍珠在髮上
「絜」離去！

編者按：托爾金在此詩中用了雙關語，意指一個人臨水照見另一個自己。蜜（音同英文的 me，即我本身）、絜（音同英文的 she，即水鏡中的另我，也是她。）其實蜜就是絜。（Me is she）

5 月中老人熬長夜

有一個小酒館，歡樂小酒館
在那古老的灰色山坡下，
釀製啤酒色棕褐。
月中老人下凡來，
趁著夜晚飲開懷。
馬夫有隻醉醺貓，
酷愛彈奏五絃琴；
牠上下引弓拉絃，
高聲嘎吱，低聲震顫，
或在中間拉鋸。

店主有隻小小狗喜愛玩笑；
賓客歡笑　牠也豎耳聆聽
笑到喘不過氣來。
他們還養一隻有角牛
趾高氣昂如女王；
但音樂讓牠把頭搖，
讓牠擺起成叢尾
在綠草地上舞蹈。
還有，嘔！成排銀碟子
和成堆銀湯匙！
因爲周日有一對特別來賓，
他們細心擦磨　在周六下午。
月中老人開懷飲，
貓開始展喉號叫；
碟子和湯匙在桌上起舞，
母牛在花園中瘋狂的騰跳，
小狗則拚命追尾巴。

月中老人再來一杯，
一骨碌滾到椅下；
接著他打起瞌睡夢見佳釀，
直到星空泛白，晨曦初透。
馬夫向他的醉貓道：
「月中的白馬，
牠們不耐久候放聲嘶嚎，
但牠們主人卻已經被酒淹沒理智，
而太陽立刻就要升起！」
因此貓用弓奏出了嘰嘰嘎，
連死人也可吵醒的三拍快舞：
牠吱嘎拉鋸加快旋律，
等店主搖晃月中老人：
「已經過了三點！」他道。
他們慢慢把老人滾上坡
拉著他爬進月亮，
而他的馬匹在後快跑，

牛像鹿一樣蹦跳，
餐盤隨匙奔跑。
弓更快地嘰嘰嘎；
狗開始號叫，
牛和馬倒豎蜻蜓；
賓客全都跳下床，在地板上舞蹈。
乒乒乓乓弓絃斷！
牛一躍越過月亮，
小狗見如此有趣，縱聲笑；
周六餐盤到處亂轉，
伴隨銀色的周日湯匙。
圓月滾到山坡後，
太陽抬起她的頭。
她簡直不敢相信烈燄耀眼；
因爲雖已是白晝，但她大吃一驚
大夥全都回到床上躺！

6 月中老人摔落凡塵

月中老人穿銀鞋，銀絲縷鬍鬚；
蛋白石為冠冕，珍珠圍繞他的腰帶，
一天他披著灰斗篷
走過閃亮的地板，
悄悄地帶著水晶鑰匙
打開了象牙門。
悄悄走下閃亮金銀絲縷的樓梯，
他歡喜獲得了自由
開始瘋狂大探險。
對白色鑽石他已經喪失興趣；

他待膩了黯淡慘白的尖塔，
高高的月長石獨自豎立
在月亮山上聳起。
他願交換任何冒險，
以刺繡在他黯淡衣物上的紅寶綠寶，
以閃亮寶石的新王冠，翡翠和青玉。
他既寂寞又無聊
只能盯著黃金世界
聆聽遠方傳來的歡樂迴響。
在月滿時分銀色的月亮中
他滿心渴望烈火，
而非蒼白透明清澈之光；
凡是火紅皆是他所渴望，
嚮往緋紅、桃紅的火燄，
以及跳躍的火舌，
嚮往鮮紅的天空在日出之時彷彿風暴醞釀。
他願有藍色的海，和鮮明色彩

屬於森林綠和沼澤；
而他嚮往人煙稠密塵世的歡樂
和人類血紅的世界。
他垂涎歌聲，和長久的笑聲，
以及熱騰騰的珍饈，和美酒，
品嘗輕薄雪花製的珍珠蛋糕
痛飲淡淡的月光。
他快速移動雙腿，邊想著鮮肉，
和胡椒和豐富的水果酒；
他失足跌倒，沒有看清斜梯，
就像流星一樣栽下，
一顆飛行的星星，在聖誕節前的某夜
閃爍不定落下
由階梯小徑到浪花翻騰，
落在強風呼嘯的貝爾灣。
他開始思考，以免融化沉下，
該在月亮裡做啥，

一艘漁船經過發現他在遠處漂浮
教水手大感驚訝，
他陷入他們的網子全身閃亮濕答答，
發出磷光般的色澤、
藍中帶著乳白色光，
優美如水波碧綠。
不顧他的意願，
他們把他與清晨的鮮魚包在一起登陸：
「你最好找間客棧好好休息，」他們道；
「城鎮就在咫尺。」
唯有緩慢長鐘敲出聲音，
在海邊高塔迴響，
宣告他暈月的遊歷，
在那不恰當的時機。
沒有任何壁爐升火，也沒有人作早餐，
黎明又冷又濕。
只有火光餘燼，和污泥草地，

在朦朧的後街，太陽像是冒煙的燈
沒有一個人影，沒有人聲歌語；
只有鼾聲陣陣，因爲所有人都在床上
依然長睡不起。
他走過一戶戶緊閉的門敲著
又喊又叫，只是徒勞。
直到他走到酒館，看到裡面有光，
於是他輕敲窗框。
睡眼惺忪的廚師板起臉，
「你想要什麼？」他道。
「我要興旺的爐火，還有黃金，
老歌和紅酒無限暢飲！」
「這裡沒有，」廚師瞪起眼來，
「但你可以進來。
我缺白銀和身上絲縷——
也許讓你留宿。
銀製品可讓我掀起門栓，

珍珠可以交換進門；
爐邊靠著廚師而坐，
還得再加二十顆。」
又餓又渴滴米未進
直到他交換王冠和斗篷；
而他換得，僅有一陶鍋
又破又黑還有煙味，
裡頭是放了兩天的冷粥
用木湯匙服送。
至於聖誕節的葡萄乾布丁，可憐的蠢蛋，
他來得太早：
這眞是一個魯莽的客人，
乘著瘋狂的興致亂闖；
而他來自月亮中的山巒。

7 石巨人

巨人獨坐石椅，
大聲咀嚼光溜溜的老骨頭；
多年來他啃噬著它，
因爲很難找到鮮肉。
在山中的洞穴裡他獨自居住，
早就吃光！喝盡！
穿著大靴的湯姆一路行來。
他向巨人說：「請說，那是什麼？
因爲它看來很像我叔叔提姆的脛骨，
它應該埋在墳場。

提姆已經走了這麼多年，
我以為他躺在墓地裡。」
「小伙子，」巨人說：「這骨是我偷來。
但埋在洞裡的骨頭又有何用？
你叔叔像鉛塊一樣硬梆梆，
早在我找著他脛骨之前就那樣。
脛骨！瘦骨！
他可以留一塊給可憐的老巨人；
因為死人不再需要脛骨。」
湯姆說：「我不懂為什麼會有你這樣的人
不問一聲就自動偷走我親族的腿骨或脛骨；
強盜！侵佔！
把老骨頭還來！
雖然他已死，它依然屬於他；
因此把那塊老骨頭還來！」
「用點技巧，」巨人獰笑，
「我也要吃掉你，啃你的脛骨。

來點鮮肉必然甜美！我要用利牙品嘗你。
嘿，來！來看！
我受夠啃老骨頭和皮，
決心要把你當作晚餐。」
正當他以為晚餐有了著落，
卻發現雙手什麼也沒抓到。
趁他不注意，湯姆已經溜掉
並給他一腳作為警告。
警告他，咒罵他！
給他屁股一腳，湯姆覺得，
足以作為警告。
但比石頭還硬的，
是獨坐山坡上的巨人。
就像一腳踢到山腳，
因為巨人的椅子根本沒有感覺。
剝皮！痊癒！
老巨人縱聲大笑，聽到湯姆呻吟，

他知道他的腳趾一定痛得受不了。
湯姆的腳成了笑柄，他回到了家，
未穿靴的腳還一跛一拐，
但巨人並不在乎，依然還在那裡，
拿著他從死人墓裡挖來的骨頭。
捐贈者！骨頭主人！
巨人的石椅依舊如昔，
還有他從死人墓那裡挖來的骨頭。

8 小伙子派瑞

寂寞巨人石上坐
唱出哀歌：
「噢，爲什麼，噢，爲什麼
我要獨居在遠方的山坡？
我的親人早已遠離，
根本沒想到我；我孑然一身，
由韋勒本到海邊。
我不偷不搶，不喝啤酒，
不吃鮮肉；
但人們還是恐懼地關上大門，

只要一聽到我的腳步。嗽

我多麼希望雙腳乾淨，

而我的雙手不要如此粗糙！

我的心很溫柔，我的微笑甜美，

而且我的烹飪極好。」

「不，不！」他想道：「這樣下去不成！

我必須去找個朋友；

我會輕柔緩步，

穿越整個夏爾。」

他足登毛皮靴下了山，走了整晚

黎明時已至戴爾文，

居民才剛起身。

他舉目環顧，什麼人也沒看到

只除了老邦斯太太

拎把雨傘挽著籃子過街；

他微笑停步，大聲問好：

「早安，女士！你早！

你今天身體可好？」
但她雨傘落地，還有籃子也是，
尖聲驚叫吶喊。
市長老波特正信步走過；
聽到那聲可怕叫喊，
全身紫脹，因恐懼而臉色粉紅，
並深深鑽入地底。
孤獨巨人不禁黯然神傷：
「別走！」他柔聲呼喚，
但老邦斯太太像瘋了一樣
狂奔回家，躲在床下。
巨人繼續前行至市場
由攤子上方窺看；
羊群一見他的臉就瘋狂躲藏，
鵝高飛過牆。
老農哈格灑了麥酒，
屠夫比爾拋下尖刀，

他的狗葛瑞普垂下尾巴
轉身逃命。
老巨人悲哀靜坐哭泣
就在洛克洞門外，
小伙子派瑞向上攀爬
拍拍他的腦袋。
「噉，你爲什麼哭泣，你這大塊頭？
最好出去不要進來！」
他給巨人友善的一拍，
看到他笑自己也笑。
「噉派瑞小子，」他喊道，
「來，你是我的朋友！
若你願搭個便車，
我就帶你回家喝茶。」
他跳上巨人的背，緊握不放，
他說：「走吧！」
於是小伙子當晚享受盛宴招待

還坐在巨人的膝蓋。
有小圓餅、有奶油麵包，
還有果醬、奶油和蛋糕，
小伙子敞開肚量，開懷大嚼，
雖然所有的釦子都扣不上。
茶壺歌唱，火光熊熊，
鍋子又大又黑，
小伙子拚命暢飲
雖然可能會沉溺在茶水裡。
等外套和皮膚全都緊繃圓鼓，
他們就休息不再說話，
直到老巨人說：「我要開始傳授你
麵包師傅的絕學，
教導如何製作美麗的可口麵包，
還有薄麥餅又薄又香；
然後你可以睡在石楠花床
用貓頭鷹羽毛爲枕。」

回到夏爾，他們問，
「小伙子，你上哪裡去了？」
「我去參加豐盛的茶會，
吃得好飽足，因爲我吃了
可口的麵包。」他說。
「但小伙子，在夏爾的哪裡？
還是在布理？」他們問。
小伙子起身，斷然地說：
「我不會告訴你。」
「我知道在哪裡。」偷窺傑克說，
「我看到他離開：
騎上老巨人的背
到遙遠的山裡。」
於是衆人齊心，
騎馬、乘車或騎驢，
直到來到山坡上的房子

看到煙囪冒煙。
他們猛捶老巨人的大門，
「一個美麗的可口麵包
請爲我們烘烤，或兩個或更多；
喔，烘烤！」他們呼喊，「喔，烘烤！」
「回去，回去！」老巨人開口道：
「我沒有邀請你們。
唯有周四才烤麵包，
而且只有些許。
回去！回去！你們搞錯了。
我房子太小；
沒有小圓餅、奶油和蛋糕：
小伙子已經吃光抹淨！
你們諸位傑克、哈格、邦斯和波特
我不想再見到。
快走！全部給我離開！
小伙子才是我的朋友！」

小伙子派瑞胖得不像樣
因爲他吃了太多美味麵包，
他的背心穿不下，沒有一頂帽子
能安坐他的頭上；
因爲每周四他都去喝茶，
坐在廚房地板上，
老巨人似乎變小他卻越來越大。
小伙子成了麵包師傅，
如今流傳在歌謠；
由海邊到布理名揚千里
他的各種麵包滋味都好。
但再怎樣都不如老巨人麵包；
再沒有豐厚奢侈的奶油，
比得上每周四老巨人塗抹
在小伙子派瑞的茶點上。

9 食人妖

食人妖所居的陰暗之所
又暗又濕宛如墨汁，
他們的鐘緩慢輕柔敲響，
宛若爛泥引你陷進。
誰敢敲他們的門，
就會掉入爛泥，
屋頂滴水口上的怪獸雕飾，面露獰笑
惡臭污水傾洩。
在那腐臭河岸
低垂楊柳哭泣，

憂鬱的雄赤松雞鵠立
睡夢中咕咕作啼。
在墨洛克山上又長又遠之處，
霉臭的谷地，樹木呈灰，
在陰暗池塘邊無風亦無潮，
無月，無日，食人妖躲藏。
食人妖所居的地窖
又深又潮又冷
只有一支黯淡的蠟燭；
他們在那裡計數黃金。
他們的牆壁濕淋淋，天花板滴水；
腳踩在地板上
嘎吱—啪—啪發出聲音，
他們悄悄走進門邊。
他們由內偷偷張望；透過縫隙
手指頭四處摸索，
摸完之後，在粗布袋裡

人類的骨頭被他們藏起。
在墨洛克山外，漫長又孤寂的路上，
穿過蛛影之路和托德沼澤，
越過懸木和絞台草的森林，
你找到食人妖——食人妖吃掉你。

10 奧利芬特

灰如老鼠，
大如房屋，
鼻如長蛇，
我讓大地搖晃，
隨我踏過青草；
樹木隨我斷裂。
我的嘴上長角
在南方漫遊
搧動大耳。
不知多少年歲

我一圈又一圈踩踏，
從不躺臥在地，
也不肯死去。
我是奧利芬特，
萬物中之最巨，
龐大，古老，且高。
若你曾見過我，
永遠不會忘記。
若你從未遇到，
不會相信我的眞實；
但我是老奧利芬特，
而我永不撒謊。

11 法斯提托卡隆

看，那裡是法斯提托卡隆！
適合著陸的島嶼，
雖然是不毛之地。
來呀，離開海洋！讓我們跑，
或舞蹈，或在陽光下臥躺！
看，海鷗棲息那裡！
注意！
海鷗不會沉溺。
牠們坐在那裡，或昂首或理毛：
牠們的任務是刺探

若有人膽敢定居此島，
或只是逗留一陣
由暈眩或潮水中獲得喘息，
或者燒一壺水。
啊！愚蠢的人，誰在牠身上登陸，
升起小小的火堆
想燒杯茶水！或許牠的殼無比厚重，
彷彿在沉睡；但卻迅捷無比，
浮出海面
狡猾奸詐
等牠聽到腳步啪達，
或隱隱感覺突然的熱氣，
帶著微笑，
牠潛下水面，
立刻翻過身體
把他們全都掀倒，他們深深沉沒，
愚蠢喪失性命，完全出乎意料。

要明智！
海裡有許多怪物，
卻都不如牠恐怖，
老法斯提托卡隆，
牠偉大的親族都已消逝，
最後一隻古老的甲魚。
因此若要求活命，
那麼我建議：
聽從水手古老的傳說，
絕不涉足未知的海岸！
或者更好的是，
乖乖待在中土
歡歡喜喜
滿足！

12 貓

大肥貓窩在地墊上
彷彿夢到
美味老鼠足供
自己享用，或者牛奶
但他自由自在，沉思漫步
他昂首，毫不屈服，
大聲怒吼，對戰！
親族，又瘦又細，
或是在深沉的窩巢
在東方大啖野獸

和細嫩的人肉。
巨大的獅子張著鐵鉤爪，
龐大無情的牙齒
張開血盆大口；
黑星點豹
迅捷飛馳，
往往由高處
撲躍上美食
在森林陰鬱浮現遠處——
牠們如今遠離
兇猛且自由，
而受人馴服；
但地墊上的肥貓
被豢養爲寵物，
牠遺忘不了。

13 影子新娘

有一個人獨自居住，
日日夜夜 他靜坐如石雕，
但卻沒有影子。
白貓頭鷹棲在他頭上
映著冬日月光；
牠們擦磨著喙，以為他已經死亡
在六月的星空下，
來了一位女士穿著灰衣
在黃昏中閃耀；
她矗立停留，

髮上插著花朵。
他醒來，彷彿由石頭躍出，
他擁她入懷，緊扣她的軀體，
使她的影子包住他。
她再也不走自己的路
迎著太陽、月亮或星星；
她留在下方那裡
既沒有日光亦沒有夜晚。
但一年一度石雕伸展
隱藏的萬物醒覺，
他們翩翩共舞直到黎明
融為單一陰影。

14 寶藏

月芽初生，太陽青春
諸神歌唱銀與金：
在翠綠青草上他們鋪銀，
在奔騰白浪上他們灑金。
在地坑未掘，地獄未裂，
在小矮人還未生，龍還未孕育之前，
有古老的精靈，施強力的魔咒
在密林幽谷碧坡之下
他們邊唱邊製作美妙事物，
以及精靈王的明燦冠冕。

但他們的命運注定，歌聲止歇，
用鐵劈砍、用鋼繫縛。
貪婪不再歌唱，嘴上微笑不再，
在陰暗洞窟他們的財富堆積，
雕銀刻金：
陰影籠罩精靈之屋。

在陰暗洞穴有古老侏儒，
他的手指砍劈銀與金；
用鎚子、鉗子和鐵砧石
他奮力揮舞雙手，
製作錢幣，和成串戒指，
想要買下諸王的力量。
但他的雙眼轉爲暗澹，耳朵不靈
老骨頭上的皮膚泛黃；
透過他厚骨巨掌有那淡淡光澤
石製珠寶滑落隱藏。

他聽不到腳步，雖然大地震盪，
年幼小龍消解飢渴，
小溪在他幽暗大門前冒起煙霧，
火燄嘶嘶燒上潮濕地板，
他獨自一人死在紅艷火光；
他的骨頭化為熱泥中的灰燼。
一隻老龍躲在灰色石下；
牠獨自躺臥，紅眼眨動。
牠的歡欣已逝，青春不再，
牠全身瘤節起皺，四肢彎曲
長年被黃金繫綁；
心中火爐烈燄已消。
肚腹下的污泥藏有寶石，
銀與金牠會又嗅又舔；
牠知道最小戒指的地點
就在牠黑翼的暗影之下。
在牠的硬床上牠想的是竊匪，

夢到啖食他們的血肉，
啃咬碎裂的骨頭，暢飲鮮血；
牠的耳朵低垂，氣息沉重。
鎖子甲的聲響，牠卻一無所聞。
牠深沉的洞穴起了回音
年輕戰士持把利劍
喚牠出來保護寶藏。
牠的牙是刀刃，皮是甲革，
但鐵撕裂牠，牠的火燄消逝。
一位老國王高踞寶座之中：
他白白的鬍鬚垂到膝下；
他的嘴既不能吃或飲，
他的耳也聽不到歌聲；
他只能想到附有雕刻蓋子的龐大櫥櫃
黯淡的珠寶和隱藏的黃金
祕密的寶藏位於黑暗的地下；
堅固的門有鐵保護。

領主的寶劍已經生鏽遲鈍，
他的榮耀不再，他的治理不公，
他的廳堂空洞，他的村舍冷落，但他是精靈寶藏之王。
他聽不到山間小徑的號角，
他嗅不到踩踏青草的鮮血，
但他的廳堂已經焚燒，
他的王國已經喪失；
在寒冷的洞裡，他的骨被丟棄。
在黑暗岩石裡有個古老寶藏，
早已遺忘在沒人可開的門後；
那陰森的大門沒有人可以穿過。
土塚上長起青草；
羊群在此地嚼食，雲雀高飛天際，
風由海岸吹來。
黑夜的古老寶藏保存，
大地等待，而精靈沉睡。

15 海鐘

我走在海濱，
白色貝殼宛若海鐘；
像一縷星光射在濕潤沙灘，
漂向我來，
拾起它，它在我的濕手上抖顫。
我聽見鐘心叮的一聲
浮筒在海港沙洲上搖擺，呼喚迴響
在無涯的海上，如今遙遠而又模糊。
接著我看到一艘船漂浮
乘著夜潮，空蕩灰暗。

「已經太晚！爲何等待，」
我一躍而上，放聲吶喊：「帶我離開！」
它帶我離開，噴著水氣，
被薄霧包圍，在睡夢裡糾纏，
到那陌生之地，被人遺忘的海灘。

在黃昏薄暮遠洋之外
我聽到海鐘隨大浪搖擺
叮噹叮噹，
在懸崖峭壁隱藏的鋸齒之上；
碎浪頻頻呼喚。
終於我來到長長海灘。
白色閃耀，海水慢慢沸騰
水中銀網網住繁星明鏡；
岩石懸崖白如象牙
在月光浮沫下閃耀。
閃亮的沙滑過我的手，

珍珠塵和寶石粉，
號角狀的蛋白石，宛如玫瑰的珊瑚，
長笛形的綠色和紫色水草。
但在懸崖之下，有陰暗洞窟，
以草爲簾幕，又黑又灰；
冷風吹動我的頭髮，
光線沉暗，我趕忙離開。
由山坡而下，碧綠溪流潺潺；
掬水而飲，直到心滿意足。
由泉水拾級而下，通往美麗的永夜鄉土。
遠離四海，
攀入撲朔迷離的陰影草地；
花朵處處彷彿流星，
在藍色水塘，如鏡冰涼，
睡蓮就像漂浮的月亮。
赤楊沉睡，楊柳低泣
在水草起伏的緩慢溪流；

如劍聳立的鳶尾保護淺灘，
還有綠矛和箭矢般的蘆葦。
整個夜晚都聽得歌聲迴盪
在山間谷地；許多生物
穿梭來往：如雪般的白兔，
爬出洞的田鼠；鼓翼的飛蛾
有宛如燈籠的大眼；在沉寂的驚奇
獾由黑暗的門中探頭凝視。
我聽到有人跳舞，空中傳來音樂，
腳步敏捷在碧綠草地
但不論我到哪裡卻都一樣：
腳步逃開，一切沉寂；
絕無招呼，只有轉瞬即逝
在山坡上的笛聲、人聲，與號角。

我用河上落葉和蘆葦捆束
為自己作了寶石綠的斗篷，

持著高高的杖柄，和金色的旗幟；
我的眼睛如星星照耀光輝
我用花朵爲冠，高踞土丘之上，
尖聲喊出雞啼般的叫嚷，
我驕傲地大喊：「爲什麼你們躲藏？
爲什麼沒人說話，不論我去哪裡？
現在我高踞此地，是這裡的王，
有鳶尾寶劍和蘆葦權杖。
回答我的呼喚！全部站出來！
向我說話！露出臉龐！」
黑雲飄過，宛如夜幕。
我就像盲眼田鼠一路摸索，
摔倒在地，雙手攀爬
眼睛盲目，彎腰駝背。
我爬進林間：一片寂靜
盡是枯葉，枝幹光裸。
我坐在那裡，極力思索，

貓頭鷹在空洞的屋裡打鼾。
一年又一天我待在那裡：甲蟲輕敲腐樹，
蜘蛛結網，在土丘穿梭
塵菌凝結在我的膝部。
漫漫長夜終於見光，
我看到自己頭髮灰白。
「我雖屈從，但必須找到大海！
我已迷失，找不到路，
但讓我走！」於是我顛顛躓躓；
就像捕獵的蝙蝠正在追我；
在我的耳裡只聽到凋萎的風聲，
我想用粗糙的荊棘覆蓋自己。
我的雙手破了、膝蓋裂開，
歲月沉沉地壓著我的背脊。
等雨落在我的臉上，
我嘗出鹹味，嗅到海灘的氣息。
鳥兒飛翔，啼叫，呼嘯；

我聽到寒冷洞穴中的聲音，
海豹嗥叫，岩石咆哮，
波浪洶湧沖激。
冬天很快降臨，我穿過迷霧，
直到大地的盡頭，我浪擲年歲，
空中飄雪，髮上結冰，
黑暗臥在最後的海濱。
船依舊漂浮等待
在高起的海浪中，船首起伏。
我疲憊躺臥，隨它帶我走，
波浪掀起，越過大海，
穿過滿是海鷗的老船體
還有滿是光的大船，
來到避風港，如烏鴉般黑，
如雪般靜，在深夜裡。
百葉窗全都拉上，風吹襲呢噥，
路上一片空盪。我坐在門邊，

小雨飄下
我拋棄所有一切：
在緊握的手中殘留幾粒沙塵，
還有靜寂枯乾的海貝。
我的耳再也不聽鐘聲，
我的腳再也不踩海岸，
永遠不再，在悲哀小巷，
在盲目小弄和長街
我蹣跚而行，自言自語；
因爲我所遇到的人，他們依舊不肯說話。

16 最後的船

費瑞爾在凌晨三點朝外望：
灰色的夜即將離去；
遠處金色的公雞
清澈的尖聲高啼。
樹木依舊黑暗，黎明一片蒼白，
醒來的鳥兒啁啾，
涼風徐徐吹襲
穿過暗淡的葉片，
她望著窗上的微光增強，
直到亮光閃爍

在大地和葉片之上；在腳下的青草
灰暗的露珠閃亮。
在地板上她雪白的雙腳走過，
走下樓梯它們閃閃發光，
穿過草地它們踏著舞步
全都灑滿著露珠。
她的長袍邊緣有寶石裝飾，
她跑下河畔，倚靠著楊柳樹幹，
看著河水震盪。
一隻翠鳥像石箭一樣
藍色一閃直墜入河，
彎身蘆葦輕輕吹拂，
荷花葉片蔓生。
突然飄來仙樂陣陣，
正當她矗立散放光芒
於清晨的光燄中髮絲飄揚
流洩在她肩膀上。

長笛吹起，豎琴低唱，
歌聲在四方迴盪，
宛若風聲清朗且明亮
遠方鐘聲飄盪。

有白色的木飾，
和金首與槳的船隻航來
天鵝在前領航
引導高高船首。
來自精靈寶地的美麗族群
一身銀灰划著船。
三位戴冠者在她眼前矗立，
明燦秀髮飛揚。
他們手抱豎琴唱起歌來，
隨著慢槳擺盪：
「綠色大地，樹葉茂密，
鳥兒高聲歡唱。

金色晨曦映照大地，花朵綻放
早在玉米田變白之前。」

「那麼你要去哪，美麗的船夫，
沿著河水直航？
到薄暮時分，到祕密棲地
在綠色森林裡躲藏？
往北方諸島和石頭海岸
強壯天鵝飛翔，
乘著銀波獨居
隨著白色海鷗鳴唱？」
「不！」他們答道，「在遙遠一方
最後的路前往，
離開西方灰色海港，
飄過暗影海域，
我們回到精靈故鄉，
那裡白樹生長，

星星照耀在白波之上
飄往最後的海岸。
向凡間地域再會，
放棄中土！
在精靈故鄉有響亮鐘聲
在高塔裡蕩漾。
這裡青草凋零，樹葉飄落，
日月枯萎，
我們聽到遠方呼喚
要我們朝那裡前往。」
槳停了下來，他們側身問：
「你可聽到呼喚，中土姑娘？
費瑞爾！費瑞爾！」他們吶喊。
「我們的船還未載滿，
只能再搭一人。
來！因爲你的時日稍縱即逝。
來！精靈般美麗的大地姑娘，

請聽我們最後的呼喚。」

費瑞爾由河岸探望，
冒險向前一步；
但她的雙足深陷泥淖，
讓她收眉斂目。
緩緩地精靈之船駛過
呢喃穿過水波：
「我不能去！」他們聽見她喊，
「我生爲大地的女兒！」
她的長袍不再有寶石綴飾，
當她由草地走回
在屋頂和暗門之下，
在房子的陰影之下。
她穿上赤褐罩衣，
編起長髮，
回到她的日常工作，

陽光瞬間消褪。
年復一年時光飛逝
在那七條河水之旁；
雲朵飄過，陽光閃耀，
蘆葦和楊柳震顫
隨日夜晨昏，但再也沒有
船隻駛向西方
如以往在人類水域，
他們的歌聲已經杳然消逝。

尼格爾的葉子

Leaf by Nigle

從前有個小人物，名喚尼格爾，他有個長途旅行該去，但他並不想上路，老實說，他一想到這件事就頭痛，卻又擺脫不了。他知道總有一天他得出發，但並不急著準備行囊。

尼格爾是個不頂成功的畫家，有部分原因是因爲他外務太多，雖然他覺得這些外務都是些廝煩事，但一旦他知道擺脫不了，就能把它們做得很好：而這些外務（就他看來）的確也太多了一點。他國家的法律十分嚴格，因此他時常得爲了遵守法律犧牲工作；此外還有其他原因，一方面他有時候遊手好閒，什麼事也不做，另一方面，可以說他很好心。你也知道這種好心人：他看到別人受苦，就覺得難受，不得不幫忙，但就算他幫忙，也免不了嘮嘮叨叨碎碎唸，還會控制不了自己的脾氣，咒罵起來（通常是罵自己）。不管怎麼說，他倒是幫了鄰居——跛腿的派瑞許先生很多忙，有時候他也幫忙住得遠一點的人，只要他們來找他求助。另外，他也常想到自己該去的旅程，收拾一下行李，但完全沒有效率：在這樣的情況下，他畫畫的時間實在不多。

他手上有許多畫作在進行，其中大部分尺寸都太大，野心也太高，非他的技巧所能及。他是那種葉子畫得比樹好的畫家，曾經花很長的時間只畫一片葉子，捕捉它的形狀、光澤，和葉緣閃閃發光的露珠，但他真正想畫的是一整株樹，所有的葉子都是同樣風格，但卻又要各有千秋。

有一幅畫尤其教他掛心，要畫的原本是風中的一片葉子，後來變成了一棵樹，樹木越畫越大，伸出了無數枝椏，長出了最稀奇古怪的根節，珍禽異鳥也出現在畫面上，棲在樹梢枝頭。接著在樹的四周，在樹的背後，透過葉片枝幹的空隙，可以看到鄉間田園的景色，還有遠處的森林，和積雪的山巒。尼格爾對其他的畫失了興趣，或者把它們的題材全都塞進這幅巨作裡。不久畫布就大到非得用梯子才能作畫，只見尼格爾攀上爬下，這裡補一筆，那裡塗一片。有人來造訪時，他雖然禮貌地招呼接待，但手裡還是拿著鉛筆在桌上撥弄。他表面上聆聽來客所說的話，私底下卻一逕想著他的大畫布，安置在花園裡特別為這幅畫搭的棚屋（位於原本用來種植馬鈴薯的地上）。

他改不了自己的仁慈心腸。「要是我意志堅強一點就好了。」有時他會這麼想，意思是希望自己不要因其他人的困擾而心軟，不過通常他並不因此而煩惱。他總說：「不論如何，我會把這幅畫完成，這是我眞正的代表作，畫完後再開始那討厭的旅程。」但他也逐漸明白，上路的日期不可能一拖再拖，他得確定這幅畫的範圍，不能再擴展，而且要把它完成。

一天，尼格爾退後欣賞他的畫作，特別的專注而客觀，但他沒辦法確定自己的想法，希望有朋友能夠商量。其實在他眼裡，這幅畫一點也不滿意，但卻非常可愛，是舉世最美的作品，他那時最想看到的就是：另一個自己走進來，拍拍自己的背說（極端誠懇）：「曠世傑作！我完全了解你想表達什麼！請繼續努力，其他的一切都不用擔心！我們會準備一份公家的生活津貼給你，讓你生活無虞。」

然而並沒有生活津貼。他知道的是：他需要專心注意，需要「努力」，堅忍而不受干擾的努力，才能把這幅畫完成，這還是只按照現有的規模而言。他捲起袖子，開始專心。他努力了幾天，想要不理睬所有的干擾，但教他分心的干擾卻偏偏多得要命。

他的房子到處不對勁；他得到城裡擔任陪審員；一個遠處的朋友生了病；派瑞許先生腰痛；訪客川流不息。那正是春天，他們都想在鄉間能喝上一杯免費的茶水：尼格爾住在一間怡人的小屋裡，離城市有數哩的路程。雖然他心裡咒罵他們，卻又不能不承認明明是自己把他們邀來的，那是在冬天，他還沒有想到和城裡的熟人喝茶聊天算是「干擾」的時候。他想要硬起心腸，但卻沒有用。有許多事他都不好意思拒絕，不管他覺得這些事情算不算義務，還有一些事不論他的意見如何，都非做不可。有些訪客暗示說，他的花園疏於照顧，可能會招來督察。幾乎沒有人知道他的畫作，即使知道，也沒什麼差別。我懷疑他們能否了解它的意義，我敢說它其實不算非常好的畫，雖然可能有幾部分細節不錯。不管怎麼說，那株樹都顯得奇形怪狀，可以說非常獨特。尼格爾也是如此，雖然他也是非常平凡而單純的人。

到最後，尼格爾的時間眞的不多了。他在遠方城裡的朋友想起了他得赴麻煩的旅程，有些人開始計算他最慢可以拖延到什麼時候才出發。他們都在疑惑誰來照顧他的房子，花園能不能照料得更好一點。

秋天來了，非常潮濕，風也很大。這個平凡的畫家在他的畫棚裡，攀上階梯，想要描摹積雪山尖上夕陽西下的餘暉，因爲他剛由一枝長滿茂盛樹葉的樹枝左緣瞥見。他知道自己不久就得動身了：說不定就是明年初。他只能勉強把主圖畫完：還有一些角落根本沒時間細繪，只能粗略地勾出他想畫的輪廓。

有人敲門。「進來！」他大聲回應，並且爬下梯子，他站在地面上玩弄刷子。原來是他的鄰居派瑞許，這是他眞正的近鄰，因爲其他的鄰居都住得很遠，不過他還是不太喜歡這個人：一方面是因爲他老是有麻煩，老是需要他幫忙，另一方面是因爲他根本不懂畫，卻很挑剔園藝。派瑞許每次（次數很頻繁）看尼格爾的花園，都只看到雜草；而他每次（次數很稀少）看尼格爾的畫，都只看到綠和灰色的色塊和黑色線條，一點也沒意思。他經常向尼格爾嘀咕談他花園裡的雜草（這是鄰居的義務），卻不願提任何有關他畫作的意見。他覺得這樣做是好心，但卻不明白，就算這是好心，也還不夠。更好的作法是幫尼格爾除草（最好還加上讚美他的畫作）。

「喔，派瑞許，有什麼事嗎？」尼格爾問道。

「我知道不該來打擾你，」派瑞許說（正眼都不瞧那幅畫）：「你一定很忙。」

其實尼格爾本來就想這麼開口，但派瑞許這麼一說，他只能講：「是的。」

「但我找不到別人來幫忙。」派瑞許說。

「的確，」尼格爾嘆了口氣，是那種私下有所抒發的嘆息，只是聲音還不夠低，「我能幫你什麼忙？」

「我太太病了好幾天了，我很擔心。」派瑞許說：「風掀掉了我屋頂上一半的瓦片，水灌進我的房間，我覺得該去請醫生和建築工人，只是他們要等好久的時間才請得動。我在想，不知道你有沒有多餘的木頭和畫布，讓我隨便修修，撐個幾天。」現在他總算拿正眼瞧尼格爾的畫了。

「老天爺！」尼格爾說：「你眞倒楣！希望你太太只是小感冒而已。我馬上就來，幫你把病人抬下樓來。」

「多謝。」派瑞許沉著地說：「但她不是感冒，而是發燒。如果只是感冒，我就不會來打擾你了。而且我太太已經在樓下的臥房裡了，我不可能端著托盤上上下下地跑，因爲我的腳不方便。我知道你很忙，對不起要麻煩你。如果你實在沒有多的畫布，我倒希望你能有空幫我去請醫生和建築工人。」

「當然，」尼格爾說，雖然他心裡有其他想法。目前他只是心存慈悲，卻沒有任何特別的感覺：「我可以去。我會去——如果你覺得擔心。」

「我的確擔心，非常擔心。我眞希望自己沒有跛腳。」派瑞許說。

於是尼格爾去了。你知道，情況很棘手。派瑞許是他的近鄰，其他人都住得很遠。尼格爾有腳踏車，派瑞許卻沒有，而且也不能騎。派瑞許有一隻腳跛了，是眞正的跛腳，使得他很疼痛：這點得記住，還有他痛楚的表情和呻吟。當然，尼格爾有畫得畫，而且沒剩多少時間可以完成，但這是派瑞許該注意的事，只是派瑞許並沒有注意到畫作，這是尼格爾無從反駁的一點。「豈有此理！」他邊取出腳踏車邊罵。

天氣潮濕，風又很大，天漸漸暗了。「今天不可能再工作了！」

尼格爾想道。整個路上他不是在咒罵，就是在想像他的畫筆要如何畫山，或是山邊樹枝上的葉子，這些都是他早在春天就已經想過的。他的手指頭緊握著車把。如今他走出畫棚，反而更清楚知道如何處理那凝住山景、閃閃發光的小樹枝。但他卻覺得心頭沉重，有一種恐懼感，覺得此生再無機會嘗試這些畫法。

尼格爾找到了醫生，也在建築工人店門前留下紙條。店門關著，工人已經回家去了。尼格爾全身濕透了，自己也打起寒顫來。醫生不像尼格爾那樣隨傳隨到，他一直到第二天才來出診，而且同時看相鄰的兩個病人，一舉兩得。尼格爾躺在床上發高燒，腦子裡想的，天花板上浮現的，全都是各色各樣漂亮的葉子和錯綜盤節的枝條。派瑞許太太只是感冒，已經可以起床的消息並沒有讓他感到安慰，他轉臉向牆，把自己埋入葉子裡。

他又在床上躺了些時日，風繼續吹，吹走了更多派瑞許的瓦片，也吹走了一些尼格爾的瓦片：現在他自己的屋頂也開始漏水了，工人卻依舊沒來。尼格爾倒不在乎，一兩天沒有關係，後來他勉強爬出來覓食（他並未娶妻）。派瑞許並沒有過來：濕氣侵襲他的腳，使他疼痛難當，他的太太則忙著拖地，一邊疑惑：「那個尼格爾先生是不是忘了去請建築工了？」要是她有機會想到要借任何東西一用，就會打發派瑞許來了，管他腿痛不痛，但她偏巧沒想到，因此尼格爾只能獨自求生。

大約過了一周，尼格爾終於踉踉蹌蹌出了門，再進他的畫棚。他想爬上梯子，卻覺得頭暈目眩，所以他坐了下來，凝視著畫，但當天他腦中卻沒有任何靈感，想不出葉子的模樣或山的景象。他本來想畫遠處黃沙遍布的沙漠，但卻沒有力氣。

「可惡！」尼格爾說，但其實他該彬彬有禮地喊一聲：「請進」。因爲不管怎麼樣，門都打開了，這一次進來的是一個很高的人，完全不認識。

「這是私人畫室，」尼格爾說：「我很忙，走開！」

「我是房子的檢察官。」這人揚著他的約見卡，讓站在梯子上的尼格爾可以看得見。

「喔！」尼格爾說。

「你鄰居的房子情況非常差。」檢察官說。

「我知道，」尼格爾答道：「很久以前我在建築工人那裡留了一張字條請他們來，但他們沒來，後來我就生病了。」

「我明白了，」檢察官說：「但你現在並沒有生病。」

「但我並不是建築工人，派瑞許該向市政府反映，請求緊急協助。」

「他們忙著處理比這裡更糟的情況，」檢察官說：「山谷那裡發生水災，許多人家的房子都被沖毀了。你該幫忙鄰居作些暫時的修補工作，避免他們花不必要的大錢修理。這是法律的規定。你這裡有很多材料：帆布、木材、防水漆。」

「在哪裡？」尼格爾氣憤填膺地問。

「那裡！」檢察官指著他的畫。

「那是我的畫！」尼格爾大喊。

「我知道，」檢察官說：「但房子比較重要，這是法律的規定。」

「但我不能……」尼格爾沒說下去，因爲這時又有另一個人走了進來，很像檢察官，幾乎可以說是他的分身：身材很高，穿得一身黑。

「來吧！」他說，「我是駕駛人。」

尼格爾由梯子上跌了下來，他似乎又開始發高燒了，他覺得天旋地轉，渾身發冷。

「駕駛？駕駛？」他喃喃自語：「什麼駕駛？」

「你，和你的馬車，」那人說：「馬車很早就訂了，現在終於來了，正在等著呢。你知道，你今天就得上路開始旅程。」

「好了！」檢察官說：「你得上路了，這樣開始旅程實在不妥，因爲你的工作還沒完成。不過我們現在至少可以使用這些帆布了。」

「喔，老天！」可憐的尼格爾哭了起來：「它還沒畫完呢！」

「沒畫完！」駕駛人說：「好了，不管怎麼說，在你這邊已經完結了，來吧！」

尼格爾去了，一路上非常安靜。駕駛人不給他收拾行李的時間，說他早該收拾好了，否則會錯過火車，因此尼格爾只能匆匆抓起走廊上的小包包，他發現裡頭只有一盒油彩，和一小本他的草稿，既沒有食物，也沒有衣服。他們總算趕上了火車，尼格爾覺得很疲憊想睡，他們七手八腳把他塞進車廂時，他根本不知道發生了什麼事，也不太關心：他已經忘記自己要去哪裡，或者要去做什麼。火車幾乎立刻進了幽暗的隧道。

尼格爾在昏暗的大火車站裡醒來，一名搬運行李的腳夫沿著月台走來，嘴裡大喊大叫，但他叫的不是站名，而是「尼格爾！」

尼格爾匆匆下車，發現他的小手提袋忘在車上。他轉身想上車，火車卻已經開走了。

「啊，你來了！」腳夫說：「這邊走！什麼！沒有行李？你得去勞動救濟院。」

尼格爾覺得很不舒服，當場就昏倒在月台上。他們把他抬上救護車，送到勞動救濟院的醫務室。

他一點也不喜歡他們的治療方式。他們給他的藥非常苦，職員和看護都很不友善、沉默、嚴肅。他從沒有看過別人，只除了一位非常冷漠的醫生，簡直像坐牢而不像住院。他得依時努力工作：挖掘、木工，和只用單一色彩塗木板。他們從不准他外出，窗戶也全都只能朝內望。他們常一連數小時讓他待在暗處，他們的說法是讓他「思考」。他喪失了時間感，也不覺得自己病況有好轉的跡象——假設好轉與否是用做任何事有任何趣味的標準來判斷。他做什麼事都覺得無味，就連上床睡覺也乏善可陳。

起先，在第一世紀左右（我只是陳述他的印象），他總是漫無目標地想起過去。他躺在黑暗中一再想到的一件事是：「我真希望那時風一起我就去幫派瑞許。我本來就想去，剛鬆脫的磚很好修理，這樣派瑞許太太就不會感冒，那麼我也不會感冒了。這樣我就可以多一週的時間。」但漸漸地，他忘記自己為什麼需要多一周的時間。後來若說他有什麼放不下心的，就是他在醫院裡的工作。他作了一些計畫，思索該如何迅速地防止木板吱吱作響，或是重新把門裝好，或是補好桌椅。或許他現在眞的有用，只是沒有人告訴他而已。但這也可能是他們留住這可憐人那麼久的原因。或許他們在等他身體復元，而判斷他是否康復，則視某種他們自訂的醫學標準。

不論如何，尼格爾無法由生命中獲得任何一點樂趣，任何他先前所謂樂趣的樂趣。他當然不覺得快樂，但無可否認他卻開始有一種感覺——滿足感：是實在的麵包，而非妝點用的果醬。他可以在鈴聲一響就開始工作，再響就立刻放下工作，乾淨俐落，隨時等適當的時機就繼續下去。他現在每天都得做很多事，而且可以井然有序地完成許多小事。他沒有「自己的時間」（除了單獨待在自己的病房中），但他卻成為自己時間的主宰，他開始了解可以怎麼運用時間，沒有急迫感。現在他的內心更平靜，在休息的時候，反而可以眞正的休息。

接著他們突然改變了他的作息；現在他們幾乎不讓他上床休息，不再讓他做木工，而讓他一直挖掘，日復一日，他卻適應得很好。甚至到許久以後，他才開始回想自己都已經忘記的咒罵詞語。他不斷地挖掘，直到背都直不起來，雙手也疼痛不堪，他覺得自己再也不可能挖任何一鏟。沒有人感謝他，但醫生來了，他凝視著他。

「停止！」他說：「徹底休息——在黑暗處。」

尼格爾躺在黑暗中，徹底休息，他既沒有感覺，也並不思考，就他的感覺，他可能躺在那裡幾個小時，或是幾年。但他現在聽到了聲音：並不是他先前所聽到的聲音。好像有醫學會議，或是調查庭在附近召開，好像就在鄰室，房門可能敞開，雖然他看不見任何燈光。

「現在討論尼格爾的病例，」一個聲音說，很嚴肅的聲音，比醫生的還嚴肅。

「他怎麼搞的？」第二個聲音問，可以算溫和但並不溫柔的聲音——很有威嚴，既充滿了希望，卻又悲傷的聲音：「尼格爾怎麼了？他的心，位置並沒錯呀！」

「是的，但卻並沒有發揮功能。」第一個聲音說：「而且他的頭也鎖得不夠緊：他幾乎根本就不思考！看看他浪費的時間，甚至沒有讓自己歡喜！他一直都沒有做好上路的準備。他算得上小康，但抵達此地時卻幾乎一無所有，得被安置在貧民那一區。恐怕不是個好病例。我覺得他還得再待上一陣子。」

「這對他或許也沒有壞處。」第二個聲音說：「但，當然，他只是個平凡的人。他生平無大志，也從不堅強。讓我們看看他的病例。不錯，有些點對他很有利。」

「或許吧，」第一個聲音說：「但若仔細探究，就會發現它們都不堪一擊。」

「好吧，」第二個聲音說：「看看這幾點。他天生是畫家。當然，不是頂尖的，不過尼格爾的葉子也有它自己的魅力。他花了很多心思，爲了葉片本身而畫它們，但他卻從沒有覺得這有什麼了不起。在裝腔作勢這一項上，他從沒有任何紀錄，即使對他自己也一樣。這可以說明他未曾注意法律的原因。」

「即使如此，他也不該忽視這麼多。」第一個聲音這麼說。

「不管怎麼說，他還是應了許多召喚。」

「只有一小部分，而且大多都是簡單容易的召喚，他甚至還把這些召喚稱爲干擾。病例上全都是這個詞，還有許多抱怨，和愚蠢的詛咒。」

「的確，這些召喚在他看來的確都是干擾，可憐的老實人。不過還有一點：他從來不求其他人的回報。拿後來派瑞許的例子來看，他是尼格爾的鄰居，從來沒有幫過他一丁點的忙，也從不表示感謝，但就他的例子而言，尼格爾從沒有期待派瑞許的感激，他似乎從沒有想過這件事。」

「不錯，這是個論點。」第一個聲音說：「但無足輕重。我想尼格爾可能只是忘記了。他幫派瑞許的忙，在他心裡只是解決一件麻煩事而已。」

「不過再看看這最後一份報告，」第二個聲音說：「在雨天裡騎車找幫手的那一段。我覺得重點在這裡。這很清楚是眞正的犧牲：尼格爾認爲他喪失了完成畫作最後的機會，而且也知道派瑞許擔的根本是無謂的心。」

「我覺得你的觀點太偏了，」第一個聲音說：「但由你來決定，以最適當的意涵解釋事情的眞相是你的工作，有時事實正是如此。你的意見是什麼？」

「我認爲這是個只需輕微治療的案子。」第二個聲音說。

尼格爾覺得他畢生再沒有聽過比這更寬宏大量的聲音，它把輕微治療說得好像豐盛的禮物，好像召喚他赴國王的饗宴。接著他突如其來地覺得慚愧，聽到自己算是輕微治療的病例，教他心情激盪，教他在黑暗中臉都紅了。這就好像受到公開的讚揚，但你和全體觀眾卻都知道自己不值得這樣的誇獎。尼格爾用毯子蒙住了臉。

接下來是一陣沉默。然後第一個聲音很近地向尼格爾說：「你一直在聽。」

「是的。」尼格爾說。

「喔，你有什麼說法？」

「你可不可以告訴我派瑞許的現況？」尼格爾說：「我真想再見到他。我希望他病得不重吧？你能治好他的腿嗎？它一直折磨他。請不要擔心他和我。他是很好的鄰居，還賣給我很好的馬鈴薯，非常便宜，省了我不少時間。」

「是嗎？」第一個聲音說：「我很高興聽到這點。」

又是一段沉默。尼格爾聽到聲音向後退：「我同意。」他聽到第一個聲音在遠處說：「讓他繼續到下一個階段。如果你願意，明天也行。」

尼格爾醒來，發現他的百葉窗已經拉開，小小的隔間滿室陽光。他起身，發現已經有人準備了一些舒適的衣著，而非醫院的制服。早餐過後，醫生治療他的雙手，敷了些藥，他立刻痊癒了。他囑咐了尼格爾幾句，還給他一瓶補藥，以防萬一。上午過了一半時，他們給了尼格爾一塊餅乾和一杯葡萄酒，然後又給他一張車票。

「你現在可以去車站了。」醫生說：「腳夫會照料你。再見。」

尼格爾走出大門，不由得眨了眨眼，陽光非常燦爛。原本他以火車站的規模判斷，以爲外面有一座大城市，然而並沒有，他站在山坡頂上，只見四週一片綠油油，並無其他建築物，清風拂面，附近一個人也沒有。他可以看到山坡下火車站的屋頂閃閃發光。

他輕快地走下山坡到車站去，但並不匆忙。腳夫一眼就看到了他。

「這邊請！」他領著尼格爾到鐵路支線終點，看到一節非常可愛的小火車：一節車廂，一個小小的引擎，都很明亮、清潔，剛上過漆，彷彿才要作處女航似的。就連引擎前面的鐵軌也很新：鐵軌閃閃發亮，座椅漆成綠色，臥車在溫暖的陽光下散出一股好聞的瀝青味。車廂是空的。

「請問這節火車要開往什麼地方？」尼格爾問道。

「我不知道他們是否確定了它的方向，」腳夫說：「不過你會知道的。」他關上了門。

火車立即啓動。尼格爾向後靠上座位，小小的引擎冒著煙向前，在青翠山巒之間奔馳，頭頂上是蔚藍的穹蒼。沒有多久，火車鳴笛煞車，停了下來。沒有車站、沒有車牌標示，綠色的路基上只有幾級階梯。階梯頂端修剪整齊的籬笆上有個小門，門旁是他的腳踏車，至少看起來很像他的，而且把手上有個黃色的標籤，用黑色的大字寫著「尼格爾」。

尼格爾推開門，跳上腳踏車，在春日陽光下滾下山坡。不久他就發現他剛走的路已經消失，腳踏車騎上了美麗的草地，草長得茂密而青翠，但他卻無法分辨每一片葉片。他彷彿記得在哪裡見過或夢到這一大片草皮。路的高低起伏感覺很熟悉。是的：這片地變平了，是的，又隆起了，一如他的印象。在他和太陽之間，是一大片碧綠的影子，尼格爾抬頭向上望，摔下了腳踏車。

他還沒站起身來，這棵樹，也就是他的樹，已經完成了。你可以說這株樹彷彿有生命一樣，它的葉片張開，樹枝伸展，隨著尼格爾經常感覺或揣想卻始終捕捉不到的風彎折。他凝視著那株樹，緩緩地舉起雙臂，又緩緩張開。

「這是恩賜！」他指的是他的作品，也是眼前的結果。

他繼續凝視著樹。所有他曾費心描繪的葉片都在眼前，就像出自他的想像而非他的手，還有其他曾在他心中醞釀，以及若他有時間也可能在心中勾勒的葉片也在其中。葉片上什麼也沒寫，只是精緻的葉片，但卻像日曆一樣記載了清楚的時間。有些最美，也最有特色，最能表現出尼格爾風格的，可以看出是和派瑞許合作完成的：沒有任何方法可以描述。

鳥兒聚集在樹上，教人驚奇的鳥兒：牠們唱得多麼美妙！牠們求偶，孵育雛鳥、展翅、飛翔，就在他的眼前向林間婉轉鳴啼。現在他也看到森林了，朝兩方延伸，直至遠方。山巒在遠處閃閃發亮。

過了一會兒，尼格爾轉身朝樹林走去，他並不厭倦那棵樹，只是樹影在他心裡更清楚，而他知覺到這一點，並知覺到它的生長，即使不凝視它亦如此。他走開之時，發現了另一件奇特的事：森林雖然遙遠，但他卻能靠近，甚至走入林中，而它也並未喪失那獨特的魅力。

他從沒有走近它卻不使它成為背景的情況。漫步鄉野間極有趣味，因為在你徜徉之際，新的距離會伸展出來，因此你會有兩倍、三倍、或四倍的距離，兩倍、三倍和四倍的魅力。你可以一走再走，在花園或圖畫裡納入整片鄉野，你可以一再地走，但或許不能永遠。在背景裡有山巒，它們的確越逼越近，只是非常緩慢。它們似乎不屬於圖畫中，或者只是連接某物，由樹木瞥見其他不同的事物，更進一步：另一幅圖畫。

尼格爾四處徜徉，但不只是閒逛而已，他仔細地觀察四方。樹木已經畫完了，雖然畫並沒有完全完成——「只是另一種描繪它原本模樣的方式」——他想道。但林間還有許多未完成的部分，還需要努力和思考。不需要再作任何改變，到目前為止，並沒有什麼不對的地方，但還需要再繼續到某個程度。尼格爾在每一部分都精準地看出那個程度在哪裡。

他在遠處一株美麗的樹下坐下來——這樹是那株大樹的翻版，但卻有它自己的特色，或者該再多花點心思——他開始思索該由哪裡開始，哪裡結束，需要多少時間。他還不能完全想出自己的計畫。

「當然！」他說：「我需要的正是派瑞許。在大地、植物和樹木等方面，他知道許多我所不明白的事。這裡不能只是我私人的花園，我需要協助和建議：我早該想到這點。」

他起身走到打算開始著手之處，脫下外套，接著卻在遠處一塊有蔭的空地上，看到有人東張西望。那人靠著鏟子站著，卻不知道要做什麼。尼格爾呼喊他：「派瑞許！」

派瑞許扛起鏟子，朝他走來。他依然有點跛。他們倆並沒有交談，只是一如往常那般點點頭，穿過鄉間小徑，只是現在兩人手牽著手、齊步並進。尼格爾和派瑞許雖然沒說話，卻雙雙同意在那裡造小屋和花園，這似乎是該有的。

他們一起工作，這回顯然尼格爾較能掌握時間，完成工作。奇怪的是，尼格爾變得比較專心建屋造園，而派瑞許則四處遊走，凝視著園裡的樹木，尤其是那株樹。

一天，尼格爾正忙著種植樹籬，派瑞許則躺在一旁的草地上，全神貫注地盯著綠地上美麗的小黃花——很久以前尼格爾就在他的樹根上畫了許多這樣的小黃花。突然派瑞許抬起頭來：他的臉在陽光下閃著光芒，他綻開笑容。

「這太美好了！」他說：「其實我本不該在這裡，謝謝你爲我美言。」

「胡說，」尼格爾說：「我不記得我說了什麼，但絕不夠。」

「喔，的確夠，」派瑞許說：「你讓我能這麼快就解脫了。你知道，那第二個聲音：他讓我過來；他說你要求見我，我欠你這個情。」

「不，你欠的是第二個聲音。」尼格爾說：「我們倆都一樣。」

他們繼續一起生活，一起工作，不知道過了多久。不容否認，一開始他們偶爾會意見不合，尤其在疲倦的時候，而一開始他們的確也會疲倦。他們發現他們倆都拿了補品，兩瓶補藥上的標籤都一樣：**一次數滴、以泉水送服，睡前服用**。

他們在森林的中間地帶發現了泉水，很久以前尼格爾曾經有過這樣的想法，但卻從來沒有把它畫出來。現在他發現這泉水正是閃閃發光的湖的泉源，地處偏遠，卻提供了這片鄉野間所有生物的養分。這幾滴補藥會使泉水呈收斂性，變得很苦，但卻提神醒腦。喝完了補品，他們分頭睡了，再起身時，一切都迎刃而解。在這個時刻，尼格爾會想到美麗的奇花異草，派瑞許則很清楚該把它們安置在最好的地方。還沒喝完補藥，他們就再也不需要它了。派瑞許的跛腳也不藥而癒。

他們的工作快要告一段落，而他們也給自己更多的時間四處徜徉，欣賞草木花卉，光影形象，和四處的景物。有時候他們倆一起歌唱，但尼格爾發現自己的目光常常轉向山巒。

最後山谷裡的房屋、花園、草木、森林、湖泊和整片鄉野幾近完成了，萬物各得其所。而那株大樹則繁花似錦。

一天派瑞許說：「我們今晚就可以完成它了，此後我們將有眞正的長路要走。」

他們第二天出發，走了又走，直到遠處的邊邊。當然它看不見：既沒有線條、也沒有籬笆或牆壁，但他們卻知道他們已經來到了邊緣。他們看到一個人，很像牧羊人，沿著蔓延到山邊的草坡朝他們走來。

「你們需要嚮導嗎？」他問：「你們要繼續向前走嗎？」

有一會兒，尼格爾和派瑞許之間產生了一股惆悵的情緒，因爲尼格爾知道自己現在的確想繼續向前走，而且（就某種意義而言）也該繼續向前走；但派瑞許卻不想向前，也還沒有做好向前的準備。

「我得等我太太，」派瑞許對尼格爾說。「她會寂寞。我知道他們遲早總會送她來，等她準備好，也等我把一切為她安排好。現在房子完成了，我們已經盡了力，但我想要給她看看，她一定能使它更完美，我相信：更舒適更有家的感覺。我希望她也會喜歡這裡。」他轉身向牧人問：「你是嚮導嗎？你能告訴我這個地方叫什麼名字嗎？」

「難道你不知道？」那人說：「這是尼格爾的地方，這裡是尼格爾的畫，或者大部分是：有一小部分現在是派瑞許的花園。」

「尼格爾的畫！」」派瑞許大吃一驚，「你自己構思這一切的嗎，尼格爾？我從來不知道你這麼聰明。為什麼你不告訴我？」

「他很早以前就想告訴你，」那人說，「但你都不理睬。那時他只有畫布和油彩，而你卻想用它們來修屋頂。這就是你和你太太所謂的**尼格爾那沒用的玩意兒或塗鴉**。」

「但那時它看起來和現在完全不一樣，並不真實。」派瑞許說。

「不，那時只是浮光掠影。」那人說：「但如果你認為值得，你就能捕捉到那浮光掠影。」

「我沒有給你太多機會。」尼格爾說：「我從來都沒有解釋給你聽。我老是稱呼你老粗，但又有什麼關係呢？我們現在不但一起生活，也一起工作。或許一切都不同了，而且再好也沒有。不管怎麼說，我恐怕該走了。我希望未來能再見面：那時我們一定有更多的事情可以合作。再會！」他熱情地握了握派瑞許的手：一隻美好、可靠、誠實的手。接著他回身凝望了一會兒，那棵大樹花朵開滿枝椏，彷彿火燄般燃燒，所有的鳥兒都在空中飛翔歌唱。

於是他向派瑞許點頭微笑，隨著牧人離開。

他將要向牧人學習羊群和放牧的一切，仰望更寬廣的穹蒼，朝山巒走得更深更遠。在那之後的境遇我不得而知，就像尼格爾在他的老家也可以望見遠方山巒，把它們畫入他畫作的邊緣，但它們是什麼模樣，在那之後又有些什麼情況，唯有曾經攀爬過的人才知曉。

「我覺得他是個傻小子。」湯普金斯委員說：「老實說，沒什麼價值，對社會一點貢獻也沒有。」

「喔，我可不知道。」艾特金斯說（他不是什麼重要人物，只不過是個老師）：「我不敢確定，要看你對貢獻的意義而定。」

「沒有實際或經濟上的用途。」湯普金斯說：「我敢打賭，如果你們做老師的能好好教導，他一定能成爲有用的小螺絲釘。但你們沒有，所以我們就會看到像他這樣沒有用處的人。如果是我來治理國家，我就會把像他這樣的人放在適合的職務上，比如在社區的廚房洗盤子，讓他們各得其所。要不然我就除掉他。我早該除掉他！」

「除掉他？你的意思是，在時機還不到的時候就先讓他啓程上路？」

「是的，如果你非要用那個沒有意義的老詞。把他推進隧道，送到大垃圾堆，我的意思就是這樣。」

「原來你覺得畫畫沒有價值，不值得保存或改進，甚至任何用途？」

「畫畫當然有用，」湯普金斯說：「但他的畫沒什麼實用之處。許多勇於嘗新的年輕人無畏新觀念和新方法，不再需要這些老東西，這些都是他個人的白日夢。他連設計一張動人的海報來挽救自己的性命都不行。總是塗抹葉子和花。我有一次問他為什麼，他說他覺得它們很漂亮！你相信嗎？他說漂亮！『什麼？植物的消化和生殖器官？』我問他，他無話可說。愚蠢的傻瓜。」

「傻子，」艾特金斯說：「但卻是可憐的老實人。他從來沒有完成任何事情。啊，自他走後，他的畫布終於有『比較好的用途』，但我不像你那麼肯定。湯普金斯，你記得那幅大的作品，在狂風大雨後，他們用來修他隔壁破屋子的那幅？我發現一個角角被撕了下來，丟在地上。它已經破損了，但還可以辨識：一座山頂和一堆葉片。我一直無法忘懷。」

「無法什麼？」湯普金斯說。

「你們倆在說什麼？」柏金斯趕緊打圓場：艾特金斯的臉已經氣紅了。

「不值一談。」湯普金斯說：「我真不知道我們為什麼談到他。他根本沒有住在城裡。」

「沒有，」艾特金斯說，「但你卻還是一心覬覦他的房子，因此你老是去拜訪他，一邊喝他的茶，一邊卻取笑他。好了，現在你得到他的房子了，還有那棟在城裡的，所以你不需要再怨恨那個名字了。柏金斯，我們在談尼格爾。」

「哦，可憐的小尼格爾！」柏金斯說：「我根本不知道他會畫畫！」

這或許是最後一次有人提到尼格爾。不過艾特金斯保留了那一小塊畫作，雖然它大部分都揉碎了，但那片葉子卻還完整無缺，艾特金斯請人把它裱了起來，後來他把它給市立博物館，有很長一陣子，「**葉子，尼格爾作**」一直掛在一隅，有些人注意到。最後博物館燒毀了，那片葉子，和尼格爾本人，在他的故鄉也完全被遺忘了。

「後來發現的確非常有用，」第二個聲音說：「可以度假，也可以散心。對恢復期的病人極好，而且不止如此，對許多人而言，這是對山巒最好的介紹。在某些病例中有神奇的效果。我把越來越多的人送到那裡去，很少有人需要回來。」

「的確，」第一個聲音說：「我想我們該爲這裡取個名字，你有沒有什麼點子？」

「腳夫早已解決這個問題了，」第二個聲音說：「往山坳尼格爾派瑞許的火車：他已經這樣喊了很久了。尼格爾的派瑞許。我向他們倆發了訊息，告訴他們這件事。」

「他們怎麼說？」

「他們都笑了。開懷的笑——群山呼應！」

大伍頓的史密斯

Smith of Wootton Major

從前有個村莊，其實對記憶好的人而言，並非很久以前，對腳程遠的人而言，也並不很遠。這個村子稱作大伍頓，因爲它比幾哩外樹叢中的小伍頓來得大，但也並不很大，在那個時候村子很繁榮，許多人住在裡面，好人、壞人，和不好不壞的人，像其他地方一樣。

那是個很獨特的鄉村，各種工匠師傅的手藝都非常出名，其中又以烹飪爲最。村子裡有個大廚房，屬於鄉公所，而所聘的大廚師則是非常重要的人。大廚的房屋緊鄰鄉公所的大廚房及主廳，主廳是當地最大最古老也是最美的建築，用堅固的石頭和橡木建成，保養得很好，雖然漆色不再像以往光彩，金箔也已經褪色。村民在主廳開會、辯論，舉辦宴會或家庭聚會，因此大廚師永遠忙碌不堪，因爲在所有的這些場合，他都得提供佳餚。一年當中還有許多節慶，必須準備豐盛的餐點。

有個節慶是全體村民都期待的，因爲那是唯一在冬天舉行的節慶：歷時一周，最後一天日落時分有個節目，稱作「好兒童盛宴」，受邀參加的人不多，有些該邀的人沒邀，不該受邀的人卻誤邀了，不管主事者多麼小心，這種事總免不了。不論如何，想要參加這「廿四盛宴」的孩子，生日很重要，因爲這個盛宴每廿四年才舉辦一次，只限邀廿四個兒童參加。大廚師爲了這個場合，必須全力以赴，除了其他的壓箱寶之外，他還得負責做一個大蛋糕，而他的名聲就繫於這蛋糕的成敗，因爲很少有大廚師能夠任職這麼久，撐到做第二個大蛋糕的時刻。

不過現任的大廚師有一回卻突然宣布他要休假，教所有的人都大吃一驚，因爲先前從沒有類似的例子。大廚師啓程出發，沒有人知道他去了哪裡，幾個月後他回到此地，彷彿換了個人似的。他原本就是個仁慈的人，喜歡看人享受，但他自己卻很嚴肅，話也很少。如今他卻變得快活多了，經常談天說地，並且做一些教人歡笑的事。在宴會中，他自己也會唱些輕快的歌，這原本不該是大廚的行爲。此外，他還帶了個學徒回來，這也教全村人驚訝不已。

大廚師找徒弟並沒有什麼驚人之處，這很稀鬆平常。大廚師在適當的時機選一個學徒，傾囊相授，等他們倆都年歲增長，徒弟就接下大部分重要的工作，等大廚師退休或去世，他就接手，成爲新任的大廚師。但目前這位大廚還沒有選徒弟，他總是說「還有時間」，或「我一直在注意物色，只等找到合適的人選。」但現在他選的這個徒弟根本只是個小孩，而且還不是村子裡的小孩。他比大伍頓的孩子更靈活、更敏捷，輕聲細語，又彬彬有禮，只是他作這份工作未免太年輕了，看起來恐怕還不到十二歲。

不過選學徒是大廚師的事，沒有人能干預，因此這孩子依舊待在廚師的家裡，直到他大到可以自己找房子住。村民很快就習慣看到他的身影在附近出沒，而他也交了一些朋友。他們和廚師都稱他艾爾夫，不過在其他人眼前，他只是學徒。

三年後，使人吃驚的事又發生了。一個春天早上，大廚師脫下了他的白色高帽子，折起乾淨的圍裙，掛上白色的外套，拿出一根結實的白楊木手杖和一個小提袋，起身離開。他向徒弟道別，當時沒有別人在旁。

「再見了，艾爾夫，」他說：「我把重責大任交給你了，你做事一向都讓我放心，我想一切都會很順利。若我們再見面，我希望能聽聽你的經歷。告訴他們，我又要去度假了，只是這一次我不會再回來了。」

學徒把這個消息告訴來大廚房的人，在村子裡掀起了一陣風暴：「他怎麼會這樣做！」他們說：「而且竟沒有警告或道別！沒有大廚師，我們該怎麼辦？沒有人能接他的職位。」他們七嘴八舌討論，卻從沒想到請徒弟作廚師。他長高了一點，但依然像小孩一樣，而且他才當了三年學徒。

村中無大將，他們只好請了一位村民來任大廚師，他的烹調技術就某個程度而言也不錯，當年他年輕時，他曾在大廚師忙不過來的時候幫忙，但大廚師並不喜歡他，也不願讓他擔任學徒。現在的他是個可以信任的人，他已經娶妻生子，精打細算過日子。

「至少他不會不告而別，」大家說：「就算烹調技術不佳，也總比沒有大廚師好。再過七年就要做大蛋糕了，到那時他就會勝任愉快。」

這個名叫諾克斯的村民喜出望外，他一直希望能成爲大廚師，也相信自己有能力獨當一面。有一陣子，當他獨自待在大廚房裡的時候，他總戴上白色的廚師帽，望著自己映照在閃閃發亮的炒菜鍋裡的影子說：「你好嗎？大師，這頂帽子和你很配，簡直是爲你而製作的。祝你一切順利。」

一切的確都很順利，因爲起先諾克斯竭盡所能，而且又有徒弟幫忙，他偷偷地觀察，學了不少，只是他不肯承認。終於，廿四盛宴的大日子就要到來了，諾克斯得準備製作大蛋糕，他私底下很擔心，因爲雖然已經有了七年的經驗，他製作的糕餅足以應付普通的場面，但他知道大家都期待這一次的大蛋糕，一定得滿足嚴格的批評才行，而且品嘗的不只是兒童，他還得用相同的材料和烘焙方法製作一個小一點的蛋糕，讓前來幫忙的人品嘗。另外，大家還期待這個大蛋糕該有出人意表的新鮮點子，而不是只重複以往的作法。

他認爲這個蛋糕應該非常香甜，用料豐富；他想整個蛋糕都該蓋滿糖霜（徒弟很擅長這個技巧）。「這能讓它像童話故事裡的一樣，漂亮無比。」他想道。童話仙子和甜味是他對兒童口味少數的幾個印象。童話仙子可能是人憑空想像而來的，但甜味則是他非常喜歡的。

「啊，像童話一樣，」他說：「我有主意了。」他腦海裡想到，要在蛋糕中央作個小尖塔，上面插個洋娃娃，全身穿白，手上拿根小魔杖，杖上還有個閃亮的金星，在她腳邊則用粉紅色的糖霜寫上「仙后」兩個字。

但等他開始動手準備蛋糕的材料時，他卻發現自己對大蛋糕裡該有些什麼只剩模糊的記憶。因此他找了一些以前廚師留下的食譜，但即使他看懂了他們的字跡，卻依然大惑不解，因爲其中提到許多他連聽都沒聽過的材料，還有一些他早已經忘記，現在也沒時間去準備的東西。不過他決定試試食譜上提到的一兩種香料。他抓頭搔腦，想起一個舊黑盒子，裡面有幾個不同的隔間，留有上一任大廚用來裝大蛋糕的香料和其他東西。他接任之後一直都還沒有看過，經過一番搜尋，他在儲藏室的高架上找到了。

他取了下來，吹掉蓋子上的灰塵，一打開，發現裡面沒剩多少香料，而且都乾掉長霉了。但在邊邊的一個夾層裡，他找到了一個小星星，不到硬幣大小，看起來黑漆漆的，彷彿原本是銀製的，只是後來失去了光澤。「這個有趣！」他把它舉起來對著光瞧。

「不，不是它！」他身後一個聲音說，突如其來，差點把他嚇得跳起來。那是徒弟的聲音，而他從來沒有用這樣的音調向大廚師說過話。其實他根本很少和大廚師說話，除非是大廚師先和他說話。這樣的舉止對年輕人而言非常失當，他或許很會做糖霜，不過要學的還很多呢！這是諾克斯的看法。

「你什麼意思？年輕人？」他不太高興的說：「如果這還不有趣，那麼這是什麼？」

「這是精靈，」徒弟說：「它來自仙境。」

大廚師哈哈大笑：「好，好，它的意思是一樣的，不過你愛這麼說就這麼說罷。總有一天你會長大的。現在你去清葡萄籽吧。要是你看到什麼有趣的仙女，告訴我。」

「你要怎麼處理那個星星？大師？」學徒問。

「當然是把它放進蛋糕裡。」廚師說：「就是這玩意兒，何況它還來自仙境。」他吃吃竊笑：「我敢打賭，你一定自己也參加過兒童的聚會，恐怕就在不久以前，像這樣的星星都被揉進麵粉裡，還有小銅板等等的東西。不管怎麼說，我們在這個村子裡就是這樣做的，這逗得孩子們很開心。」

「但這不是小星星，大師，它是精靈星星。」徒弟說。

「你已經說過了，」大廚師打斷他：「好了，我會告訴孩子們，它一定會逗得他們哈哈大笑。」

「我想它不會，大師，」徒弟說，「但該這麼做，的確。」

「你以爲自己是誰？」諾克斯說。

大蛋糕及時做好了，送進烤箱，飾上糖霜，大部分都是徒弟做的。諾克斯向他說：「既然你一心想著仙境，我就讓你來製作仙后。」

「好的，大師，如果你太忙，就由我來做，但這是你的點子，不是我的。」

「想點子的該是我，而不是你。」諾克斯說。

在宴會上，蛋糕位於長桌的中央，在一圈廿四支紅蠟燭之中。蛋糕頂上是座小小的白色山峰，山的四周長了小小的樹木，彷彿降了霜一般閃閃發光；在山頂上則有一個小小的人踮起一隻腳站著，彷彿雪女翩翩起舞，她的手上拿著一支小小的冰製短棒，晶瑩剔透。

孩子們睜大眼睛凝視著它，有一兩個拍起手來，他們喊道：「它美極了，好像仙女。」這讓大廚師很高興，但小學徒卻一臉陰鬱。他們倆在現場，大廚師準備要切蛋糕，而小學徒則得先磨刀，並把刀遞給大廚師。

最後大廚師拿起刀子，走向桌前。「我告訴你們，親愛的孩子們，在這可愛的糖霜下面，是用各種可口美味材料做成的蛋糕，除此之外，還有很多漂亮的小東西，小星星、小銅幣等等，有人說，如果你分到的那片能找到一個，就是幸運兒。蛋糕裡共有廿四個小玩意兒，所以如果仙女公平的話，應該一片一個，但她未必每一次都公平：她是個狡猾的小東西。問問徒弟先生就知道。」

徒弟轉過身來，仔細觀察孩子們的臉龐。

「啊，我忘了！」大廚師說：「今晚共有廿五個小玩意兒，還有一個小銀星，是特別神奇的一個，徒弟先生這樣說的。所以該小心！萬一你們漂亮的大門牙咬到，神奇星星也不可能彌補。不過我想若能找到它，依舊是很幸運的事。」

這蛋糕不錯，沒有人能挑剔出什麼毛病，只是它份量做得恰恰好，全部切開之後，一人分到一大塊，但並沒有剩，因此也不可能再來一回合。每一塊蛋糕很快就消失了，偶爾有孩子會找到一顆星星或一個銅幣，有的人找到一個，有的找到兩個，有的一個也沒有，運氣就是這樣，不管蛋糕上有沒有洋娃娃揮舞魔杖都一樣。但等蛋糕全吃完了，還是沒看到神奇星星的影子。

「老天爺！」大廚師說：「那麼它一定不是銀製的，它一定融化了。要不然就是徒弟先生說得對，它的確有魔法，因此它消失了，回仙境去了。這可沒意思。」他看著徒弟，笑得不太自然，而徒弟也用深邃的眼睛看著他，並沒有微笑。

其實這顆銀星的確是個精靈星星：徒弟在這方面不會犯錯。參加宴會的一個男孩子在沒有注意的情況下，把它吞進了肚子，不過他也在他的蛋糕裡找到一枚銀幣，並且把它給了鄰座的小女孩諾兒：她的蛋糕裡什麼都沒有，教她非常失望。

有時小男孩會疑惑那顆星星到哪裡去了，卻不明白它一直跟他在一起，藏在某個感覺不到的地方，這就是它的原意。它在那裡等了很長的一段時間，直到時機到來。

宴會舉行的時候是隆冬，現在已經是六月了，夜晚幾乎都不天黑，這男孩黎明前就已經起身，因為他不想睡：這是他的十歲生日。他向窗外望去，世界一片寂靜，似乎充滿了期待。輕輕一陣風，沁涼而又芬芳，攪擾著正要醒來的樹木。接著晨曦破曉，他聽到遠處鳥兒的歡唱，朝他這邊而來，越來越響亮，直到越過他，填滿了房屋四周，接著向西而去，就像一波音樂一般，此時太陽也由世界的邊緣升起。

「這教我想起仙境，」他聽到自己說：「但在仙境，大家也都歌唱。」於是他開始唱，歌聲嘹亮清脆，言語陌生奇特，但他卻似乎天生就會一般。就在此時，星星由他的口中掉了出來，他張手接住，現在它是銀白色，在陽光下閃爍生輝，但它顫抖起來，略略升高，彷彿要飛走似的。男孩不假思索立刻把手按上額頭，於是那顆星星就留在他的前額中央，他戴著它過了許多年。

雖然只要注意觀察，就可以看到他額上的這顆星星，但村裡卻幾乎沒有人注意到它。它成了他臉龐的一部分，而它平時也幾乎不發光。它的光有些滲入他的眼，和他的聲音，他的聲音在有了星星之後，變得悅耳動聽，等他長大，他的聲音變得非常美，大家都喜歡聽他說話，即使只是一句「早安」也好。

他在他的國家裡變得非常有名，不只全村的人都知道他，而且他在鄰近的許多村子裡也聲名大噪，主要是因爲他的手藝好。他的父親是個鐵匠，子承父業的他青出於藍。他父親還在世時，大家稱他爲「史密斯桑」（鐵匠之子之意）」，後來就只稱他爲史密斯了。當時，他是遠伊斯頓和威斯特伍兩地之間最棒的鐵匠。可以在他的鐵匠舖子裡製出形形色色的鐵器。當然，其中大部分都是樸實有用，是日常生活必須的：農具、木匠的鉸鏈、掛鉤、柴架、馬蹄鐵等等，既堅固耐用，也十分獨特，非但造型優雅，而且好拿易用，外觀又好看。

他空閒時，也會做些物品來自娛，這些東西非常美麗，因爲他能夠把鐵製成奇妙的造型，看來又輕便又靈巧，就像一枝花葉一般，卻依然保持鐵的堅韌，甚至看起來還更堅韌。很少有人經過他打造的格子窗或門而不讚美的，只要把它們關起來，就沒有人能夠穿得過去。他在做這些工作時總是引吭高歌，而一旁的人總會放下他們自己的工作，跑到他的舖子裡來，傾耳聆聽。

這就是大部分對他的認識，雖然已經足夠，也比大家對其他村民、甚至其他技巧高超、工作努力的男女村民認識都來得多，但他其實還有其他的祕密。因爲史密斯熟知仙境，他對仙境某些地方的了解可說是凡人之最，但因太多人都變得像諾克斯那樣，因此除了妻兒之外，他很少向其他人提及這個祕密。他的妻子叫諾兒，也就是他當年送銀幣的女孩，他的女兒取名奈恩，兒子名叫奈德·史密斯桑。他的祕密反正瞞不了他們，因爲他們偶爾會看到他額頭上的星星閃爍，在他夜裡散步返家之時，或是在他旅行歸來之後。

有時他會離家，或步行或騎車，大家都以爲他是去出差，有時的確是，有時則不是。不管怎麼說，反正不是去訂材料，或去採購生鐵、煤炭或其他必需品，雖然他總小心翼翼，懂得如何開源節流。但他其實是要赴仙境，他在那裡很受歡迎，因爲星星在他的眉上閃閃發亮，而在那危險的國度他也是凡人中最安全的一位。小奸小惡會逃開他眉上的那顆明星，而這顆星星也會守護他，讓他避免更大的邪惡。

他對此非常感激，因爲他很快就長了智慧，知道仙境的奇妙必會伴隨著危險，許多邪惡非得需要凡人無法駕馭的武器才能對抗。他一直保持學習、探索，而非戰士的身分，雖然他最後終能製出強大的武器，在他的世界足以成爲傳奇故事裡歌詠的對象，值得國王付出高價，但他也知道在仙境，這些東西都不會有太大的用途，因此在他所有的作品中，既看不到劍，也沒有矛或箭頭。

在仙境裡，起先他總安靜地與體型較小、較溫和的生物爲伍，在美麗山谷間的森林和草地，傍著夜裡有不知名的星星閃爍、黎明則有遠山尖頂發光的明燦流水。在較短的幾次旅程中，他只欣賞一株樹或一朵花，但後來在較長的旅程裡，他卻看到既美麗又恐怖的事物，他既記不清楚，也並未向朋友提及，雖然他知道這些經歷深深埋藏在他心底。但有些事物他卻難以忘懷，它們留在他腦海中，他經常憶起它們的奇妙與奧祕。

他第一次在沒有嚮導的情況下獨自遠行時，他以爲能找到仙境更遠的邊界，但雄偉的山巒卻擋住了他的去路，他繞著山迂迴前行，終於來到荒涼的海濱。在他面前是無風暴海，蔚藍的波浪就像覆著白雪的山坡一樣，靜靜地由「無光」滾向岸邊，由黑色行軍戰役歸來的白色船隻隨波浪起伏，凡人對這些戰役一無所知。他看到一艘大船靠上岸邊，水波無聲後退，揚起泡沫。精靈水手全都又高大又可怕，他們的劍閃閃發光，發散著光芒，他們的雙眼露出兇光。他們突如其來揚起凱旋的歌聲，他的心因恐懼而顫抖，他伏臥地上，而他們越過他身旁，步入迴聲不斷的山野。

此後他再也不到那海濱去，他覺得自己置身四面環海的島上，因此他的心思放在山間，想要進入王國的核心地帶。在這些漫遊中，他曾陷入灰色的迷霧裡，無所適從，最後迷霧散去，他發覺自己在一片寬廣的平原之中。遠處有大片山坡的陰影，而由山坡底層陰影之中，他見到仙境國王的樹冒出了頭，峰峰相連，直入雲霄，它的光就像正午的太陽，立即長滿了不計其數的葉花和果實，每一個都和其他的不同，各有千秋。

雖然他經常尋找那株樹，卻再也沒見過它。有一次他在尋覓那株樹的旅途中，攀入外山，卻見其間有一深谷，谷底的湖泊平滑如鏡，清風徐徐吹動湖畔的樹林，湖水卻依舊不起漣漪。深谷內，光線宛如火紅的日落，但卻是來自湖裡。他由懸在湖上的低崖向下望去，深不見底，他看到許多奇形怪狀的火燄，彎曲、伸展、波動，宛如海峽裡的大海草一樣，其間有許多如火苗般的生物穿梭來往。他滿懷好奇，不由得行至水湄，伸足探試。但那並不是水：它比石頭硬，又比玻璃光滑。他踩到上面，卻重重地摔倒，整個湖面發出清脆的聲響，在兩岸間迴盪。

微風立即掀成了狂暴的巨風，如野獸般咆哮怒號，風橫掃著他，把他推到岸邊，捲上斜坡，再像枯葉一般墜落。他雙臂緊緊抱住一株小白樺的枝幹，狂風則用力拉扯枝幹，想要把他拉下樹來，但白樺因為風吹而彎垂地面，把他包在它的枝幹裡。等風終於止息，他由樹下起身，卻見白樺只剩下光禿禿的枝條，強風吹走了它每一片葉子，它哭泣起來，淚水像雨滴一般由樹枝墜落。他用雙手撫著它白色的樹皮說：「上天保祐這株白樺！我該如何彌補或感謝你？」他感覺樹木把回答傳到他的雙手：「不用，走吧！風還在尋找你。你不屬於此地，快離開，永遠不要回來！」

在他爬出山谷時，感到白樺的淚珠沿著他的面頰流下來，滴在唇上盡是苦味。他步上漫漫長路，不禁感到悲哀，有好長一陣子再也沒進仙境。但他卻又忘不了它，等他再一次回到仙境，想深入探索的欲望反而更強烈。

最後他終於找到穿越外山的路，他一直向前走，直到最後走到內山，山勢又高又險，教人心驚膽跳，但最後他終於找到可以攀登的隘口，他鼓足勇氣，穿過一道狹窄的隙縫，朝下一望，看到永晨谷，只是當時他並不識這塊地方。永晨谷的碧草如茵，勝過外仙界，一如外仙界的青翠遠超過人間的春天。在那裡，空氣清澄透明，甚至連谷地遠方有小鳥在樹上鳴啼之際，可用肉眼看見鳥兒的紅舌；即使谷地那麼寬廣，小如鷦鷯的鳥兒仍然清晰可見。

在山巒內側長長的斜坡陡降，滿耳盡是冒著泡沫的瀑布聲響，他內心喜悅，不由得加快腳步。一等他駐足在谷地的青草上，就聽到精靈的歌聲，在長滿百合的河畔草地上，他見到了許多正在跳舞的少女，她們的動作敏捷優雅，變幻莫測，教他著迷，因此他舉步向前。但她們卻突然停步，一名秀髮飛揚，穿著花格裙的少女迎向他來。

她微笑開口：「你越來越大膽了，星眉，不是嗎？難道你不怕仙后知道了會怎麼說？除非你獲得她的允許。」他羞愧不安，因爲他知道她已經看穿了他的心思：他以爲額上的星星是讓他隨心所欲赴任何地方的通行證，現在他才明白其實不然。但她又微笑說：「來吧！既然你已經來了，就該和我一起跳舞。」她拉著他的手，把他帶到舞蹈的圈子裡。

他們一起跳舞，有一會兒，他享受著陪伴她的輕盈、力量，和歡喜，但只有一會兒。很快地他們又停了下來，她彎身採下腳前的一朵白花，插在他的髮上：「再會了！」她說：「或許我們會再見面，只要仙后允許。」

他記不得自己是怎麼回家的，一直到他發現自己沿著家鄉的路騎乘，有些村落的人一臉驚訝地看著他，直到他的身影消失。等他回到自己的家，他的女兒跑出大門，歡喜地迎接他——他比預期的時間早回家，雖然愛他的人依然等得心焦。「爹地！」她喊道：「你到哪裡去了？你的星星閃閃發光呢！」

他跨過大門，星星又暗了下來。諾兒握著他的手，把他帶到壁爐邊，回身望著他：「親愛的，」她說：「你到哪裡去了，看到了什麼？你的頭髮上有一朵花。」她輕輕地把它由頭上摘下來，平放在她手上，好像遠在天邊，但卻又實實在在就在眼前，它透出了光，投影在屋內牆上，因為天色已暗，屋裡也越來越黑。她身前是男人巨大的影子，而影子的大頭也彎垂在她身上。

「你看起來好像巨人，爸爸。」先前未曾發言的兒子說。

這朵花既未枯萎亦未凋零，他們把它當成祕密，當成傳家寶。鐵匠為它做了一個小匣子，還附了鑰匙，它世代相傳，擁有鑰匙的人偶爾會打開匣子，凝望著這朵「生之花」良久，直到匣子關上：而它何時關上，則非他們能決定的。

光陰似箭，許多年過去了。這名鐵匠當初在兒童宴會上得到星星時還不滿十歲，接著又過了一個廿四盛宴，那時艾爾夫已經成為大廚師，也選了一名新學徒哈波。十二年後，鐵匠帶著「生之花」回家，現在，這個冬天，又該是另一個廿四盛宴的時候了。

那年的某一天，鐵匠正在外仙界的森林裡漫步，那正是秋天，金黃色的葉片掛在枝頭，紅色的葉片則落在地上，他聽到身後有腳步聲，但並未注意，亦未回頭，因為當時他正沉浸在自己的思緒中。

在那次的旅途中，他接到召喚，走了很遠的旅程，遠比他先前的旅程都遠。有人保護他、引導他，但他卻對自己所走的路毫無記憶，因為總有迷霧或陰影蒙住他的雙眼，最後終於來到了一塊夜空中有無數星辰高掛的高地。他被帶到仙后面前，她既未戴冠冕亦沒有王座。她莊嚴榮耀地矗立在那裡，全身熠熠發光，一如天上的星星，但她卻比他們最高的矛尖還高，她的頭上還有白燄燃燒。她舉手召他前去，他渾身顫抖向前，只聽到嘹亮的喇叭聲，看哪！他們單獨站在一起。

他站在她眼前，並沒有下跪致敬，因爲他心中憂懼，覺得如自己這般低下，再作任何姿態也都無濟於事。最後他抬眼向上，看到她的臉龐，她凝重地望著他，使他困惑驚奇，因爲就在此刻，他認出了她：就是在綠谷的美麗少女，就是足前長出花朵的舞者。她微笑著看他喚起了記憶，朝他走近，他們展開無言的長談，他在她的思想中看到了許多事物，有些使他歡喜，有些則使他憂傷。接著他的心思回顧自己的一生，直到他回想到兒童的盛宴那天，以及星星的來由，突然靈光一現，他又看到那揮著仙棒的小小跳舞人偶，他自慚形穢，把目光由仙后的美顏移開。

但她卻再度微笑，一如她在永晨谷中一般。「不要爲我悲傷，星眉，」她說：「也不要爲你們自己慚愧。寧可有個小洋娃娃，也比完全沒有仙境的記憶來得好，對有些人而言，這是他們對仙境唯一的一瞥，對有些人則是覺醒。自從那一天起，你心裡就一直想要見我，現在我實現了你的夢想。但我不可能再給你任何其他允諾。在這再會之前，我要請你做我的使者。若你遇到國王，告訴他：『時間到了，讓他選擇。』」

「但是仙后，」他結結巴巴地說：「國王究竟在哪裡呢？」因爲他已經多次向仙境中人詢問這個問題，卻總是得到同樣的答案：「他沒告訴我們。」

仙后回答道：「星眉，若他沒告訴你，那麼我也不能告訴你。但他經常旅行，可能會在意想不到的地方碰到。現在跪下道別吧！」

於是他跪下，她彎身把手放在他的額上，他感到一陣強烈的平靜，他似乎同時既在紅塵，又在仙境，又同時在兩者之外，眺望它們，因此他同時喪失兩者，又同時擁有兩者，心中一片平和。過了一會兒，這股平靜的感覺過去了，他抬頭起身。天空已經黎明，星光已經黯淡，仙后芳蹤已杳。他聽得遠處山巔喇叭迴響，他所站的高地既寂靜又空曠，而他也明白：現在他邁向失落之路。

那邂逅之地現在已經在他身後遠方，他卻站在此地，在滿地的落葉間行走，思索著他所見所聞。有腳步聲逐漸靠近，接著他聽到身旁突如其來的一個聲音：「你和我走同一個方向嗎？星眉？」

他由思緒中驚醒，見到身旁站了一名男子。他很高，步履輕快，一身墨綠，並戴著頭巾，半遮住他的臉龐。鐵匠覺得迷惑，因爲只有仙境裡的人稱呼他「星眉」，但他卻從不曾在那裡見過這個人，而他又不安地覺得他該認識這人。

「你要往哪個方向走？」鐵匠問道。

「我現在要回你的村落。」那人說：「希望你也正好要回家。」

「的確如此，」鐵匠說道：「我們一起走吧。但我想到一件事。在我上路回家之前，一位非常重要的女士要我帶一個口信，但我們很快就要出仙境了，而且我恐怕也不會再來了。你會再來嗎？」

「會，我會。你可以把口信告訴我。」

「但這個訊息是要告訴國王的，你知道去哪裡找他嗎？」

「我知道。訊息是什麼？」

「這位女士要我告訴他：『時間到了，讓他選擇』。」

「我明白了。不要再擔心了。」

他們接著肩並肩在靜默之中向前走，只聽得腳邊落葉窸窣作響；但走了幾哩，他們還在仙境範圍內時，這人卻停下腳步，轉身面對鐵匠，掀起了他的頭巾。鐵匠認出他來，他就是大廚師的學徒艾爾夫，鐵匠在心裡依舊這樣叫他，他一直記得艾爾夫年輕時站在大廳裡，拿著明亮的刀子準備切大蛋糕的景象。他現在一定有一些年紀了，因爲他已經當上大廚師多年，但站在外林的邊緣，他看來依然如多年前的學徒，只是更具威儀：他的頭上並沒有白髮，臉上亦沒有皺紋，雙眼炯炯有神，彷彿反射出光芒。

「史密斯桑鐵匠，在我們回你的村子前，我想和你談談。」鐵匠不禁詫異，因爲他自己也常想和艾爾夫聊聊，只是一直都未能如願。艾爾夫總是親切的招呼他，用友善的眼光看著他，但似乎一直避免和他單獨談話。現在他也友善地凝視著他，但卻舉起手，用食指碰著他眉上的星星。他的眼睛光輝不再，鐵匠這才知道光輝原來是來自星星，它原來一定閃亮燦爛，現在卻暗淡下來。他驚訝莫名，憤怒地抽身後退。

「鐵匠師傅，你不覺得該是放下這個東西的時候嗎？」艾爾夫說。

「這干你什麼事，大廚師？」他回答道：「而我又爲什麼該這樣做？難道它不屬於我嗎？它自動降臨，難道我不能保有這樣降臨到我身上的事物，當作一個紀念品嗎？」

「有些東西和禮物，用來當作紀念是可以的，但有些卻不是這樣的，它們不可能永遠屬於某一個人，也不可能當成傳家寶，它們是借來的。或許你沒想到，其他人也需要這個東西？但的確如此，而且時間緊迫。」

鐵匠感到煩惱，因爲他是個慷慨的人，而且他憶起這顆星帶給他的種種，滿懷感激。

「我該怎麼辦？」他問道：「我該把它交給仙境裡的重要人物嗎？我該把它交給國王嗎？」他邊說，心裡邊升起希望，以爲藉著這個任務，他就可以再進入仙境一次。

「你可以把它交給我。」艾爾夫說：「但或許要你這樣做很爲難，你願和我一起到我的貯藏室來，把它放回你外祖父存放它的盒子嗎？」

「我不知道這回事。」鐵匠說。

「除了我之外，沒有人知道這回事。我是當時唯一在他身邊的人。」

「那麼你該知道它怎麼得到這顆星星，他又爲什麼把它放在盒子裡？」

「他由仙境把它帶回來：這你不用問就該知道。」艾爾夫答道：「他把它留在盒子裡，就是希望有朝一日可以傳給他唯一的孫兒——那就是你。他這樣告訴我，因爲他以爲我可以安排。他是你母親的父親，我不知道她是否跟你提過他，如果她對他認識夠多。他名叫萊德騎士，是個偉大的旅行家：他有許多見聞，會做許多事情，一直到最後才定居下來，擔任大廚師。但他在你才兩歲時離開了——大家找不到他的接班人，只好將就請諾克斯擔任大廚師，可憐的傢伙。不過，一如預期，我及時成了大廚師，今年我會做另一個大蛋糕：就記憶所及，唯一能繼你外祖父之後做出第二個大蛋糕的人；我想要把星星放在裡面。」

「好，我會把它給你。」鐵匠說。他凝視著艾爾夫，彷彿想要讀出他的心思：「你知道誰會找到它嗎？」

「這對你有什麼意義呢？鐵匠師傅？」

「我想要知道，大廚師。這可能使我比較容易割捨對我如此珍貴的東西。我女兒的兒子年紀還太小。」

「也許太小，也許不會。我們看看吧」。艾爾夫說。

他們不再說話，繼續前行，直到走出仙境，終於回到村子裡。接著他們走到鄉公所的主廳，在那個世界裡，太陽正要西下，紅光映照著窗戶，大門上鍍金的雕刻散發光芒，五彩繽紛的陌生臉龐由屋頂下的流水口向下俯視。不久以前，主廳才重新粉刷上彩，議會還爲此展開熱烈的討論，有些人不喜歡，稱之爲「新款式」，但較有見識的人卻知道這是回歸舊傳統。不過由於沒有花任何人一毛錢，一切都是由大廚師自掏腰包解決，因此大家就任他去做。但鐵匠卻從沒看過主廳有這樣的光芒，因此他矗立不動，驚喜地凝望，完全忘記自己來此的目的。

他覺得有人觸碰他的手臂，艾爾夫帶領他走到後面的一扇小門，並且打開門，引他走過幽暗的過道，進入貯藏室。他點燃了一支長蠟燭，打開櫃子，由架上拿下黑盒子。它現在已經擦得亮晶晶的，飾有銀色的渦紋。

他掀起蓋子，把它拿給鐵匠看。有一小間隔間是空的，其他的則塞滿了香料，新鮮刺鼻，鐵匠的眼睛也禁不住流出淚水。他把手放在額上，星星立刻掉了下來，他卻覺得一陣刺痛，眼淚滾下他的臉龐。雖然星星在他的手中再度閃閃發亮，但他卻看不見它，只看到似乎是遠處傳來模糊的光。

「我看不清楚，」他說：「你得幫我把它放進去。」他攤開手，艾爾夫拿起星星，放到盒子裡，它又黯淡下來。

鐵匠不發一語轉身摸索走向門邊。在門檻上，他發現自己眼前再度恢復光明。已經是夜晚，在明朗的夜空裡，晚星靠著月亮熠熠發光。他矗立了一會兒，凝望著它們的美，有人把手搭上他的肩，他回過頭去。

「你自動把星星給我，」艾爾夫說：「要是你想知道它會傳給哪個孩子，我就告訴你。」

「我的確想知道。」

「它會傳給你指定的孩子。」

鐵匠嚇了一跳，沒有馬上回答。「呃，」他猶豫著說：「我不知道你對我的選擇會有什麼意見，我想你沒有什麼理由該喜歡諾克斯，但他的小孫子，湯森的提姆諾克斯會來參加宴會，湯森的諾克斯是個與衆不同的孩子。」

「我已經注意到他了，」艾爾夫說：「他有個賢慧的媽媽。」

「是的，我妻諾兒的妹妹。但除了這層親戚關係之外，我也愛小提姆，雖然他不是個明顯的選擇。」

艾爾夫微笑說：「你也不是。但我同意。的確，我已經選了提姆。」

「那麼爲什麼還要我選？」

「王后希望我這樣做。若你選了不同的孩子，我就放棄我的選擇。」

鐵匠凝視著艾爾夫，接著他突然彎身：「先生，我終於明白了。你賜予我們太多的尊榮了。」

「我已經獲得了回報。」艾爾夫說：「現在平平安安地回家吧！」

等鐵匠回到村子西邊自己的家，看到自己的兒子正倚著鐵門，正好奈德把門鎖上，因爲今天的工作已經完成，現在正凝望著父親旅行歸來必經的白色小路。奈德聽到腳步聲，吃驚地發現父親正由村子裡走過來，於是跑上前去迎接。他用雙臂擁抱著父親，歡欣之情溢於言表。「爸爸，我昨天起就在盼望你回家！」他說，接著看著父親的臉龐焦慮的說：「你看起來好疲憊！是不是走得太遠了？」

「的確很遠，孩子。由日出走到日落。」

他們一起進屋，屋中一片漆黑，只有壁爐裡的火光搖曳。他的兒子點起蠟燭，兩人一起坐在爐火旁，有好一陣子雙方都沒有說話，因爲鐵匠心中感到極度的疲乏與失落。最後他環顧四周，彷彿回過神來一樣說：「爲什麼只有我們倆？」

他的兒子凝視著他：「爲什麼？母親到小伍頓奈恩那裡去了，是小傢伙兩歲的生日。他們希望你也能去。」

「是的，我該去，早該去了，但我耽擱了。我心裡有事，把其他的東西都給忘了。但我可沒忘記小湯姆。」

他把手放在前，拿出一個軟皮小皮包：「我幫他買了東西，老諾克斯可能會說這是不值錢的小玩意兒，但奈德，這來自仙境。」他由皮包中拿出一個小小的銀製品，就像一株小小的百合花一樣，在莖的頂端生出三朵嬌嫩的花朵，向下彎垂，一如姿態優美的鐘一樣。它們的確是鐘，因爲他輕輕一搖，每一朵花都發出小小的清脆聲響。隨著這甜美的聲音，蠟燭明滅不定，接著發出白色的光芒。

奈德的眼裡滿是驚奇：「可以讓我看看嗎？爸爸。」他說。他小心翼翼地把它拿起來，探頭看花朵之間：「這眞是巧奪天工！爸爸，這些小鐘鈴還有香味，讓我深深想起我早已經忘記的事物。」

「是的，搖鈴後不久就會有香味，但不要怕弄壞它，它本來就是給寶寶把玩的，他將不會破壞它，也不會受它傷害。」

鐵匠把禮物放回小皮包收好：「明天我會親自把它帶到小伍頓去。或許奈恩和她的湯姆，還有你媽媽會原諒我。至於小湯姆，他還不急著長大。」

「是的，爸爸，你去，我很想陪你去，但我可能還要一陣子才能動身。我今天不能去，就算不是爲了等你也一樣。我手上還有很多工作沒完成，過幾天還有更多工作。」

「不，不，鐵匠兒子！休個假吧！雖然我已經當上了外公，手勁卻並沒有因此減弱。讓我工作來吧！現在有兩雙手來處理它們了，我不會再出外旅行了，奈德，不會長期旅行了，你懂嗎？」

「注定該如此嗎，爸爸？我疑惑你額上的星星怎麼了，一定很難受。」他握著父親的手：「我爲你難過，但這也有好處，對這個家。你知道嗎，鐵匠師傅，你還有許多訣竅可以教我，只要你有時間，我指的不只是鐵匠的工藝。」

他們共進晚餐，即使用完餐許久，兩人依舊坐在桌上，鐵匠把他在仙境最後一次的經歷講述給兒子聽，還談到他心裡想的事物——但他並沒有提到下一個擁有星星的選擇人。

最後兒子看著他說：「爸爸，你記不記得你帶著永生之花回來的那一天？我看到你的影子，說你好像巨人，那影子就是事實，和你跳舞的仙后也是一樣。但你放棄了星星，我希望它會給同樣值得敬佩的人。這孩子該感激。」

「這孩子不會知道，」鐵匠說：「這種禮物就是這樣。好了，就這樣吧。我已經把它傳了下去，回家打鐵。」

這事很奇怪，但當年嘲笑他徒弟的老諾克斯，卻一直不能忘懷星星由蛋糕消失的事，雖然這已經是陳年往事。現在他變得又胖又懶，在六十歲時退休（在這村裡不算老），他現在年近九十，身軀龐大，因爲他依舊吃得很多，又嗜糖如命。大多數的日子，他不在餐桌上的時候，就坐在屋裡靠窗的大椅子上，如果天氣好，他就坐在門邊。他愛說話，因爲他還是有許多意見要發表，但最近他老是在談當年所做的大蛋糕（現在他自己也深信不疑），因爲只要他睡著，就會夢到它。偶爾他的徒弟會經過，和他聊一兩句，他還是稱他爲徒弟，希望人家稱呼他大廚師。學徒很謹慎地辦到了這一點，這是他的一個優點，雖然還有其他的特點是諾克斯所喜歡的。

一天下午，諾克斯晚餐後正在窗邊的椅子裡打盹，突然由夢中驚醒，發現徒弟艾爾夫正站在一旁，俯視著他。「哈囉！」他說：「我很高興看到你，因爲最近那個大蛋糕老是縈懷不去。其實我現在正好想到它呢。那是我所做過最棒的一個蛋糕，這可有意義了。但或許你已經忘記這回事了。」

「沒有，大廚師，我記得很清楚。你在擔什麼心？那是個很棒的蛋糕，大家都愛吃，而且讚美連連。」

「當然，是我做的。但我不是擔這個心。我擔心的是那顆星星，我一直不知道它後來怎麼樣了。它當然不會融化，我那樣說只是怕孩子們害怕而已。我一直在想，是不是他們當中有人把星星吞下肚去了，但可能嗎？你可能吞下小銅板而不自覺，卻不可能吞下星星，它雖小，卻有尖角。」

「是的，大廚師，但你眞的知道星星是什麼做的？不要去擔這個心。我敢擔保，一定是有人把它吞下肚去了。」

「那麼是誰呢？唔，我的記憶力很好，那天一直歷歷在目。我還記得所有孩子的名字，讓我想想看，一定是密勒家的莫莉！她最貪心，老是狼吞虎嚥。現在她胖得像個布袋。」

「是的，有些人的確變成那樣，大廚師，但莫莉並沒有狼吞虎嚥她的蛋糕。她在她那塊蛋糕裡找到兩個小玩意兒。」

「哦，是嗎？那一定是庫柏家的哈利了。他長得肥肥胖胖，嘴巴像青蛙那麼大。」

「大廚師，我該說他是個好孩子，總是咧著嘴笑。不論如何，他都是小心翼翼，在吃蛋糕前把它掰成小塊小塊。他什麼也沒找到，只吃到蛋糕。」

「那一定是那個蒼白的小女孩，德萊波家的莉莉。她還是小寶寶時，總是吞下針卻沒事。」

「不是莉莉，大廚師。她只吃了糖衣，而把內層的蛋糕送給坐在旁邊的男生。」

「我不猜了。究竟是誰？你似乎觀察得很仔細，除非你是揑造的。」

「是鐵匠的兒子，大廚師，這對他很有益。」

「說下去！」諾克斯笑著說：「我早該想到你是和我玩猜謎。不要開玩笑！史密斯那時是個安靜又平凡的男孩。現在他比較有聲音了：我聽說是個歌手，但他很謹慎，從不冒險。每吃一口東西一定要嚼好幾下，而且一向如此。」

「我懂，大廚師。如果你不相信是史密斯，我也沒辦法。或許現在已經不重要了。如果我告訴你星星已經回到盒子裡來，你能寬心嗎？它在這裡！」

諾克斯現在才注意到。徒弟披著暗綠色的斗篷，他由褶層中掏出黑盒子來，在大廚師的鼻子下打開，「大廚師，星星就在這裡，在角落下方。」

老諾克斯咳嗽打噴嚏，最後他終於探頭看盒子：「眞的！至少看起來很像。」

「正是同一顆，幾天前我才親手把它放進去的。今年冬天我也會把它揉進大蛋糕裡。」

「啊哈！」諾克斯不懷好意地瞅著徒弟，然後哈哈大笑，全身像果凍一樣顫巍巍的，「我知道了，我知道了！廿四個孩子和廿四個幸運物，星星是多出來了，結果你在烘烤之前把它摸了出來，留待下一次再用。你眞是詭計多端：可以說是聰明過人。而且節省：一點牛油也不肯浪費。哈，哈，哈！就是這樣，我早該料到。哦，現在一切都清楚了，我可以安心睡覺了。」他調整了一下姿勢：「你可得注意不要讓自己的學徒和你玩詭計！他們說，聰明反被聰明誤。」他閉上眼睛。

「再見，大廚師！」艾爾夫啪地一聲用力把盒子闔上，教廚師又睜開眼睛：「諾克斯，你無所不知，無所不曉，因此我只有兩次提醒你。我告訴過你這顆星星來自仙境，也告訴你它後來被鐵匠吞下肚去。但你嘲笑我。現在我要離開了，我還要告訴你另一件事。不要再笑了！你是個老騙子，肥胖、懶惰、狡猾。我幫你做了大部分的工作，你從我這裡學到你可以學的一切——只除了對仙境的尊敬，和一點禮貌，但你卻不知感恩。你甚至不配和我道別。」

「要是說禮貌，那麼我看你對長輩和比你優秀的人竟有這種態度，也好不到哪裡去。把你的仙境和胡說八道帶到別的地方去！再見，如果你等的是這句。現在滾出去吧！」他故意拍拍手嘲笑說：「要是你的仙子朋友躲在廚房裡，不妨叫他出來讓我瞧一瞧。要是他揮動魔杖讓我瘦下來，我就相信他。」他哈哈大笑。

「你最好留點時間給仙境的國王。」他邊說話，身材也越變越高，教諾克斯驚愕不置。他掀開斗篷，只見他穿著宴會時的大廚師裝束，但他的白衣閃閃發光，耀眼奪目，他的前額有大塊的珠寶，彷彿璀璨的明星。他的臉龐雖然年輕，表情卻很嚴肅。

「老傢伙，」他說：「你絕非我的長輩。至於說比我優秀，你老是在我背後嘲笑我。現在你是否公開向我挑戰？」他舉步向前，諾克斯顫抖退縮，他想大喊求救，但張開嘴卻發不出聲音來，「不，先生！」他聲音沙啞：「不要傷害我，我只不過是個可憐的老頭子。」

國王的表情柔和下來：「啊，是的！你說得不錯。別害怕！放輕鬆！難道你不希望仙境之王離開以前幫你什麼忙？我將讓你願望成真！再會！現在去睡吧！」他再度披上斗篷，朝主廳而去；但他還沒離開視線，老廚師就閉上原本圓睜的雙眼，打起鼾來。

等老廚師再醒過來，太陽已經下山了。他揉揉眼睛，打了個冷顫，因為秋天的空氣涼颼颼的，「呃！這是什麼樣的夢啊！」他說：「一定是因為午餐時吃的肉。」

由那天起，他因為怕再作類似的噩夢，因此小心翼翼，幾乎什麼都不敢吃，只怕自己吃太多會心神不寧。他吃得很快又很清淡，因此不久就瘦了下來，衣服和皮膚鬆垮垮地掛在身上，一層層一褶褶，孩子們都叫他「破布包骨頭」。於是他發現自己又可以在村子裡四處走動，不用拐杖，因此也活得比原本更久。傳說他過了百歲：這是他一生中唯一值得一提的事。但一直到最後，他還是和願意聆聽他故事的人說：「你可以說我的夢可以警世，但仔細想想還是很傻。仙境之王！咄，他根本就沒有魔杖。而且只要不吃，自然就會瘦下來，這很合道理，根本就沒有什麼魔法。」

廿四盛宴的日子到了。史密斯要赴會唱歌，他的妻子也要去照顧孩子們。史密斯看著孩子們唱歌跳舞，想到他們遠比他幼時更美麗活潑——他突然疑惑艾爾夫在空閒的時候不知在做什麼。這些孩子裡任何一位都配得上那顆星星。但他的目光卻最常投注在提姆身上：又圓又胖的小男孩，跳起舞來顯得笨拙，但歌聲卻很甜美。他靜靜坐在桌上，盯著廚師磨刀切蛋糕，突然他冒出一句話：「親愛的廚師先生，請只給我一小塊，我已經吃了好多東西，很飽了。」

「好的，提姆，」艾爾夫說：「我給你來一片特別的。我想你會覺得它很順口。」

史密斯看著提姆慢慢的吃蛋糕，顯然很愉快，雖然沒有找到星星或銅板，似乎有點失望。然而很快地他的眼裡閃著明亮的光，他放聲歡笑，輕聲對自己歌唱。接著他起身，獨自起舞，動作有以往不曾有的奇特優雅。孩子們全都歡笑鼓掌。

「一切都好了，」史密斯想道：「因此你是我的繼承人，我不知道這顆星星會引你到什麼樣陌生的地方？可憐的老諾克斯。我猜他永遠都不知道自己家裡發生了什麼樣的大事。」

他的確不知道，但宴會裡發生的一件事卻教他欣喜萬分。在宴會還未結束時，大廚師向孩子們和在場所有的人道別。

「我現在要說再會了，」他說：「一兩天之內我就要走了。哈波廚師已經可以接手，他是極好的廚師，而且出自你們自己的村子。我要回家了，你們大概不會想念我。」

孩子們歡喜地道別，並熱情感謝大廚師做了美麗的蛋糕，只有小提姆握著他的手輕聲說：「我很難過。」

其實村裡還有幾個家庭思念艾爾夫。他的幾位朋友，尤其是史密斯和哈波，爲他離去而難過，他們也保持主廳的色彩和裝飾，來紀念艾爾夫。但大部分村民卻心滿意足，他們已經請他擔任多年的大廚師，有點變化也不錯。只有老諾克斯不客氣地用手杖敲地說：「他終於走了！我眞高興。我一直不喜歡他，他很狡猾，你也可以說，聰明過人。」

羅佛蘭登

Roverandom

創作緣起

一九二五年夏天，托爾金帶著妻子艾迪絲和三個兒子：老大約翰（約八歲），老二麥可（約五歲）和小兒子克利斯多福（還不到一歲），到約克夏海邊的觀光勝地菲利市度假。那是個意外的假期，慶祝托爾金獲選爲牛津大學安格魯薩克遜語的教授，他將於當年十月一日赴任，這段期間算是他的休息期間，因爲接下來他的新舊職務會重疊一陣子：他一方面接下了牛津的教職，一方面原本在里茲大學的職務還有兩個學期的任期。托爾金全家在菲利市待了三、四周（以下會說明，這個日期不能肯定），他們租了一間愛德華七世（一八四一—一九一〇）時代風格的小屋，屋主可能是當地的郵政局長。小屋高踞懸崖之上，俯視沙灘和大海。由這個視野絕佳的屋子向外望，東方的景觀一望無際。有兩三個夜晚，大兒子約翰見到滿月由海中升起，在水面上映照出一道銀色的「路徑」來，不禁讚嘆不已。

在這段時期，二兒子麥可·托爾金極喜愛一隻迷你玩具狗，這狗是鉛製的，漆著黑白兩色。麥可和它同吃同睡，帶著它四處玩耍，即使洗手也不肯把它放下來。不過在菲利市期間，他和爸爸哥哥去散步，玩起打水漂的遊戲，一時興奮，把玩具狗放在白色碎石的海灘上，這隻小小的黑白玩具狗襯著白色的背景根本看不清楚，就這樣不見了。麥可找不到玩具，差點心碎，雖然兩個哥哥和爸爸接下來一連找了兩天，依然找不著。

痛失心愛玩具對孩子而言是非常重要的大事，托爾金一定是因爲這件事，激發了想要「解釋」這一切的靈感：他講述一隻名叫「羅佛」的眞狗被巫師變成玩具，然後在海邊被一個很像麥可的小孩遺失的故事。這隻玩具狗碰到了一個滑稽的「沙灘魔法師」，並且登月入海，冒險犯難。這就是〈羅佛蘭登〉最後書成的故事。這個故事並不是一次就寫好，而是邊說邊想，分成好幾部分，片片段段完成的，托爾金在日記裡只簡短的提到在菲利市構思〈羅佛蘭登〉的過程（幾乎可以肯定是一九二六年的日記，簡要摘述一九二五年發生的事件）：「寫來逗約翰（隨著故事發展，也讓我）歡喜的〈羅佛蘭登〉故事終於完成。」不過我們不知道究竟托爾金的「完成」指的是什麼——可能只是在假期中所說的全本故事。不過括弧裡的註記的確證實了故事邊說邊逐漸向下發展。

奇怪的是，日記裡只提到約翰，但構思這個故事的靈感卻是麥可丟了玩具狗。或許是因爲麥可對故事前半部，解釋玩具爲什麼消失不見的部分已經滿意，對於故事後來的發展沒有像約翰那麼有興趣之故。托爾金自己則很明顯對這個故事越來越熱衷，而故事隨著發展也越來越複雜，但究竟〈羅佛蘭登〉最早是以什麼樣的形式構思——究竟它的語言機鋒和對神話傳說的隱喻是否由一開始就屬於故事的一部分，還是最後寫作時才添加進去的，沒有任何紀錄，也沒有人知道。

在同樣這幾個月的時間，托爾金也在他的日記裡寫到，全家於一九二五年九月六日由里茲赴菲利市，待到廿七日，但至少頭幾天的日期不可能是正確的（的確日記裡記錯了，把周日記成周六）。在約翰·托爾金日後的回憶中，當時滿月映照在海面上的景象還歷歷如繪，這樣的景象的確是〈羅佛蘭登〉裡羅佛沿著「月光路徑」旅程的靈感，托爾金一家人於滿月時必然在菲利，而一九二五年九月的滿月時分是九月二日，周二。九月五日周六下午，暴風雨侵襲英國東北海岸時，托爾金一家必然也在菲利。約翰對這件事的回憶同樣鮮明，而且還有報紙的報導①可資證明。早在漲潮時間前幾小時，海水就高漲，掃過海堤，淹到了菲利市的海濱步道，摧毀了沿岸的建築，在海邊掀起滔天巨浪，也讓尋找麥可玩具僅存的希望徹底破滅。強風吹襲托爾金一家的小屋，害得他們整晚都睡不著，深恐屋頂會被掀掉。約翰還記得爸爸說故事給老大老二聽，安撫他們的情緒，而這也就是小狗羅佛被魔法變成「羅佛蘭登」的故事。暴風雨本身必然也是〈羅佛蘭登〉故事後半段，海蛇驚醒，造成疾風暴雨來的靈感。（**牠在睡夢中把自己的身體解開一兩圈，水就上下起伏，搖盪不定，打歪方圓百哩之內的房子，讓大家不得安寧。**）

〈羅佛蘭登〉是否托爾金還在菲利市期間寫成，並沒有證據，但他為本書所繪的五幅圖畫之一，即本書重製的月景圖，則是一九二五年所繪無疑，而且可以想見是於夏天在菲利市繪成。其他三幅圖則是一九二七年九月，托爾金一家人在英國南岸雷木市（Lyme Regis）市所繪：「白龍追逐羅佛蘭登和月亮狗」獻給約翰，「羅佛展開玩具探險旅程的小屋」是獻給克利斯多福，還有美麗的水彩畫「人魚王宮殿的花園」。每一幅畫作上都題上了年月，還有一幅，羅佛騎著海鷗米奧登月，則題上一九二七—二八。這些圖畫全都收錄在本書中。一九二七年九月所繪的這些圖畫證明了〈羅佛蘭登〉的故事在雷木市又重說了一次，可能是因為托爾金一家人又在海邊度假，回想起兩年前在菲利時發生的事。「羅佛展開玩具探險旅程的小屋」獻給克利斯多福，意味著克利斯多福現在年紀已經大到可以聽得懂〈羅佛蘭登〉（一九二五年九月的時候，他還是小嬰兒），而且故事至少得重講一部分，因為他上次沒有聽到。

一九二七年夏大家對〈羅佛蘭登〉重燃的興趣，可能是促使托爾金把它寫下來的動力，因為他在當年稍晚時執筆，很可能是在聖誕假期時間。因此我們可以推想出兩點有趣的事項（只能推想，因為缺乏確定日期的文稿或其他確實的證據），兩者都和〈羅佛蘭登〉第二章的結尾有關，敘述大白龍如何因羅佛蘭登和牠的朋友月亮狗驚擾而驚險追逐的段落。這隻龍被描寫成專門惹是生非的麻煩人物：「有時牠享用大餐或是大發雷霆，就會讓鮮紅和綠色的火燄冒出洞穴，煙霧瀰漫的情況更是家常便飯。有一兩次，牠把整個月亮都變成紅色，或者讓它整個變暗。在這樣不舒服的時刻，月中老人……走到地下室去，翻出他最好的魔咒，盡量讓一切再度澄清。」在接下來的敘述中，牠追逐兩隻小狗，直到最後關頭，月中老人才發射魔法火箭擊中龍腹，因此「下一次的月蝕當然失敗，因為龍忙著舔牠的肚子，根本沒空參加。」——印證稍早提及的想法，認定月蝕是因龍噴的煙霧造成。

〈羅佛蘭登〉這一章「月亮上惹是生非的龍」出現在一九二七年九月（見插圖上標識的日期）的故事中，而其間相關的內容則出現在托爾金同年十二月以「聖誕老公公」名義寫給孩子的信上，形式非常類似。托爾金在一九二〇至一九四三年所寫的「聖誕老公公」②系列來信中，有一封提到月中老人赴北極的故事，他吃葡萄乾布丁時玩擲葡萄乾遊戲③（由燃燒的白蘭地中搶葡萄乾為食），因此喝了太多的白蘭地，結果呼呼大睡，被北極熊推到沙發底下，一直待到第二天。而龍趁著他不在，溜到月亮上，冒了好大的煙霧，造成月蝕。月中老人不得不趕緊趕回去，調製特殊魔咒，挽回一切。

這個故事和〈羅佛蘭登〉大白龍那一段實在太相似，不可能是巧合，我們可以合理推論托爾金一九二七年十二月在寫「聖誕老公公」信時，一定有想到〈羅佛蘭登〉。究竟他是先在信中提到月中龍造成月蝕，抑或是在信中引用已經先在〈羅佛蘭登〉想到的點子，已經無法分辨，但兩者必然有其關聯。

聖誕佳節讓托爾金在教學之外有餘暇時間，而〈羅佛蘭登〉可能就是在這時完成的，雖然沒有確實證據指他在一九二七年十二月寫成這個故事，但還有一個線索印證時間，至少是現有文稿最早（未列日期）的確實日期：羅佛蘭登提及「失敗的月蝕」。在最早的文稿中「下一次的月蝕當然失敗」其後有註：「天文學者（攝影者）如是說。」這的確是當時流行的想法，倫敦「泰晤士報」在一九二七年十二月八日曾報導月全蝕的消息，不過英國地區因爲積雲而無法看到。就此點而言，一九二七年的「聖誕老公公」來鴻再度發揮其作用，因爲信中列出了月中老人不在家的日子是十二月八日，因此證實托爾金對世事的了解。

〈羅佛蘭登〉現有最早的版本，是現存於牛津波德利恩圖書館托爾金資料四個版本之一，可惜其中有五分之一已經佚失，散失的部分相當於現有的第一章和第二章前半。剩下的部分有二十二頁，以潦草的書法寫在一疊白紙上（很可能是由學校作業本撕下來的），有些字跡難以辨認，還有許多校訂修正之處。在這份文稿之後還有三份打字的版本，同樣未註記日期，在這段期間托爾金逐漸增加了故事的內容，並且在文字和細節上作了許多修改，不過故事的情節大致未變。第一個打字的版本共有三十九頁，上面密密麻麻有許多更動，和手寫文稿十分相近，因此也對解讀手寫稿字跡難辨之處幫助極大。但打字稿和手寫稿在結尾羅佛恢復原形的部分有很大的出入（前者的描述幾乎是反高潮，後者則非常戲劇化，而且幽默）。新文稿原本題爲〈羅佛的冒險〉，但托爾金用筆把標題改爲〈羅佛蘭登〉，可見他比較喜歡這個標題。

三篇打字稿的第二篇在第九頁之後就忽然停止，顯然是出於作者刻意的決定，最後一頁僅有幾行而已。這篇文稿的內容由開始一直寫到月亮「**開始在水面上平鋪閃亮的路徑**」（見第二章）。除此之外，一部分的手稿是打在紙的反面，但馬上就被托爾金否決，接著又再翻過來，在正面修訂之後繼續下去。第二份打字稿已經納入第一份稿子修正過的部分，還另作了一些修訂。但更重要的可能是這個版本比起第一份打字稿來得清楚整齊。托爾金現在注意到文件的外觀，諸如用打字標明頁數，而非用筆在頁碼上改動，他也把書中人物的對話分成段落，以便清楚標識是不同的說話者所說，而先前（在草稿中）則有時是一連串寫下來，並未細分。另外，新打字稿僅有一些修正處，全都標得很清楚，多半是打字的錯誤。

文稿外觀的改進不由教我們疑惑：托爾金是否打算把這份打字稿送交出版商艾倫與昂溫（George Allen & Unwin）考量出版的可能，時爲一九三六年底。當時《哈比人歷險記》大受讀者歡迎，雖然才剛推出還未成暢銷書，但出版商已經邀請托爾金再提出其他兒童故事作出版考量。他欣然遵命，把圖畫書〈福氣先生〉（Mr. Bliss），和仿中世紀的嘲諷故事〈哈莫農夫吉爾斯〉及〈羅佛蘭登〉送去。如果依我們所想的，〈羅佛蘭登〉第二份打字稿是爲這個目的而作，那麼很可能托爾金因爲還不夠喜歡這個故事而放棄了它——或許也可能是這份草稿和先前的草稿一樣，寫在由作業本撕下來的紙張上，一邊有點凹凸不平，而作者希望提供專業一點的外觀，因此半途而廢。

的確，〈羅佛蘭登〉第三份也是最新的一份打字稿打得整整齊齊（雖然還是有修改之處），共用了六十頁的白紙（依然大小不齊）；在這份文稿中分了章節，並作了更進一步的改動，雖然幅度不大，但數量很多，尤其是在對話和描述方面，以及標點和分段的地方。我們幾乎可以確定這份文稿是托爾金交給艾倫與昂溫出版社④，以及出版社董事長史丹利昂溫的稿子，讓史丹利的兒子雷尼爾評鑑欣賞。

雷尼爾在一九三七年一月七日的報告中認爲，這個故事「寫得很好，很有趣味」，雖然他有正面的評價，但出版社仍未考慮出版本書。史丹利在備忘錄中曾記載，〈羅佛蘭登〉顯然是托爾金準備在一九三七年十月出版「以各種型式寫的短篇童話故事」之一，那時《哈比人歷險記》非常暢銷，艾倫與昂溫出版社希望能出版續集，尤其要多談一點哈比人，不論是作者或出版社，都沒有再考慮〈羅佛蘭登〉。托爾金的注意力完全移轉到「新哈比人」身上，這個作品後來成爲他的曠世傑作：《魔戒》。

如果說：要不是有〈羅佛蘭登〉這樣的故事，根本不可能有《魔戒》，並不爲過，正因爲〈羅佛蘭登〉廣受托爾金子女和他自己的喜愛，讓他繼續寫下去，終究寫成了架構更完整宏大的作品——《哈比人歷險記》以及其續作。然而這些故事多半都只有驚鴻一瞥，大半都未記載下來，就算記下來的，也往往並未完成。托爾金很高興擔任講故事給孩子聽的角色，至少由一九二〇年他寫第一封「聖誕老公公」來信開始。另外還有壞蛋史提克斯和對頭未來上校、地虎提特斯和搶眼人物龐巴迪等故事⑤，其中龐巴迪是根據麥可所擁有的一個荷蘭娃娃構思的。這些故事的發展都不深入，不過龐巴迪後來在托爾金的詩作和《魔戒》中占了一席之地。篇幅較長的一個奇特故事〈奧格格〉（The Orgog）成於一九二四年，是打字文稿，但一樣既未完成，內容也未鋪陳發展。

相較之下，〈羅佛蘭登〉情節既完整，寫作技巧也成熟，這篇故事和托爾金同期其他兒童故事的不同處，是作者喜歡玩弄文字遊戲，文中有許多同音異義字（波斯和波灘）、擬聲字、押頭韻的字（汪汪嗷嗷，吱吱狺狺，嗚嗚呦呦，嗯嗯昂昂，嘶嘶嚕嚕等），還有因爲長而有趣的名單（比如阿塔塞克瑟斯工作室裡所有的裝備、標識、象徵物品配方書、算命紙牌、儀器、袋子和各種各樣的符咒瓶罐），以及詞語的轉換（如月中老人立即消失在稀薄的空氣中，和任何從沒去過那裡的人都會告訴你月亮上的空氣如何稀薄等）。文中收納了許多「童言稚語」，這些特別有趣，因爲托爾金所發表的其他文稿中，很少看到這樣的文字，這一定是在托爾金把故事說給孩子聽之後，保留下來的。

托爾金在〈羅佛蘭登〉中也使用了一些較艱澀的生字，如今大家總認爲這樣的字對幼兒而言，可能太「深」了一點——但托爾金恐怕不會同意這種看法。他曾在信中寫道（一九五九年四月）：「**好的字彙，並不是因爲閱讀根據年齡區分的書得來的，而是靠著閱讀超越自己年齡的書而來。**」

在把現實生活和文學素材融入故事之內方面，〈羅佛蘭登〉也值得一提。在這些素材中，最重要的當然是托爾金一家和作者本身的經歷：書中可以看到或提到托爾金夫妻及孩子，三個章節中都提到菲利的海濱小屋和沙灘、托爾金有幾次表達他對垃圾和污染的看法，書中還提到一九二五年假期時發生的事件——月亮映照在海面上、暴風雨，還有最重要的：麥可丟了他的玩具狗。托爾金還在故事中增添了許多神話和童話故事的成分、挪威的傳奇故事，以及古典及當代的兒童文學故事：英國傳奇故事的紅、白雙龍、亞瑟和梅林、海中人物（人魚、海神尼爾德、和海中老人等等），至於橫跨天地之間的巨蟒，則取材或至少是呼應奈斯比特（E. Nesbit）、卡洛爾（Lewis Carroll）《愛麗思鏡中漫遊》和《西爾維與布魯諾》、甚至吉伯特（Gilbert）和蘇利文（Sullivan）。這些素材範圍廣泛，內容多樣，但在托爾金筆下全都和諧地融合在一起，在識者眼中，趣味盎然而絕無矛盾。

以上我們討論的是托爾金〈羅佛蘭登〉素材的來源，書後附註將會說明一些較晦澀的字、或是英國專有，而其他地域較不熟悉的典故，以及讀者可能有特別興趣的題目。不過在此處序文中，還要再進一步說明幾點。

一九三九年托爾金在〈論奇幻故事〉演講中，批評許多童話故事「又是花又是蝴蝶小巧玲瓏」的描述，特別點名麥可・杜萊頓（Michael Drayton）的〈Nymphidia〉，其中騎士皮格威根（Pigwiggen）「騎著蹦蹦跳跳的蠼螋」，「幽會在報春花下」。但在寫作〈羅佛蘭登〉之時，他還沒有避開月中精靈騎著小兔子、用雪花作煎餅，或是海中仙子駕著小魚拉的貝殼馬車這類稀奇古怪的想法。才不過十年前，他才發表了現在名聞遐邇的少年作品集，其中詩作〈小妖精的腳〉（一九一五），作者描寫他聽到「受到蠱惑小妖精的小號角」，並且叙述「小小的長袍」、「快樂的小腳」。托爾金自己坦承，在一九二〇和三〇年代，他「依然受到寫給孩子看的『仙子故事』傳統所影響」，因此他偶爾會採用一般「神仙故事」的意象和表達方式：比如《哈比人歷險記》中瑞文戴爾活潑歡唱的精靈，以及在那個作品及〈羅佛蘭登〉（更加明顯）中作者／叙述者的語氣。後來托爾金很遺憾爲孩子「寫下這些故事」，希望把「小妖精的腳」丟掉。而在他後來的神話作品《精靈寶鑽》中的精靈則身材高

羅佛出生的農莊。

The Gardens of Mehmig palace
from The tale of Romandun

人魚王的宮殿花園。

月中景物。

大宏偉，完全看不到「皮格威根」的痕跡。

〈羅佛蘭登〉幾乎不可避免地受到托爾金神話的影響，當時托爾金已經構思這些神話達十餘年之久，而且是他最重要的工作。在這些作品中，可以作幾個比較，比如〈羅佛蘭登〉中月亮暗面的花園就和《失去故事之書》裡〈喪失遊戲的小屋〉十分相似，在後者中，托爾金描述了孩子們「跳舞遊戲……採集花朵，或追逐金黃色的蜜蜂和翅膀刺繡的蝴蝶」，而在月中花園裡，孩子們「睡眼惺忪地起舞，昏昏沉沉地步行，並且自言自語。有的彷彿要由沉睡中驚醒那般擾動，有的則已經醒轉，四處奔跑歡笑：他們挖土、採花、搭帳篷和房子、追逐蝴蝶、踢球、爬樹；大家都在歡唱。」

月中老人沒有解釋這些孩子如何來到他的花園，但羅佛蘭登曾朝地球望去，「以爲牠看到又模糊又細瘦的小小人影很快地滑下月光之路去」，而由於這些兒童是在睡夢之中來到花園，可以確定托爾金心中已經有「夢境之路」的想法，這條「夢境之路」通往「童年遊境之家」：「空中飄浮著細長的橋，散放著灰色的淡淡光芒，彷彿新月映照著如絲似緞的霧靄」，從沒有人見過這樣的路境，「除了在青春心靈的甜夢中」（見《失落故事之書》第一部。）

不過〈羅佛蘭登〉和神話最密切的關聯，則是在「最古老的鯨」烏因身上。烏因帶羅佛蘭登「抵達魔法島外的仙境灣，遙遙望見遠方西山的精靈故鄉，還有仙境的光芒映照在粼粼水波上。」最遠處「西山之下綠坡上的精靈城市」，這正是《精靈寶鑽》中描述的西方世界，而《精靈寶鑽》的寫作期間也正是一九二〇至三〇年代，「精靈故鄉」正是阿門洲（Aman）維林諾的山區（Mountains of Valinor），而「精靈城市」則是圖恩（Tún）。烏因本身也是出自《失落故事之書》，雖然牠在〈羅佛蘭登〉書中，並沒有像傳聞中「最雄壯有力、最古老長壽」（第一章）的鯨那樣的表現，依舊足以載著羅佛蘭登到西方之境，這在托爾金構思的「中土的歷史」傳奇中，是隱藏在黑暗和危險水域之後，凡人無法得見的。

烏因說，如果被「維拉」（Valar，或住在維林諾的神）發現牠把阿門洲的所在地告訴外界（不論人、狗都一樣），就「慘了」。這裡的外界指的是「中土」，也就是凡人的世界。在〈羅佛蘭登〉中，這個世界有時候指的就是我們的世界，有許多清清楚楚的地點，比如羅佛蘭登本身「畢竟是隻英國狗」。但有時候，它又顯然不是我們的世界，比如「它的邊緣有瀑布直墜空中」，這也和「中土的歷史」所描述的世界不同，雖然在「中土的歷史」中，世界也是平面的。而在〈羅佛蘭登〉中的月亮則和《失落的故事》中一樣，不在天空時就往世界下面移。

托爾金許多作品都是在他去世後二十五年間發表，很容易就可以發現其間許多作品都相互有關聯，即使只是在細節方面提及，但主題依舊相輔相成。〈羅佛蘭登〉再一次說明了托爾金嘔心瀝血的傑作「中土的歷史」和他所敘述的故事息息相關，而〈羅佛蘭登〉本身也影響了其他作品——尤其是《哈比人歷險記》，後者的寫作年份（很可能於一九二七年開始）和〈羅佛蘭登〉書成及修改的時間相當。《哈比人歷險記》的讀者一定會注意到羅佛騎在米奧背上，飛往牠懸崖邊的家那段可怕的旅程，和比爾博抓住老鷹腳踝飛到巨鷹巢穴的旅程實在相像，還有〈羅佛蘭登〉中月亮上的蜘蛛和幽暗密林（Mirkwood）的蜘蛛也十分類似，〈羅佛蘭登〉中的大白龍和《哈比人歷險記》中依魯伯的惡龍史矛革（Smaug the dragon of Erebor）都有柔軟的肚腹，至於〈羅佛蘭登〉中的三位固執魔法師——阿塔塞克瑟斯、普薩瑪索斯和月中老人，也都各自有甘道夫的影子。

在進入正文之前，我們還有對於本書畫作的一點說明。我們已經在《托爾金：藝術家和插畫家》（一九九五年出版）書中，仔細討論過這些作品，不過在此，這些畫作終於能和全文放在一起發表，而讀者也更能欣賞它們的優缺點。這些畫作原本並非爲出書作插畫，因此所繪的情節也並沒有平均按故事情節分配（在本書中是隨所繪的時間排列），在風格和所用的材料上也並不一致：兩張是用鋼筆墨水，兩張水彩，還有一張主要是彩色鉛筆。有四幅鋪陳詳盡，尤其是水彩畫，但第五幅「羅佛登月」，則比較單調，羅佛、米奧和月中老人都畫得太小。

在這幅作品中，托爾金可能對塔和荒涼的景象比較有興趣，但卻一點也沒有描述〈羅佛蘭登〉中的月中森林。反而是稍早所繪的「月中景物」比較符合文中描寫的景況：有藍葉的樹木，還有「**淡藍和綠色的開闊空間，高聳的山巒把長長的影子映射在地面上。**」畫中描繪了羅佛蘭登和月中老人由月亮的暗面回返時，看到「**世界升起，淡綠和金色的月亮，又大又**

圓，高照在月中山巒上。」在此處世界顯然並不是平的：圖中只繪出南北美洲，因此英國及書中所提及的其他地點必然在另一面。「月中景物」的標題是以托爾金精靈語早期的形式「tengwar」題上。

「白龍追逐羅佛蘭登和月中狗」描繪的內容也和文稿相符，除了龍和兩隻長了翅膀的狗之外，還有幾點值得注意。在標題上可以看見一隻月亮蜘蛛，還有一隻可能是蜻蜓，而地球再次以圓球狀浮在空中。托爾金在爲《哈比人歷險記》作插圖時，也在「大荒原（Wilderland）」畫了同樣的龍，在畫幽暗密林時，也畫了類似的蜘蛛。標題中月亮狗的拼法 Moondog（後來用 moon-dog）只用在較早的文稿中。

「人魚王宮殿的花園」這幅美麗的水彩則繪出了「粉紅和白色石頭」，彷彿是魚缸裡的裝飾，很可能有一點像布萊頓的皇家行宮（Royal Pavilion）。托爾金畫出了宮殿和花園之美，而非羅佛蘭登逃命時看到的景象，或許托爾金認爲我們該用羅佛蘭登的眼光來看這個世界。巨鯨烏因位於左上角，很像吉卜林（Rudyard Kipling，著有《叢林奇談》）一九〇二年爲他的故事集（Just So Stories）所繪的大鯨。標題中人魚王的拼字法「Merking」只出現在稍早的文稿，而在最後打字的定稿中，只出現「mer-king」的拼法。對於 mer－與其他字拼合的方法，托爾金也並不一致，在現有的版本中，我們統一加上了連字號，只有少數習慣用法例外。

「羅佛展開玩具旅程」的這幅畫雖然是同樣精彩的水彩畫，但其內容卻使人困惑。這幅畫的標題告訴我們，他所畫的房子是羅佛初識阿塔塞克瑟斯的房子，但文稿中卻根本未提到這房子在農場上或在農場附近。至於畫面遠方的海面背景和飛翔在空中的海鷗，又和文中羅佛在小男孩小二帶他去海濱之前，「從未見過海或嗅過海的氣息」相牴觸，文稿中還有「牠出生的鄉下農莊距海的聲音或氣息不知有多遠」這樣的描述。畫上的房子也不可能是小男孩父親的房子，因爲文中描述的房子是白色的，高踞懸崖上，花園一路往下直至海濱。我們不得不懷疑這幅圖原來是否和故事根本不相干，爲了要和文稿攀上關係，才添加了海鷗等的細節。畫面左下方的黑白小狗很可能是指羅佛，而牠前面的黑色動物——和羅佛一樣，有一部分被豬遮住，可能是貓——丁哥，但這些並不能確定。

本書的文稿採用的是最新版本的〈羅佛蘭登〉。托爾金自己並沒有爲本書作好編輯工作，準備發表，而且可以想見，就算艾倫與昂溫出版社想把它當作《哈比人歷險記》的續集出版，要托爾金家庭成員之外的讀者閱讀，還需要許多的編輯修繕工作，它依然有不少的錯誤和不連貫之處。托爾金在加速趕工的時候，標點和大小寫往往不夠連貫，而我們的作法是，在他的意圖很清楚的時候，就依他的寫法，而在必要時，則統一標點符號和大小寫，我們還改正了一些打錯字的地方。在克利斯多福·托爾金的同意下，我們也修改了極小一部分較不通順的詞句（但也保留了一些文句）。大體而言，現有文稿的變動極小，和作者所留的原貌相去不遠。

我們特別感謝克利斯多福·托爾金對本書的建議和指導，以及提供其父親的日記，供我們參考引用。我們也感謝約翰·托爾金和我們分享他一九二五年在菲利市的回憶。另外我們要感謝以下這些人的協助和鼓勵：Priscilla 和 Joanna Tolkien、Douglas Anderson、David Doughan、Charles Elston、Michael Everson、Verlyn Flieger、Charles Fuqua、Chirstopher Gilson、Carl Hostetter、Alexei Kondratiev、John Rateliff、Arden Smith、Rayner Unwin、Patrick Wynne，哈潑柯林斯出版公司的 David Brawn 和 Ali Bailey，牛津波德利恩圖書館的 Judith Priestman 和 Colin Harris，以及麻州威廉斯市威廉斯學院圖書館的成員。

克莉絲提娜·史科爾（Christina Scull）

韋恩·哈蒙德（Wayne G. Hammond）

註：史科爾曾任倫敦索尼博物館圖書館長，並主編《托爾金拾遺》雜誌，其夫哈蒙德是威廉斯學院查平善本書圖書館助理館長。兩人合著《托爾金：藝術家和插畫家》於一九九五年由哈潑柯林斯公司出版。

I

很久以前有一隻小狗，名喚羅佛。牠非常小，非常稚嫩，要不然就會比較懂事，這一切也就不會發生了。一天牠在花園裡陽光下玩一個黃色的球，非常快樂。

並不是所有穿著襤褸長褲的老人都是壞老頭：有些老人是拾荒人⑥，有他們自己的小狗，有些則是園丁，還有一些，很少的一些，是趁著假日在附近徘徊，想找些事做的魔法師，現在這位正走進故事裡來的，就是一個魔法師。他穿著一件破舊的外套，叼著舊菸斗，頭戴一頂綠色的舊帽子，在花園小徑裡遊蕩。要不是羅佛忙著對小球吠叫，牠可能就會注意到綠帽子後面插著的藍羽毛⑦，像任何敏感的小狗那樣心生疑惑，猜到這人是個魔法師；但牠從頭到尾根本沒看到那根羽毛。

這名老人彎身拾起了球——他正在考慮要把它變成一個橘子，或是骨頭或肉送給羅佛，沒想到羅佛卻對著他咆哮說：「放下。」連請字都沒有說。

當然，魔法師既然是魔法師，當然聽得懂狗話，他順口答道：「閉嘴，蠢狗！」他也沒有說請字。

接著他把球放在自己口袋裡，故意要逗弄這隻小狗。然後他轉過身去。很不幸，羅佛一口咬住了他的長褲，撕下了好大一片，說不定也咬下了魔法師一塊肉。不論如何，老人突然勃然大怒，回身大吼：「白痴！給我變成玩具！」

話一說完，奇特的事情發生了。羅佛一開頭就是一隻小狗，現在牠突然覺得自己更加小了。青草變得高大無比，在牠頭上遠處起伏，在草叢遠方，牠可以看到魔法師拋下的那個巨大黃球，就像太陽由林間樹梢升起一般。牠聽到花園的門「咔答」一響，老人走了出去，但牠卻看不見他。

牠想叫，但只聽到自己微弱的聲音，小得一般人根本聽不見，我想恐怕連狗也不會注意。羅佛已經變得這麼小，我相信就是貓咪看到牠，也會把當牠當成老鼠，一口吃掉。丁哥就會，丁哥是這家裡的一隻大黑貓。

一想到丁哥，羅佛就嚇得魂不附體；但不久牠就把貓的事忘了。牠四周的花園突然消失了，羅佛覺得自己好像被掃地出門，不知道去了哪裡。等這陣急流結束之後，他發現眼前一片漆黑，自己靠在一大堆硬梆梆的東西旁邊，憑感覺似乎是一個悶熱的箱子，有很長一段時間，都非常不舒服。牠沒有東西吃喝，更糟的是，牠發現自己動彈不得。起先牠以為是因為牠被塞得太緊的關係，但後來牠卻發現，牠在白天的時候只能移動一點，而且要花很大的力氣，趁著沒人看見時才行。只有在夜半之後⑧，牠才能走動、搖尾，而且還有點僵硬。牠已經變成了玩具。只因爲牠沒有對魔法師說「請」，現在牠整天都得坐著，擺出乞求的姿勢。牠已經被變成那樣的固定姿態。

經過非常久而黑暗的一段時間，牠再一次嘗試大聲喊叫，想要讓大家聽到，接著牠張口去咬放在盒子裡的東西，都是一些沒有知覺的小玩偶，用眞的木頭或鉛製作的，而不像牠是活生生的小狗變成的。但沒有用，牠叫不出聲音，也咬不動。

突然有人來了，打開盒蓋，讓光線照了進來。

「哈利，我們最好把這些動物放在櫥窗裡。」一個聲音說，接著有一隻手伸進了盒子裡，拿起羅佛：「這個小傢伙是從哪裡來的？」那聲音說：「我沒見過這一個，它不該在這個三分錢的盒子裡。你看過像這樣栩栩如生的玩偶嗎？看它的毛和眼睛！」

「給他標上六分錢⑨，」哈利說：「放到櫥窗裡去！」於是在櫥窗前酷熱的太陽下，可憐的小羅佛坐了一早上一下午，直到近下午茶時分⑩。而且整天牠都得坐得直直的，擺著乞求的姿勢，雖然牠心裡氣憤難當。

「我一定要由第一個買我的人手中逃走，」牠向其他玩具說：「我是眞的動物，不是玩具。我也不要做玩具！我希望趕快有人來買我，我恨這間店，被綁在這樣的櫥窗裡，我根本不能動。」

「你爲什麼想要動？」其他玩具問牠：「我們可不想動。靜靜地站著，什麼也不用想，比較舒服。你休息得越多，就可以活得越長。現在閉嘴吧！你一直叨叨念，害我們都不能睡覺。而且我們之中，有些人可能不久就得在惡劣的育兒室環境裡，忍受折磨。」他們不願再說話，因此可憐的羅佛沒人可談，非常難過，非常後悔自己咬了魔法師的褲子。

我不知道是不是魔法師派了一個媽媽，把這隻小狗買走了。總之，正當羅佛覺得最悲慘的時候，她挽著籃子走了進來。她在櫥窗外看到羅佛，覺得牠非常可愛，可以買給她的兒子⑪。

她有三個兒子，其中一個特別喜歡小狗，尤其是黑白花色的小狗，所以她買下羅佛。牠被緊包在紙包裡⑫，放進她的籃子，和原本她爲下午茶準備的物品放在一起。羅佛蠕動了一下，很快就把頭伸出紙包。牠聞到蛋糕的味道，但卻搆不到它，不禁在紙袋發出了一聲小小的玩具號叫，只有蝦子聽到牠的聲音，問牠怎麼了。

牠把一切源源本本地告訴牠們，以爲牠們一定會爲牠難過，沒想到牠們只說：

「你喜歡怎麼煮法？你以前被煮過嗎？」

「沒有！就我記憶所及，我從來沒被煮過。」羅佛說：「雖然有時候我得洗澡，那可不太好受。但我想，煮熟的滋味可能還不到被變成玩具一半難過。」

「那是因爲你從沒有被煮過的緣故。」牠們說：「你根本不懂。這是最糟糕的事了——一想到它，我們就氣得全身發紅。」

羅佛並不喜歡這些蝦子，因此牠說：「沒關係，反正他們很快就會把你們吃掉，而我會坐著看他們！」

牠說完之後，蝦子不再說話，羅佛只能躺在那裡，疑惑究竟是什麼樣的人家買了牠。

不久牠就知道了。牠被送到一間屋子，籃子被放在餐桌上，所有的包裹全都取了出來，蝦子放進了食品櫃，羅佛則直接給了小男孩，他把牠帶到幼兒房裡，和牠說話。

要不是羅佛太生氣，不肯聆聽小男孩在說什麼，牠一定會喜歡這孩子。這小男孩用他所能模仿最像的狗語和牠說話⑬（他果然擅長這項技能），但羅佛卻不理睬。牠一直在想，他說過要由第一個買牠的人手裡逃走，現在該怎麼辦到？從頭到尾牠一直都坐著，假裝在乞求，而這小男孩則拍拍牠，推著牠沿著桌子和地板四處走。

最後夜幕低垂，小男孩上床去了，羅佛被放在床邊的一張椅子上⑭，依然擺出乞求的姿勢，直到很暗了，百葉窗放了下來，但屋外月亮由海面升了上來，在水面上鋪出銀色大道，指向天涯海角，給能行走其上的人使用⑮。

這一家人，包括父母親和三個小男孩原來住在海邊的一棟白屋裡，由屋裡望去，可以俯視一望無際的碧波。

小男孩睡著後，羅佛伸展牠疲累不堪已經僵硬的四腳，低低的叫了一聲，除了屋角的邪惡老蜘蛛之外，沒有人聽到。牠由椅子跳到床上，再由床上滾到地毯上，接著跑出房間，跑下樓梯，繞著屋子走。

牠很高興自己又能動了，一等牠變成活生生的眞狗，跑得就比大部分的玩具狗在夜裡跑得都快，但牠發現四處跑很難，也很危險。他現在太小，因此光是下樓梯就好像由高牆跳下那樣危險，而爬上樓梯則非常費力累人，而且牠發現這一切努力都是徒勞，因爲所有的門都關了，而且上了鎖，不留任何一丁點讓牠可以爬過去的縫隙或小洞。因此可憐的羅佛那天晚上沒辦法跑出去，到了早上，只看到一隻疲憊萬分的小狗在椅子上坐著，擺出乞求的姿態，正在牠昨晚的位置。

在天氣好的時候，兩個比較大的男孩總在早餐前沿著沙灘跑一圈。那天早上他們醒來，拉起百葉窗，看到太陽由海中躍起，一片火紅，上面掛著雲彩，彷彿它才洗過冷水澡，正用毛巾擦乾身體似的。他們立刻起身，穿著停當，走下山崖，到海灘上散步——羅佛跟著他們一起。

原來就在小男孩小二⑯（羅佛的主人）要出門時，看到羅佛坐在五斗櫃上，他穿衣服時，順手把他放在這裡，小男孩不禁說：「牠懇求要出去！」於是把牠放進褲袋裡。

但羅佛並沒有乞求出去，更不想要放在褲袋裡出門。牠想要休息，準備晚上再起來活動，因爲牠想：到時候牠可能就找得到出路逃跑，越走越遠，最後回到牠的家和花園，回到牠草地上的黃球身邊。牠有一種想法，以爲只要能回到草地上，就會沒事了：魔咒會解除，不然牠就會醒來，發現一切都只不過是一場夢。因此當這些小孩走下崖間小路，在沙灘上奔跑時，牠想要叫喊，並努力扭動身體，想由口袋裡爬出來。但不論牠怎麼努力，都只能移動一丁點，即使牠躲在口袋裡，沒人看得見。不過牠還是盡力而爲，而牠運氣不錯，口袋裡有一條手帕，揉得皺皺的，塞成一團，因此牠並沒有滑進口袋深處，經過牠的一番努力，再加上小男孩的奔跑，不久牠就可以伸出鼻子，嗅嗅四周的情況。

對自己的所聞所見，牠大吃一驚，牠從沒有見過或聞過大海，牠出生的鄉村離海邊不知有多遠。

突然地，就在牠探出身體時，一隻通體白灰色的大鳥，飛掠孩子們的頭頂，發出如老虎展翅般的呼嘯。羅佛一驚之下，由男孩的口袋裡掉到柔軟的沙地上，卻沒有人聽見。大鳥飛走了，根本沒有注意牠微弱的叫聲，而小男孩則在沙灘上繼續向前走，一點也沒想到牠。

起先羅佛非常高興。「我逃出來了！我逃出來了！」牠喊道，這是唯有其他玩具聽得見的玩具喊聲，但四周沒有任何玩具在聆聽。接著牠向前滾，躺在清潔的乾沙上，因爲整晚沙地都在星空之下，因此還很涼爽。

小男孩走過牠身旁回家，根本沒有注意牠，牠單獨被留在空蕩蕩的沙灘上，可開心不起來了。除了海鷗之外，沙灘上一個生物也沒有，只看得到海鷗的爪跡，和小男孩的腳印。那天早上，他們去的是平時很少去的偏僻地方，根本可以說是杳無人跡。因爲雖然那裡的黃沙很乾淨，石子很白，海面蔚藍，在灰色懸崖下的小灣冒著白色的泡沫，但卻教人產生一股奇怪的感覺，只除了一大早太陽剛冒出頭時例外。大家說那裡有奇怪的事情，甚至在大白天的下午也會發生。到晚上這裡滿是人魚，還有許多騎著小海馬的小海精，它們揚著碧綠水草製成的韁繩，直上懸崖，把小海馬留在水邊的白色泡沫中。

其實這一切稀奇古怪的原因很簡單：最老的沙地魔法師就住在這個小灣裡，海邊的居民稱他們為「沙地巫師」⑰，而這位巫師的名字就叫做普薩瑪索斯·普薩瑪迪茲，或者他自稱如此。他對名字該怎麼發音大費周章，但他是個很有智慧的老人家，各種各樣的怪人都來拜訪他，因為他是個傑出的魔法師，而且總是面惡心善，處理別人（只要人選適當）的要求。每次他舉辦午夜宴會之後，美人魚總要為他所說的笑話笑上好幾周。但白天很難找到他，陽光普照的時候，他喜歡被埋在溫暖的沙堆裡，只留下長長的耳尖伸出沙面⑱。而就算他的兩隻耳朵都伸出來，大部分的人如你我，也只會把它們當成是一節棍子。

普薩瑪索斯很可能知道羅佛，他當然認識對羅佛施法的老巫師，因為魔法師和巫師數目很少，相隔又很遠，他們都認識對方，而且因為私底下並不一定是好友，因此也會互相注意。不論如何，羅佛躺在沙灘上，感覺很孤單，很不舒服，普薩瑪索斯就在一旁，由美人魚昨晚為他堆的沙堆裡窺視牠，雖然羅佛沒有看到他。

在沙裡的魔法師並不作聲，羅佛也不作聲。過了早餐時間，太陽升高了，熱氣蒸騰。羅佛凝視著大海，海水看起來似乎很涼，但牠心裡突然升起了一股恐懼感。起先牠想一定是沙子跑進眼睛，讓牠產生錯覺，然而很快牠就發現並沒有錯，海面越來越近，吞噬了越來越多的沙子，波浪越來越大，掀起的白沫也越來越高。

潮水上漲了，羅佛就臥在高潮線之下，但牠並不知道這一點。牠越看著海面越怕，覺得驚濤駭浪就要拍上懸崖，把牠捲進滔滔白浪（遠比所有冒著白泡泡的洗澡盆更恐怖），而牠只能可憐地擺出乞求的姿勢，一動也不能動。

原本事情可能就會這樣發生，但最後並沒有。我敢打賭，這一切都和普薩瑪索斯有關係，至少那名巫師的魔咒在這奇特的海灣裡沒有那麼強，因爲這裡太靠近另一名魔法師的地盤。就在海浪逐步進逼，羅佛極度驚懼，使盡吃奶力氣要往海灘上移時，牠突然發現自己又能動了。

牠的身材大小沒變，但牠已經不再是玩具，可以用四隻腳迅速朝牠想去的方向移動，再也不用擺出乞求的姿勢。牠可以跑到沙比較硬實的地方，也可以吠叫——不是玩具的叫聲，而是眞正的小精靈狗的吶喊，配合牠身材的大小。牠高興極了，放聲大叫，要是你在當地，一定也可以聽到牠的聲音，又嘹亮又遙遠，彷彿牧羊犬在山坡上迎著風吠叫一樣。

躺在沙子裡的魔法師突然把頭伸出沙子。他看起來眞可怕，身材就像非常大的狗一樣，在變得這麼小的羅佛眼裡，他簡直是龐然巨物。羅佛立刻一屁股坐下來，不再吠叫。

「你在吵什麼，小傢伙？」普薩瑪索斯·普薩瑪迪茲說：「現在是我睡覺的時間！」

老實說，所有的時間都是他睡覺的時間，除非發生什麼吸引他的事情，比如人魚（經他邀請）在海灣裡跳舞。在這樣的情況下，他會爬出沙來，坐在岩石上欣賞這有趣的景象。人魚在水裡姿態非常優雅，但普薩瑪索斯看牠們在岸上用尾巴站著跳舞，可覺得滑稽有趣。

「這是我睡覺的時間！」因爲羅佛沒有回答，所以他又說了一遍。

但羅佛依舊沒說話，只是抱歉地搖搖尾巴。

「你知道我是誰嗎？」他問羅佛：「我是普薩瑪索斯·普薩瑪迪茲，是所有沙地巫師之長[19]！」他得意洋洋地把這話重覆唸了幾遍，每一個字都清清楚楚朗讀，而且每說一個「普」字，就把鼻子下方的沙子吹起來，好像一片塵霧。

羅佛差點就被埋在沙霧裡，牠坐在那裡，一副害怕難過的模樣，讓魔法師不由得憐憫起牠來。他突然不再擺出猙獰的面貌，而笑了起來：「你眞是隻有趣的小狗，小狗！老實說，我從沒看過像你這樣小的小狗，小狗！」他又笑了，接著他笑聲一斂，一臉嚴肅。

「你最近有沒有惹上哪位巫師？」他幾乎是低語；同時他閉上一隻眼睛，看起來非常友善，非常體諒，讓羅佛把一切都源源本本地告訴他。其實或許根本不必如此，因爲我已經說過，普薩瑪索斯可能早已經知道事情的經過，但羅佛依然覺得，能夠把一切告訴如此善體人意，而且又比玩具狗見多識廣的人，心裡舒坦多了。

「這的確是個巫師。」羅佛說完牠的經歷之後，普薩瑪索斯下結論說：「由你形容的樣子，應該是老阿塔塞克瑟斯[20]，他是由波斯來的，有一天他迷了路，因爲即使是最高明的巫師也免不了迷路（除非像我一樣永遠待在家裡），結果他在路上碰到的第一個人把他帶到波灘，從此以後他就住在那裡，只有假日例外。他們說他是個很靈活的採梅人[21]，雖然年紀不小了——兩千歲吧，而且又極喜歡蘋果西打[22]，但這沒什麼大不了。」普薩瑪索斯的意思是，他離開正題了：「重點是，我能幫你什麼忙？」

「我不知道。」羅佛說。

「你想不想回家？我恐怕不能把你變回你原來的大小，至少我得問問阿塔塞克瑟斯，因爲我暫時還不想和他吵架。但我想我可以送你回家。畢竟如果阿塔塞克瑟斯要你回來，隨時可以再把你送回來。要是他真的生氣，下次很可能會把你送到比玩具店更糟的地方去。」

羅佛可不想聽到這樣的消息，他壯著膽子說，如果牠這樣小不拉嘰地被送回家，可能沒有人會認得出來，除了大貓丁哥。而牠可不想以現在這個模樣被丁哥認出來。

「好吧！」普薩瑪索斯說：「我們得想想別的辦法。另外，既然你又成了活生生的小狗，想不想吃點東西？」

羅佛還沒來得及說：「想，想！」面前沙地就出現了一個小盤子，上面有麵包和肉汁，還有兩根正好適合牠咬的小骨頭，和一個裝滿水的小狗碗，碗上還有「小狗喝水」的藍色字樣。牠風捲殘雲，把食物一掃而光，最後終於有空說：「你怎麼辦到的？謝謝你！」

牠靈光一現，想到加上「謝謝你」，因爲像魔法師這樣的人，似乎脾氣都很暴躁，很容易發火。普薩瑪索斯只笑笑，於是羅佛就卧在熱沙上睡著了，牠夢到肉骨頭，還夢到追貓，把牠們趕上梅子樹，卻見牠們變成戴著綠帽子的魔法師，把碩大如葫蘆的梅子朝牠身上丟。風輕輕地吹，把牠的頭幾乎全埋在吹來的沙子裡。

難怪那些男孩子一直找不到牠，雖然小二一發現牠不見了，就回身尋找，甚至還特別拐進這個小灣來尋覓。這一次他們的爸爸也來了，找了一遍又一遍，直到太陽開始西下，下午茶的時間到了，他才趕緊帶他們回家，不願多逗留一刻，因爲他知道這裡發生過太多奇怪的事情。他們又買了一隻普通的三分錢玩具狗給小二（同一家店），但不知爲什麼，雖然他只擁有這隻小狗這麼短短的一段時間，但他就是忘不了這隻擺出乞求姿態的小小狗。

不過正當此時，你可以想見他坐下準備吃下午茶，沒有任何小狗相伴，非常難過；而遠處在內地，原本寵壞羅佛的主人老太太，則爲她走失的小狗寫了一則啓事——「**白底黑耳小狗，叫牠羅佛會答應**」；而羅佛自己則在沙灘上呼呼大睡，普薩瑪索斯在一旁打盹，彎起短短的手臂放在肥肥的肚腩上。

Ⅱ

羅佛醒過來時，太陽已經垂得很低，懸崖的陰影落在沙灘上，普薩瑪索斯不見人影。有一隻很大的海鷗緊靠在牠身邊盯著牠瞧，有一會兒，羅佛擔心海鷗可能會把牠吃掉。

但海鷗說：「晚安！我等你醒過來已經等了很久了，普薩瑪索斯說你大約會在下午茶時分醒來，但現在早就過了下午茶時間。」

「請你告訴我，爲什麼你要等我醒來，大鳥先生？」羅佛彬彬有禮地說。

「我名叫米奧㉓，」海鷗說：「一等月亮升起來，我就要帶你走，沿著月光的路徑。但在那之前，我們還有一兩件事情要做。爬到我背上來，看看你喜不喜歡飛行！」

起先羅佛一點也不喜歡。米奧貼著地面飛的時候還好，牠穩穩地張開翅膀，向前滑行。但當牠衝上雲霄，或是側身反轉，每一次朝不同的方向傾斜，或是陡降急落，好像要俯衝下海，這隻小小狗只聽得耳邊海風急嘯，心裡七上八下，只希望能安穩落地。

牠幾次向米奧說出心裡的念頭，但米奧只回答說：「抓緊！我們還沒開始呢！」

牠們這樣飛行了一會兒，羅佛才剛開始習慣，而且已經覺得吃不消，突然聽到米奧大喊一聲：「我們上路了！」羅佛差點就掉了下來，因爲米奧像支火箭一樣直上雲端，以迅雷不及掩耳的速度御風疾飛，不久牠們就飛上天際，羅佛可以看見遠處就在陸地正上方，太陽由黑暗的山後落下。牠們飛上了非常高的黑色懸崖，其上只有光禿禿的岩石[24]，又陡又峭，沒有任何人可以攀爬上來。

在懸崖下方，只見驚濤拍岸。它們的表面寸草不生，但卻覆蓋了白茫茫的一片，在日暮時分一片蒼白。成千上萬的海鳥棲在狹窄的岩架上，有時一起發出悲涼的話語，有時則靜默無聲，有時則突如其來由棲處迅速下滑，在空中盤旋打轉，再俯衝下海。由這樣的高度看來，海浪只是小小的波紋而已。

這就是米奧住的地方，牠得在出發前先拜訪幾個朋友，包括黑背海鷗中最年長且地位最重要的長老，還得收集一些訊息。牠把羅佛安頓在一個狹窄的岩架上，比門階寬不了多少，牠叫羅佛在那裡乖乖地等，不要摔下去。

你可以想見羅佛小心翼翼不要摔落，強風由兩側吹來，牠可不喜歡這樣的感覺，只能死命低伏，緊貼著懸崖表面，哀哀呻吟。對一隻被施了魔咒，憂心忡忡的小狗而言，這可眞是非常糟的環境。

終於陽光從天空完全消失了，海上籠罩了一層迷霧，在越來越黑的天際，已經出現了第一批晚星。接著在迷霧之上，在海對面遠方，月亮升起，又圓又黃，它那皎潔的光芒逐漸投射在水面上。

不久之後，米奧回來接渾身顫抖、可憐兮兮的羅佛。在懸崖寒冷的岩架上久待之後，烏羽比較起來就顯得溫暖舒適，因此牠盡力把自己埋了進去。米奧縱身一躍，在海面上高處展翼，其他的海鷗也紛紛躍下岩架，向牠們叫喊道別，牠們就沿著由岸邊伸展至天際暗處的月光之路趕路。

羅佛根本不知道月光之路往哪裡去，目前牠既恐懼又興奮，無法言語，而且最近總有特別的事情降臨在牠身上，牠已經漸漸習慣。

牠們沿著銀色的亮光在海面上飛翔，月亮越升越高，也越來越明亮皎潔，它的周圍沒有任何一顆星敢與它爭輝，因此它在東方的天空獨自照耀著大地。米奧很顯然是遵照普薩瑪索斯的命令，要前往他所交代的去處，而普薩瑪索斯也必然用魔法幫助米奧，因爲牠飛得甚至遠比大海鷗都快都直，急匆匆順風而下。但羅佛卻覺得經過了好幾個世紀，牠才在月光和海洋之外，又看到其他的東西。在這段時間中，月亮越來越大，氣溫也越來越低。

突然牠在海的邊緣看見一個暗色的東西，牠們朝它飛去，它也越來越大，只聽見吠叫聲排山倒海而來，那是各種品種大小的狗吠聲：汪汪嗷嗷，哎哎狺狺，嗚嗚呦呦，嗯嗯昂昂，嘶嘶嚕嚕，還有最宏亮的吠聲，就像吃人魔後院裡豢養的兇猛大獵犬所發出來的一般。羅佛頸上一圈毛突然有了生氣，全都像鬃毛一般挺直豎立，牠突然有股衝動，想立刻下去和那裡所有的狗一較短長——但一想到自己有多小，牠就洩了氣。

「那是狗島㉕，」米奧說：「或者該說是流浪狗之島，到那裡去的狗不是有功勞該獲獎賞的，就是幸運兒。人家說對狗而言，那裡不壞，而且牠們可以任意吵鬧，沒有任何人會叫牠們閉嘴，或是拿東西砸牠們。牠們合唱得很好聽，只要是月明之夜，大家就一起高唱牠們喜愛的曲調。人家告訴我說，那裡還有骨頭樹，長出的果子就像鮮嫩多汁的肉骨頭一樣，成熟就會掉下樹來。不！我們現在不是要去那裡！你得知道，你現在還算不上是狗，雖然你已經不是玩具。其實我猜普薩瑪索斯自己也很困惑，不知道該拿你怎麼辦。」

「我們現在要去哪裡呢？」羅佛問道。他聽說不去狗島，不由得一陣失望，尤其在牠聽說了肉骨頭樹之後。

「一直順著月光之路，到天涯海角，越過世界的邊緣，到月亮上去，老普是這麼跟我說的。」

羅佛一點也不喜歡越過天涯海角這樣的想法，而且月亮看起來似乎冷颼颼的。牠問道：「為什麼要去月亮上？地球上還有許多地方我都沒去過，我從來沒聽說過月亮上有骨頭，或是狗。」

「至少有一隻狗，因為月中人養了一隻㉖，而且他是個老好人，也是最偉大的魔法師，因此必然有許多狗骨頭，也可能有招待客人的份兒。至於為什麼送你去那裡，我敢說只要你花點腦筋，不要浪費時間抱怨囉嗦，遲早會發現的。我想普薩瑪索斯竟然會花力氣在你身上，對你已經夠好的了，其實我不懂他爲什麼這樣做。做事而沒有理由，實在不像他——何況你既沒有什麼特別的優點，身材又不大。」

「謝謝，」羅佛覺得心情惡劣：「這些魔法師竟然在我身上花時間，實在太仁慈了，雖然實在惱人。只要你碰上魔法師和他們的朋友，永遠都不知道接下來會發生什麼事。」

「對只知道汪汪叫的小狗而言，這的確是好運氣。」海鷗說道。

接著兩人有很長一段時間，沒有再說話。

月亮越來越大，越來越明亮，而地球則變得越來越黑暗，越來越遙遠。最後，突如其來地，世界到了盡頭，羅佛可以看到群星在牠身下的黑暗之中閃爍，牠看到在月光下遠處的白色噴沫，那是瀑布由世界邊緣下墜，直接落入太空，教牠頭暈目眩，很不舒服，因此牠再度埋進米奧的羽毛中，把眼睛閉上，過了很久，很久。

等牠再度睜開眼睛，月亮已經在牠們腳下，這是個嶄新銀白的世界，像雪一樣閃閃發亮，其上有許多淡藍碧綠寬廣開闊的空間，巍峨的高山把長長的影子投在地面上。

在最高的高山頂端，高到米奧飛越時，山勢彷彿朝牠們刺來一般，羅佛在其上看見一座白色的高塔。塔身全白，並有粉紅和淡綠色的線條，閃閃發光，彷彿高塔是由數以百萬計的貝殼製造而成，其上還冒著泡沫，閃著光澤似的，塔矗立在絕壁之緣，雪白如白堊，只是因月光閃閃發亮，遠甚於在無雲的夜晚透過玻璃窗所見。

就羅佛視力所及，懸崖下沒有路，但那無關緊要，因爲米奧正在迅速滑翔，不久就落在高塔的屋頂上，在月亮世界之上讓人頭昏眼花的高度，就連米奧所住的海邊懸崖，相較之下也成了安全的低處。

就在牠們身旁屋頂上的一個小門立刻打開，教羅佛不禁大吃一驚，一位留著銀白長鬍鬚的老人冒出頭來㉗。

「不壞嘛，那個！」他說：「自從你們越過世界邊緣之後，我一直在計時——大約一分鐘一千哩。你們今早可眞匆忙，幸好你們沒碰到我的狗，這傢伙究竟跑到月亮的哪裡去了？」他取出一支超長的望遠鏡，放在一隻眼睛前面。

「牠在那裡！牠在那裡！」他大喊道：「又在擔心月光了，這傢伙！下來，先生！下來，先生！」他朝空中喊道，接著吹了一聲宏亮的長口哨。

羅佛抬頭望天，正在想這個有趣的老人一定是瘋了，才會朝天空向狗吹口哨，但牠卻驚訝地看到，遠處塔的上方有一隻長了白翼的小白狗，正在追逐看似透明蝴蝶的東西。

「羅佛！羅佛！羅佛！」老人叫道，正當我們的羅佛跳上米奧的背上應道：「我在這裡——」還不及細想爲什麼老人知道牠名字的時候，卻看見那隻小飛狗直衝天際而來，落在老人的肩膀上。

牠這才明白月中老人的狗一定也叫作羅佛。雖然牠不太高興，但可沒有人注意牠，牠只好又坐下來，對著自己發牢騷。

月中老人的羅佛耳朵很尖，牠立刻跳上塔頂，像瘋了一樣大吼大叫，接著牠坐下來咆哮：「是誰把那隻狗帶來的？」

「哪一隻狗？」老人問。

「海鷗背上那隻傻小狗。」月亮狗說。

當然，羅佛也跳了出來，使出全力大吼：「你自己才是傻小狗！誰讓你叫自己羅佛？像你這樣像貓像蝙蝠而不像狗的傢伙？」由這些話，你可以想見牠們不久之後一定會很親密，因爲這就是小狗對待陌生狗的態度。

「噢，趕快飛走，你們兩個！不要再吵了！我得和郵差談事情。」老人說。

「走吧，小玩意兒！」月亮狗說，羅佛這才想起自己多麼渺小，即使在原本就小的月亮狗身邊，牠還是嬌小無比。不過牠並沒有再喊出什麼粗魯的話，只說：「我倒很想，但我得要有翅膀會飛才行。」

「翅膀？」月中老人說：「簡單！現在就有一雙，去吧！」

米奧哈哈大笑，由背上把牠抖落，讓牠直接由塔頂邊緣摔下來！但羅佛才叫了一聲，以爲自己像石頭一樣掉到數哩開外的山谷裡，卻發現牠有一雙美麗的白翅膀，上頭還有黑色的斑點（搭配牠的毛色）。雖然如此，牠還是往下跌了好長一段路才能停下來，因爲牠還不太習慣使用翅膀。牠花了好一陣子才習慣它們，不過早在月中老人和米奧談完之前，牠就忙著追逐月亮狗繞著塔轉。牠才剛開始覺得有點累，月亮狗就降下山頂，坐在牆角下峭壁邊，羅佛隨著牠落下，牠倆肩並肩坐在一起，都伸出舌頭喘氣。

「你是跟著我取名叫羅佛㉘？」月亮狗說。

「才不是，」我們的羅佛說：「我很肯定我的女主人給我取名字的時候，從來沒聽過你。」

「那無關緊要，我是頭一隻名叫羅佛的狗，幾千年前——因此你一定是繼我之後，取名羅佛的！我本來就是羅佛！我從來不肯在任何地方駐留，也不屬於任何人，一直到我來這裡爲止。從小我就什麼也不做，專門逃跑，我一直跑一直流浪，一直到一個晴朗的早晨——非常晴朗的早晨，陽光刺目——害我在追蝴蝶時掉下世界的邊緣……「這種感覺很不舒服，我可以告訴你！幸好月亮當時正好經過世界下方㉙，我經歷一段可怕的時光，摔落雲端、撞上星星，等等，終於掉到月亮上，恰巧墜入大灰蜘蛛在山頂張的大銀網，蜘蛛正爬過絲網準備把我醃起來，帶到牠的食物櫃去時，月中老人出現了。他在月亮這頭用望遠鏡把事情的經過看得一清二楚，蜘蛛都很怕他，因爲唯有牠們幫他織銀色的絲縷線繩，他才讓牠們清靜。他疑心牠們偷他的月光——他絕不容許這點，雖然牠們假裝只靠蜻蜓蛾和影蝠維生。他在蜘蛛的食物櫃裡發現月光的翅膀，立刻把牠變成一塊石頭——疾如閃電。接著他抱起我，拍拍我說：『這回可摔得不輕！你該有一雙翅膀，以免以後再發生意外——現在飛吧，自己去玩！不要擔心月光，也不要殺了我的白兔子，等你肚子餓了自己回來；屋頂上的窗子總是開

月中老人的高塔

的。』我覺得他心腸很好，但很瘋狂。但你可別搞錯了——我指的是他的瘋狂。我不敢眞的傷害他的月光或兔子，他可以把你變成千奇百怪的東西，教你不舒服。現在告訴我你爲什麼跟著郵差來。」

「郵差？」羅佛問道。

「是的，當然，米奧，是沙地老魔法師的郵差。」月亮狗說。

羅佛還沒說完牠們的冒險經歷，就聽到老人一聲口哨，牠們趕緊衝上屋頂，老人正坐在那裡，兩腳垂在岩架之外晃盪，一拆信就立刻把信封丟掉，風把它們捲到空中，米奧展翅在後面猛追，把它們放進一個小袋子裡。

「我剛剛才讀到你，羅佛蘭登，我的狗，」他說：「（我叫你羅佛蘭登，你就得是羅佛蘭登，因爲這裡不能有兩個羅佛。）我很同意我的朋友薩瑪索斯（我可不會爲了取悅他，而發那可笑的『普』音），你最好在這裡待上一陣子。我也收到阿塔塞克瑟斯的信——你認識他吧，就算不認識也無所謂，他要我馬上把你送回去。他似乎對你私自逃走很生氣，而且薩瑪索斯竟然還幫你。不過我們不要理他；你不必擔心，只要待在這裡。現在飛走去玩吧。不要擔心月光，也不要殺死我的白兔子。等你們餓了就回家來！屋頂上的窗子永遠開的，再見！」

他立即消失在稀薄的空氣中，任何沒去過那裡的人，都會告訴你月亮的空氣有多稀薄。

「好了，再會了，羅佛蘭登！」米奧說：「我希望你能從惹毛魔法師中得到樂趣。暫時再會了。不要殺死白兔，一切都會順利的，你一定會安全回家——不管你想不想。」

於是米奧飛走了，速度快到你還來不及說「哇！」牠就已經成了天空中的一個黑點，接著就消失了。羅佛現在不僅只有玩具大小，而且連名字也變了。牠孑然一身被留在月亮上——除了月中老人和他的狗之外，沒有任何伴侶。

羅佛蘭登——我們現在最好這樣稱呼牠，以免造成混淆，牠一點也不在意。牠的新翅膀極其有趣，而且月亮也是非常有意思的地方，因此牠忘了思索爲什麼普薩瑪索斯把牠送到這裡來，一直要到很久以後，牠才明白㉚。

在這同時，牠經歷了各種各樣的探險，不論是獨自一人，抑或是和月中羅佛結伴。牠不常飛上遠離塔頂的空中，因爲在月亮上，尤其在白色那一側，昆蟲既大又兇，而且又蒼白透明，又寂靜無聲，讓你根本聽不見看不到牠們飛過來，月光只會照耀和振翅，羅佛蘭登並不怕牠們，目露兇光的大白蜻蜓蛾比較駭人，而且還有劍蠅和玻璃甲蟲㉛，下巴簡直像鋼架一樣堅韌，還有暗淡的獨角獸，長了像矛一樣的刺，另外還有五十七種形形色色的蜘蛛，準備吃掉任何牠們逮得到的生物。比昆蟲更糟的是，還有影蝠。

羅佛蘭登在月亮這一面就像鳥兒一樣：除了在家門附近，或是視野良好空間空曠，遠離昆蟲藏身之處，不然他並不常飛。牠非常安靜地在四周走動，尤其在森林裡。通常在那裡的生物都非常安靜，連鳥兒也很少發出啁啾叫聲，那裡的聲音主要是來自植物，花朵——白鈴花、仙鈴花、銀鈴花、叮鈴花、鈴玫瑰；還有皇家韻律、毛哨、錫號和乳號（非常淡的乳黃色），及其他許許多多名字難以翻譯的花朵——整天作響。羽毛草和蕨類——仙子琴絃、對位、銅舌和林間的裂蕨，以及位於乳白池塘邊的所有蘆葦，它們輕柔地伴著音樂，即使在夜裡亦然。其實整天一直都有柔和的音樂作響㉜。

然而鳥兒卻非常靜寂，大部分的鳥兒都非常微小，在樹下灰色的草叢中跳躍，躲避蒼蠅和翩翩起舞的蝴蝶，其中許多都喪失了翅膀，甚至根本忘了該如何使用它們。羅佛蘭登總是靜悄悄地在青草中潛行，埋伏在牠們小小的地面巢穴前，驚嚇牠們，要不就是獵捕小白老鼠，或是在森林邊緣嗅聞灰松鼠的氣味。

森林裡滿是銀鈴花，牠頭一次看到它們的時候，它們正輕輕作響。高大的黑色樹幹由一片銀白中拔地而起，高如教堂，樹頂是永不凋零的淡藍葉片，就連舉世最長的望遠鏡也從沒有看過這些直聳入雲的高大樹幹，或是其下的銀鈴花。到秋冬時節，滿樹綻放淡金色的花朵㉝，而且因爲月亮上的森林幾乎一望無際，因此在下界的人看來，一定也改變了月亮的外貌。

但你絕不會以爲羅佛蘭登所有的時間都花在那樣的旅行，畢竟這兩隻狗知道月中老人的眼睛盯著牠們，而且牠們也的確冒了許多險，獲得許多樂趣。有時候牠們一起長途漫遊，接連好多天都沒有回到塔裡來，有一兩次，牠們爬到遠處的高山，一回頭，只見月亮塔只剩遠方的一小根閃亮針尖，牠們坐在白色的岩石上，望著渺小的綿羊（比月中老人的羅佛大不了多少）成群徜徉在山坡上，每一隻羊身上都掛著一個金色的鈴噹，只要羊移動一隻腳，想要吃一口新鮮的灰草，鈴聲就會響，所有的鈴噹譜出和諧的曲調，而且所有的羊就像白雪一般閃閃發光，從沒有人會為牠們擔心。這兩隻羅佛都有很好的教養（而且也害怕月中老人），何況月亮上沒有其他的牛、馬、獅、虎、狼；老實說，月亮上最大的四腳獸就是兔子和松鼠（而且只有玩具大小），偶爾可以看見如驢子般大的巨大白象㉞嚴肅地站在一旁。我還沒有提到龍，因為故事還沒有輪到牠們出場，也因為牠們住得很遙遠，離高塔有很長一段路，牠們很怕月中老人，只除了一隻而外（就連牠也有半心懼怕）。

每當這兩隻狗回到塔裡，由窗戶飛進去，一定都能看到牠們的晚餐已經準備好了，彷彿事先安排似的，但牠們卻很少看到或聽到月中老人出現。他在下面地窖裡有個工廠，白色的蒸汽和灰霧總會一團團地由樓梯中冒上來，由上方的窗戶飄走。

「他整天都在做什麼？」羅佛蘭登問羅佛道。

「做什麼？」月亮狗說：「噢，他一直都很忙——而且自從你來了之後，他比以往我看到的時候更忙了。我想他在做夢。」

「他做夢幹什麼？」

「為月亮的另一面。這一面沒有人做夢，做夢的人都在另一面。」

羅佛蘭登坐下來抓抓頭，牠覺得這個解釋等於什麼也沒解釋，但月亮狗不肯再說：要是你問我的意見，我猜其實牠也搞不清楚。

不過在那之後不久發生了一件事，使羅佛蘭登馬上忘記了這樣的問題。兩隻狗出發，經歷一段刺激的探險，簡直是太過刺激，不過這得要怪牠們倆。牠們出去漫遊數日，路程是自羅佛蘭登來之後最遠的一次，而且牠們並沒有去思索自己究竟要去哪裡，坦白說，牠們迷路了，把離開塔的方向想成是回塔裡的方向，月亮狗說牠已經把月亮光明面的每一條路都摸得一清二楚（牠可眞會吹牛），但最後牠不得不承認四周景物似乎有點陌生。

「我可能太久以前來這裡了，現在都已經不認識了。」

其實牠根本沒有來過這裡，牠們不知道自己已經太接近月亮的陰暗面，也就是各種各樣半忘懷的事情逗留的地方，使你的路和記憶越來越混淆。正當牠們確定自己終於走上回家的路時，卻發現眼前出現了一些高山，寂靜、光禿禿、陰沉沉，這回月亮狗沒有假裝見過它們。這些山是灰而非白色，彷彿是由冷冰冰的陳年灰塵堆積出來，其間有狹窄而幽暗的山谷，完全沒有任何生命跡象。

接著開始下起雪來。月亮上經常下雪，但這些雪通常都乾燥溫暖，感覺很舒服，最後會變成白沙，被風吹走。這回的雪卻比較像我們的雪，又濕又冷，而且髒兮兮。

「這眞教我想家，」月亮狗說：「這眞像我小時候落在城裡的那玩意兒——你知道，在地球上。噢，那裡的煙囪，像月亮樹一樣高，還有黑煙，和火紅的爐火㉟！有時候我眞受夠了白色，在月亮上要變得很髒還眞不容易。」

這話可洩漏了月亮狗的低品味，而且在幾百年前舉世根本就沒有這樣的城市，你就可猜想他把自己落到世界邊緣的時間誇張了多少倍。不過，就在此時，一片特別大又特別骯髒的雪花刺到了牠的左眼，教牠立刻改變了主意。

「我想這玩意兒迷了路，由那討厭的舊世界落下來了，」牠說：「老鼠和兔子！㊱我們也好像迷了路了，豈有此理！我們趕快找個洞鑽進去！」

牠們找了一陣子，才找到個洞，這時牠們早已經又濕又冷：慘兮兮的，因此牠們找到第一個避難所，就趕緊鑽了進去，也沒有採取任何預防措施㊲——這是你在月亮邊緣陌生地方所該採取的第一個步驟。牠們爬進的避難所其實不是小洞穴，而是個大洞窟，非常之大，很陰暗，但卻是乾的。

「這裡又舒服，又溫暖，」月亮狗說，牠閉上眼睛，幾乎立刻就睡著了。

「汪！」不久之後牠就叫喊起來，以狗的方式由夢中直接醒來：「太暖和了！」

牠一躍而起，只聽到小羅佛蘭登在洞內深處吠叫，等牠趕去查看究竟是怎麼回事之時，卻見火舌沿著地板向牠們捲來，這下子牠可不思念故鄉的紅火爐了，立刻抓起羅佛蘭登的頸背，迅如閃電地由洞中疾馳而出，飛上外面的石頭頂上。

兩隻狗就這麼坐在雪裡發抖，一邊凝視著前方，這實在太傻了，因爲牠們本該風馳電掣，趕緊飛回家，或飛去任何地方。你可以由此發現，月亮狗根本對月亮一無所知，否則牠就會知道這是大白龍的藏身之處，也就是我們先前提過對月中老人有半心畏懼的龍（要是牠發起怒來，恐怕連半心畏懼都沒有）。月中老人對這隻龍也有點頭痛，他每次提到牠，就稱牠「那小子」。

你或許已經知道，所有的白龍原先都是來自月亮，但這隻已經去過地球又回來了，因此有一些見識。牠曾在梅林時代和龍堡的紅龍一決高下，這你可以在比較近的歷史書上看到，在那之後，紅龍變成非常紅㊳。牠後來在英倫三島㊴造成更大的破壞，最後在史諾頓㊵頂上住了一陣子，很少有人會爬到那上面去——只除了一個老人之外，這龍碰到他由瓶中喝水，結果他匆匆離去，連瓶子也放在上面忘了拿，此後許多人也跟從他的例子。那已經是很久以後，在亞瑟王失蹤之後，龍飛赴葛溫法，當時薩克遜的國王都把龍尾巴當成珍饈。

葛溫法離世界之緣並不遠，對如此龐大如此兇惡的龍而言，要由那裡飛到月亮上根本是輕而易舉。現在牠住在月亮的邊緣，因爲牠不太清楚月中老人的法力和聰明才智能發揮到什麼樣的程度。不過牠依然偶爾會膽大妄爲地干擾月中老人對色彩的安排。有時牠享用大餐或是大發雷霆，就會讓鮮紅和綠色的火燄冒出洞穴，煙霧瀰漫的情況更是家常便飯。有一兩次，牠把整個月亮都變成紅色㊶，或者讓牠整個變暗。

在這樣不舒服的時刻，月中老人把自己和狗關起來，只說：「又是那可惡的傢伙。」他從不說明究竟是什麼傢伙，也不解釋牠到底住在哪裡，只是走到地下室去，翻出他最好的魔咒，盡量讓事情再度平靜。

現在你明白了整個事情的來龍去脈；要是這兩隻狗知道的有你一半多，一定會卻步不

The White Dragon pursues Roverandom
& the Moondog.

白龍追逐羅佛蘭登和月亮狗

前。不過至少在我解釋整個事件的這段期間，牠們停下步來，只見整隻白龍，全身雪白，雙眼碧綠，全身關節都噴出綠色火燄，像蒸汽機一般冒出黑煙。牠爬出了洞穴，發出最恐怖的一聲怒吼，讓山巒震撼，回聲陣陣，濕雪凝結，山崩地裂，瀑布止歇㊷。

那隻龍長了翅膀，就像船在還沒有蒸汽機以前，只有帆的時候一樣㊸，而且牠喜歡殺生，不論是一隻小老鼠，或是皇帝的女兒，牠都來者不拒。牠一心要宰掉那兩隻狗，而且在躍入空中之前就昭告牠們數次。這就是牠的不對了，因爲牠們倆一聽到牠的咆哮，立即腳底抹油，從岩石上縱身一躍，像火箭升空一樣騰空飛起，御風而下，速度快得就連米奧也會吃驚。龍緊追不捨，拚命地拍翼振翅，震垮山頭，害得所有羊身上的鈴噹全都急急作響，好像城裡失火一般（現在你知道牠們爲什麼有鈴噹了）。

非常幸運的是，順風而下正是回家的正確方向。而在羊鈴亂響的同時，塔裡也發射了最驚人最巨大的火箭，整個月亮上都看得見，就像一把金傘，迸出成千上萬的銀色流蘇，不久之後在地球上造成了陣陣流星。既可以把它說成是那兩隻可憐小狗的指路明燈，也可以說是對那惡龍的警告，只是牠已經冒出太多的煙霧，根本就沒有注意。

因此追逐如火如荼展開。若你曾看過鳥兒追逐蝴蝶，能夠想像超級大巨鳥在白色的群山中追逐兩隻小得可憐的蝴蝶，就知道這其間的掙扎翻轉、奮力躲藏、千鈞一髮的逃跑，和其中你躲我藏曲曲折折的路程。不止一次，牠們還沒逃到半路，羅佛蘭登的尾尖就被龍吐出的熱氣燒焦。

月中老人在做什麼呢？哦，他發射了驚天動地的火箭，接著又說：「那可惡的傢伙！」也罵：「那兩隻可惡的小狗！牠們會害得月蝕提前發生！」接著他走進地下室，打開一瓶又暗又黑的魔液，看起來好像果凍狀的焦油和蜂蜜（聞起來則像煙火節㊹的煙火和包心菜混煮）。

就在此刻，龍猛地撲上高塔，伸出大爪子撲打羅佛蘭登——要一掌把牠打到爪哇國去。但牠辦不到。月中老人由低低的窗戶拋出了魔咒，「啪」的一聲正中龍腹（所有的龍在腹部都特別柔軟），打偏了牠的方向，把牠敲得頭暈腦脹，縱身飛起，還沒摸清頭緒就「碰」的一聲撞上山，很難說究竟哪一方受傷比較嚴重——是龍的鼻子，還是山——兩者都被撞得變形了。

因此兩隻狗由上方的窗戶落進塔裡，整整一週都喘不過氣來，而龍則歪歪倒倒地回家，花了好幾個月按摩鼻子養傷。下一次的月蝕當然失敗㊺，因爲龍忙著舔牠的肚子，根本沒空參加。牠被魔咒打中，身上沾到的黑斑一直都洗不掉，恐怕會留到永遠。現在他們稱呼牠「斑點怪物」。

III

第二天月中老人看著羅佛蘭登說：「好險，對一隻小狗而言，你已經把月亮光明面探索得差不多了，我想等你喘過氣來，該是你去另一面的時候了。」

「我也可以去嗎？」月亮狗說。

「那對你沒有好處，」老人說：「而且我不建議你去。你可能會看到比火和煙囪讓你更想家的東西，結果招來和龍一樣的怪物。」

月亮狗並沒有臉紅，因爲牠臉紅不了。牠什麼也沒說，只是坐在角落裡，小腦袋疑惑這老人究竟知道多少東西，不論是發生的事件，還是說過的話語。牠也花了一點時間思索老人究竟是什麼意思；不過牠沒有煩惱多久，因爲牠本是無憂無慮的小狗。

至於羅佛蘭登，等牠過了幾天緩過氣來，月中老人又吹口哨喚牠去。他們一起向下走，沿著階梯走下深入懸崖之內的地下室，室內開著小窗，由懸崖內望出去，可以看到月亮照耀的寬廣大地。接著他們又步下直通入山底的祕密階梯，直到過了很久之後，來到一塊伸手不見五指的地方，停了下來，由於一圈一圈地繞樓梯向下走了數哩之遠，使羅佛蘭登頭暈目眩。

在完全的黑暗之中，月中老人像螢火蟲一般發出微弱的光芒，這就是他們僅有的一點光亮，不過這樣已經足夠看到旁邊的門——是地板上的一扇大門。老人把門拉起來，正當拉起之際，黑暗就像霧一般由開口飄了進來，羅佛蘭登連老人散發的淡淡光芒也看不見。

「下去吧，好狗！」他的聲音由黑暗中傳來。不過如果告訴你羅佛蘭登不是隻好狗，不肯讓步，你也不會驚訝。牠退到小房間最遠的角落，耳朵朝後豎。牠雖然怕月中老人，但卻更怕那個大洞。

但沒有用。月中老人把牠抓起來，噗的一聲丟到黑洞裡，正當牠不斷下墜，彷彿沒有盡頭時，耳邊卻傳來老人的喊聲，已經在牠上方遠處：「往下去，然後隨著風飛！在另一頭等我！」這話該能安慰牠，但事實不然。羅佛蘭登後來常說，牠從沒想過還有比掉到世界邊際之外更糟的經驗，而這正是牠所有歷險中最可怕的部分，一想到這次的經歷，依然教牠魂不附體。當牠日後在爐前地毯上低喊抽搐時，你可以想見牠又想到它了。

不管怎麼說，它終於到了盡頭。經過很長一段時間，牠的墜落慢慢減緩，最後幾乎停了，在其餘的路上，牠展開翅膀向上飛，感覺就像穿過一個大煙囪，幸而有強烈的氣流幫助牠向上衝。等牠終於來到頂端，心裡非常歡喜。

牠躺在另一端洞緣那裡伸舌喘息，雖然心中焦慮，卻還是乖乖等著月中老人。過了好一陣子他才出現，羅佛蘭登打量四周，發現自己位於黑暗的深谷底部，四周都是低矮幽暗的山坡，黑色的雲朵籠罩在他們頭頂上，雲端僅有一顆孤星。

突然這隻小狗覺得非常睏，附近幽暗樹叢中的鳥兒展喉唱起催眠曲，聽在已經習慣月亮另一側無聲鳥的牠耳中，既陌生又奇妙，牠合上眼睛。

「醒醒，小狗！」一個聲音在喚牠，羅佛蘭登及時跳起，只見月中老人攀著銀色的繩索爬出洞穴，原來有一隻好大的灰蜘蛛（比牠大得多了！）黏在附近樹上的網。

老人爬了出來，「謝謝！」他向蜘蛛說，「現在你可以走了！」蜘蛛轉身迫不及待地離去。在月亮的陰暗面有黑蜘蛛，雖然不像月亮光明面的那麼大，但卻有毒，牠們最討厭白或灰或淺色的東西，尤其是淺色的蜘蛛，討厭的程度就像討厭偶爾造訪的闊親戚一樣。

灰蜘蛛攀著絲索回到洞裡，同一時間黑蜘蛛卻由樹上落下來。

「現在！」老人朝著黑蜘蛛喝道：「給我回來這裡！這是我專屬的門，你可別忘記這點。現在給我在這兩株榆樹間作個好吊床，我就原諒你。」

「由月亮中間爬下爬上可眞是好長的歷程，」他向羅佛蘭登說：「我想在他們到來之前睡一下，對我比較有好處。他們很親切，但需要很多精力。當然我可以借助翅膀，只是我用得太快，而且這也會擴大洞穴，因爲我穿上翅膀的尺寸不合，而我又很擅長攀爬繩索。現在你覺得月亮這一邊怎麼樣？」老人繼續說：「這裡暗颼颼的，卻有淡色的天空，而那邊亮亮的卻是暗色天空。嗄？很大的變化，只是這裡比那裡沒有多少眞正的色彩㊻，沒有我所謂的眞正色彩，鮮明亮麗斑爛繽紛的色彩。要是你游目四顧，就會發現樹下有一些光芒，是螢火蟲和鑽石甲蟲和紅寶蛾等等。不過牠們太小了，就像另一面所有明艷的事物一樣小。而且牠們的生活很悲慘，因爲有像老鷹一樣的貓頭鷹㊼，和像禿鷹一樣的烏鴉，數量就像痲雀一樣多，還有那些黑蜘蛛。我自己最不喜歡的是黑天鵝絨大蛾，牠們總在雲端一起飛翔，甚至擋住我的去路，我幾乎不敢發出任何一點光芒，不然牠們就全都纏在我的鬍子上。不過這一面依然有它的魅力，小傢伙，而其中一點就是舉世沒有任何人、任何狗曾經在淸醒的時候見過它——除了你之外！」

接著老人突然縱身躍進吊床裡，這是黑蜘蛛趁著牠在說話時爲牠織的，結果他在一剎那之間就睡著了。

羅佛蘭登獨自坐著守著他，一邊也提防著黑蜘蛛。螢火蟲發出小小的光芒，紅、綠、金、藍，在黑暗無風的樹木下忽明忽滅。天空一片灰白，陌生的星星高掛在如天鵝絨般的小團雲朵上，成千上萬的夜鶯似乎在其他的峽谷中歌唱，歌聲由近處的山谷傳來，微弱不淸。接著羅佛蘭登聽到孩子們的聲音，或者該說是他們回聲的回聲，隨著突然掀起的微風飄來。他坐起身來，叫出畢生最大的吠聲。

「老天保祐！」月中老人邊喊邊一躍而起，由吊床直接跳到草地上，差點就踩到羅佛蘭登的尾巴：「他們已經來了嗎？」

「誰？」羅佛蘭登問道。

「如果你沒聽到他們，那麼你在叫什麼？」老人說：「來吧，這邊走。」

他們沿著灰色的小徑向下走，小徑兩邊都有發出微光的石頭，兩邊還有一叢又一叢的樹叢，最後變成了松樹，空氣中瀰漫著一股夜晚的松香。接著小徑朝上攀，過了一陣子，他們來到群山包圍低谷的頂端。

羅佛蘭登於是朝下望向下一個山谷，所有的夜鶯全都停下歌唱，好像關上了水龍頭一般，孩子們的聲音甜美清脆，他們正在唱一首美妙的曲子，許多聲音融在一起。

老人和狗一起朝山坡飛奔躍下，我說的是實話，老人可以在岩石之間跳躍。

「來吧，來吧！」他喊道：「我雖然是長了鬍子的老山羊，但不管是野山羊或家山羊，你都抓不到我！」羅佛蘭登得用飛的才跟得上他。

他們突然來到一個光禿禿的懸崖，並不非常高，但又暗又光滑，就像黑玉一樣。羅佛蘭登探頭望去，看到下方薄暮之中有座花園㊽，而正在牠引目注視之際，牠看到光線轉爲下午時分太陽的柔和亮光，但卻看不清照亮所有幽暗陰影的柔光來自何方。那裡有灰色的泉水，還有長長的草地，到處都是兒童，睡眼惺忪地起舞，昏昏沉沉地步行，並且自言自語。有的彷佛要由沉睡中驚醒那般擾動，有的則已經醒轉，四處奔跑歡笑：他們挖土、採花、搭帳篷和房子、追逐蝴蝶、踢球、爬樹；大家都在歡唱。

「他們都是由哪裡來的？」羅佛蘭登覺得困惑卻又歡喜。

「當然是由他們家裡，由他們床上。」老人說。

「他們怎麼來的？」

「這個我告訴你，你永遠也不會知道。你很幸運，任何人藉由任何方式來這裡的人都很幸運，但這些孩子們並不是用你的方式來到此處，有些孩子經常來，有些則很少來，大部分的夢都是我做的。有些會把這些夢帶來，就像帶午餐上學一樣，有些（很抱歉我不得不說）則是蜘蛛做的夢——但不是在這個山谷㊾，而且是沒被我逮著。現在讓我們去加入聚會吧！」

黑玉懸崖十分陡峭，滑得連蜘蛛都站不住腳——根本沒有任何蜘蛛敢嘗試，因爲牠很可能摔下去，再也爬不上來。何況在花園裡有隱形的哨兵，還不包括月中老人；如果沒有他，根本開不成聚會，因爲這些聚會是他自己的聚會。

現在他「碰」的一聲滑下這個谷地中央，他坐在那兒玩雪橇，咻！直衝進一群小孩之中，羅佛蘭登連滾帶爬夾在他頭上，根本忘記自己會飛，或者本來會飛——因爲等他在谷底整理好自己，就發現自己的翅膀不見了。

「那隻小狗在做什麼？」一個小孩對老人說。羅佛蘭登一直打轉，想要看牠自己的背後。

「牠在找牠的翅膀，孩子。牠以爲牠在玩雪橇時把它們磨掉了，但其實它們在我的口袋裡，在這下面不許有翅膀，沒有人能不請假就離開這裡，對不對？」

「對，長鬍子老爹！」大約二十個孩子異口同聲地說，其中一個男孩抓住老人的鬍子，爬上他的肩膀。羅佛蘭登以爲老人會勃然大怒，當場把他變成一隻蛾或者一塊橡皮，或者什麼別的東西。

但他只聽到老人說：「我說，你眞是個攀爬高手，小子！我要給你一點教訓！」他把孩子一拋拋上空中，但孩子卻並沒有落下來，完全沒有，他黏在空中，月中老人由口袋裡掏出一條銀色的繩索丟給他。

「趕快爬下來！」他說，這男孩果眞一溜煙滑進了老人的懷裡，老人趁機呵他的癢：「你笑得這麼大聲，會醒過來的。」老人說。他把男孩放在草地上，然後走進人群中。

羅佛蘭登留在那裡自得其樂，正當他做好一個漂亮的黃球（牠想：和我原來在家裡那個一樣。）時，卻聽到一個熟悉的聲音。

「那是我的小狗！」那聲音說：「那是我的小狗！我一直覺得它是眞的，沒想到牠在這裡，我每天都在沙灘上找了又找，一直吹口哨叫牠！」

羅佛蘭登一聽到這個聲音，就立刻坐正，擺出乞求的姿態。

「我的小狗！」小男孩小二（當然是他）跑上前來拍牠：「你跑到哪兒去了？」

但羅佛蘭登唯一能說的只是：「你聽得懂我說什麼嗎？」

「當然可以，」小男孩小二說：「但媽媽上次帶你回來的時候，你根本就不肯聽我說話，雖然我盡所能學的狗語和你說話，你卻沒有像我這樣努力和我溝通，你似乎有心事。」

羅佛蘭登道了歉，他告訴小男孩自己怎麼從他的口袋裡掉出來，也提到普薩瑪索斯和米奧，以及他走失之後的諸多探險。因此小男孩和他的哥哥終於知道沙灘那邊的奇怪人物，也知道了許多原本他們可能不知道的東西。小男孩小二覺得羅佛蘭登是個好名字，「我以後就這樣叫你。」他說：「不要忘記你還是我的！」

接著他們玩起球來，又玩躲貓貓，還賽跑，散了很長的步，最後還玩獵兔子遊戲（當然什麼都找不到，只是很興奮而已。兔子總是最會躲藏的。）他們還去池塘裡玩水，還一個接著一個做了各種各樣有趣的遊戲，雙方都越來越喜歡對方。小男孩在綴滿露珠的草地上翻滾，在睡覺時分的微光裡（但那裡似乎沒有人在意濕的草和睡覺時間），小狗和他一起打滾，甚至倒豎蜻蜓，這是自哈柏太太的死狗㊿之後頭一次在世上有狗這樣做。小男孩哈哈大笑，直到最後卻突如其來地消失，只剩羅佛蘭登獨自在草地上！

「他被叫醒了，就這麼簡單。」月中老人說，他突然現身了：「他回家了，也差不多該是時候了。現在離他吃早餐的時間只剩十五分鐘，他今天早上一定會很懷念在沙灘上的漫步。好，好！我想現在也是我們該走的時候了。」

於是，羅佛蘭登非常不情願地隨著老人回到月亮的明亮面，他們花了很長的時間，一路走回來，羅佛蘭登原本該很喜歡這段路程，但並沒有，因爲他們看到許多奇特的事物，還經歷了很多探險——當然非常安全，因爲月中老人就在一旁。最好是這樣，因爲泥塘裡有許多污穢的爬行動物，要不是月中老人也在，牠們就會立刻攫走小狗了。月亮的暗面潮濕的程度就像它亮面的乾燥程度一樣，到處是奇特的動植物，如果羅佛蘭登稍微放一點注意力在上面，我就會一一把它們告訴你，但牠並沒有注意這一切；牠一直在想花園和那個小男孩。

最後他們終於來到灰暗的邊緣㉛，透過通往大白平原和明亮懸崖的山中縫隙，張望許多龍所住的煤灰谷。他們看到世界升起，懸掛在月亮山肩上，宛若淡綠和金黃色的月亮，又大又圓，羅佛蘭登不禁想道：「那裡就是我的小男孩所住的地方！」兩邊的距離看起來遠得驚人。

「夢會實現嗎？」牠問道。

「我的夢有些會實現，」老人說：「有些，但不是全部，而且很少會馬上實現，更不會完全和做夢時所做的一模一樣。你爲什麼想要知道關於夢的事情？」

「我只是覺得疑惑而已。」羅佛蘭登說。

「你在想那個小男孩，」老人說：「我就知道。」

他由口袋裡掏出一具望遠鏡來，拉開來長得嚇人：「我想，看一看對你沒壞處。」

羅佛蘭登由望遠鏡中探看——不過得等牠終於學會閉上一隻眼睛，並保持另一隻眼睛張開。牠清楚地看到地球，起先牠看到直洩入海中的月亮路徑盡頭，以爲牠看到又模糊又細瘦的小小人影很快地滑下去，但牠不能確定。月光很快地消失，陽光出來，突然牠看見沙灘巫師的小灣（但沒有普薩瑪索斯的蹤跡——普薩瑪索斯受不了別人偷窺他），過了一會兒，牠又看到兩個小男孩手牽著手走進鏡中，他們沿著沙灘漫步，牠不禁想，「是在找貝殼，還是在找我？」

很快地，鏡中景物又變了，牠看到懸崖上小男孩爸爸的白屋子，還有直通往海邊的花園，在門邊牠看到——真是不愉快的驚人發現——老巫師坐在石頭上吸菸斗，好像遊手好閒，一心要待在那裡凝視到永恆似的，他的舊綠帽子掛在頭口後方，背心釦子則解開。

「老阿塔？你怎麼稱呼他？他在那扇門那裡做什麼？」羅佛蘭登問道：「我以爲他早已經忘掉我了，他的假期過完了嗎？」

「沒有，他在等你，小傢伙。他還沒有忘記。如果你現在現身，不管你是眞狗還是玩具狗，他都會馬上施以新咒。倒不是他那麼在乎他的褲子——它們很快就補好了，但他很氣薩瑪索斯干涉這件事，而薩瑪索斯還沒安排好要如何應付他。」

正當羅佛蘭登看到阿塔塞克瑟斯的帽子被風吹走，他趕忙上去追時，牠也很清楚地看到他的褲子上有一塊帶著黑斑的橘色補釘。

「我以爲魔法師可以把褲子補得比那好一點。」羅佛蘭登說。

「但他覺得這樣補得很美！」老人說：「他在別人的窗簾上施法，他們得到了火險保險金，而他則獲得繽紛的色彩，雙方都很滿意。不過你是對的，我相信他的法力不行了。看到一個魔法師經歷這麼多世紀，法力卻逐漸衰退，實在教人心酸，但對你卻可能是幸運的事。」於是月中老人「啪」的一聲合上了望遠鏡，他們再度向前走。

「這裡是你的翅膀，」他走到塔旁時說：「現在快飛去自得其樂吧！不要擔心月光，不要殺害我的小白兔，等你餓了就回來！或者覺得難過痛苦的時候。」

羅佛蘭登馬上飛去找月亮狗，把月亮那一側的事情告訴牠，但牠有點嫉妒，因為訪客竟然能去看牠不准看的事情，因此牠假裝一點也沒興趣。

「聽起來不怎麼樣，」牠咆哮說：「我根本就不想去看，我想你一定是厭煩明亮面這邊的情況，因為只有我陪你，沒有你那兩條腿的朋友。真可惜那個波斯巫師盯上了你，害你不能回家。」

羅佛蘭登覺得這話很刺耳，牠一再地向月亮狗解釋牠很高興回到塔裡，牠永遠不會厭倦月亮的明亮面。牠們不久又恢復了友誼，一起做了許許多多的事，但月亮狗在發脾氣時所說的話卻應驗了，那不是羅佛蘭登的錯，牠也盡力掩飾不顯露出來，但不知怎麼，所有的冒險探訪活動，再也不像以往那般新奇刺激，牠一心只想著和男孩小二在花園裡玩的樂趣。

牠們拜訪了騎著兔子到處跑的白地精山谷，他們也用雪花作煎餅，還在整潔的果園裡種上和水芹差不多大小的小黃金蘋果樹，他們還把破玻璃和錫釘子放在體積較小的龍的窩旁（趁著牠們在睡覺時），等在一旁直到夜深，聽到牠們的怒吼——龍通常肚腹都很柔軟，而牠們總喜歡每天半夜十二點出外去喝一杯，有時候趁空就溜去。有時這兩隻狗甚至還敢去釣蜘蛛——牠們咬壞蜘蛛網，把月光放出來，然後及時逃走，而蜘蛛總是由山的那一頭擲套索套牠們。但不論什麼時候，羅佛蘭登都一直在等著郵差米奧，想聽聽「世界新聞」㉜。（大部分都是謀殺和足球比賽，但有時候會來點好消息。）

米奧下一次來的時候，牠正好外出漫遊，因此沒有碰到，但等牠回來時，月中老人還在讀信和新聞。（而且他似乎心情很好，坐在屋頂上，兩隻腳垂在邊邊晃盪，吸著一支碩大的白色土菸斗，像火車引擎一樣冒出煙雲，由他的圓臉綻開笑靨。）

羅佛蘭登覺得牠快要受不了了，「我覺得胸膛裡不舒服，我想要回到小男孩身邊，讓他的夢實現。」牠說。

老人放下了他的信（是關於阿塔塞克瑟斯的，非常有趣），從嘴裡拿開菸斗，「你一定要去嗎？你不能待著嗎？這太突然了！我真高興認識你！你下一次經過，一定要來看我們。我隨時都樂於見到你！」他一口氣把這話全都說完。

「很好！」他又明白地說了一次：「阿塔塞克瑟斯已經處理好了。」

「怎麼辦到的？」羅佛蘭登問道，這回牠又興奮起來。

「他和一條人魚結婚，遷到深藍海底去住了。」

「我希望她能把他的褲子補得好一點！用綠海草作補釘才能和他的綠褲子搭配。」

「我親愛的小狗！他是穿一套全新的綠海草套裝結婚的，上面縫了粉紅珊瑚的紅釦子和海葵肩章，他們還把他的舊帽子在海灘上撕碎！這一切都是薩瑪索斯安排的，喔！薩瑪索斯可眞深沉，就像深藍海一樣深沉，我料到他將來一定會用同樣的方法去幫他喜歡的人，不只是幫你，我的小狗。

「不知道後來怎麼樣了！阿塔塞克瑟斯現在已經跨入他的第二十或二十一個童年，我猜，他對許多雞毛蒜皮的事都很在意。他是全天下最固執的人了。以前他是個好魔法師，但他脾氣越來越壞，現在只會惹人厭。他在一個下午來找薩瑪索斯，用木鏟子把他由沙中鏟出來，還揪著他耳朵把他拉出洞去，薩瑪索斯覺得太過分了。這也難怪。他寫信給我說：『這樣擾人清夢，正在我睡覺的大好時光，全都是爲了一隻可憐的小狗。』你不用臉紅。

「因此等他們倆都冷靜了一點之後，他邀請阿塔塞克瑟斯去參加人魚聚會，一切就是這樣發生的。他們帶阿塔塞克瑟斯去作月光浴，他現在永遠不會回波斯或波灘了，因爲他愛上了富有人魚王的女兒，雖然她年紀大了一點，但很可愛㊿。次夜他們就結婚了。

「這樣的結局或許也很圓滿，因爲海洋裡已經有一陣子沒有駐地魔法師了，普羅修斯、波塞頓、川頓和納普頓㊾等希臘神話中的海神，全都在很久以前變成小魚或貝殼了，而且不論如何，他們對地海以外的事物都不怎麼關心——他們太喜歡沙丁魚了。而老尼洛德㊺又很久以前就退休了，他和女巨人錯點鴛鴦譜後，只能分一半的心在公事上——你還記得她愛上他，因爲他的腳很乾淨（在家裡很方便），但卻又因爲他的腳濕了而不愛他（已經太遲了）。他現在只靠最後一雙腳了，步履蹣跚，可憐的傢伙。石油燃料害得他咳嗽不停，他也已經退隱到冰島的岸邊，曬點太陽。當然也有海中老人㊻，他是我的堂兄弟，可我並不因此感到光采。他是個負擔——不肯用他自己的腳走路，總是指望有人抬著他，我敢說你一定聽過這個傳聞。他的結局是他自找的。大約一兩年前，他坐在漂浮的地雷上（如果你懂我的意思），一屁股就坐上引爆鈕㊼！就連我的法術也無能爲力。這簡直比蛋殼人跌下牆頭㊽還要慘。」

「布瑞塔妮亞的法力呢？」羅佛蘭登問，牠畢竟是隻英國狗。老實說，牠對這些冗長的事物已經厭煩，只想聽自己和巫師有關的事，「我以爲主管波浪的是布瑞塔妮亞。」

老人：「她的雙腳從不碰水。她寧可在海濱拍撫獅子，坐在一分錢上，手上拿支鰻叉[59]——何況海裡要管的可不只波浪一件事而已。現在有了阿塔塞克瑟斯，我希望他能派上用場。我猜如果他們允許，那麼他頭幾年的時間會花在水螅身上栽種李子樹，這總比維持人魚的秩序簡單。哎哎哎！我講到哪裡去了？當然，如果你想要，現在就可以回去。其實不必太講究禮貌，你該盡快回去。你的第一站是老薩瑪索斯——可不要學我的壞榜樣，在你們碰面時，不要忘記發那個『普』[60]。」

第二天米奧就來了，爲月中老人帶來加班郵件——一大堆信和報紙：《海草畫刊》、《海洋觀念》、《人魚消息》、《海螺報》、《晨波》等等，上面全都有阿塔塞克瑟斯月圓之夜在海灘上結婚的（獨家）照片，知名金融家（只是隨便的一個尊稱）薩瑪索斯・薩瑪迪茲則在後面傻笑。但它們的圖片可比我們的好看，至少是彩色的[61]，何況人魚新娘的確美麗（她的尾巴藏在波浪裡）。

該是說再會的時候了。月中老人照耀著羅佛蘭登，而月亮狗盡量裝出一副漠不關心的模樣。羅佛蘭登自己的尾巴倒是垂了下來，但牠說出口的只是：「再見，小狗！好好照顧你自己，不要擔心月光，不要殺死小白兔，不要吃太多晚餐！」

「你自己才是小狗！」月亮狗說：「還有，不要再去吃巫師的褲子！」牠只說了這些。但日後，牠一直去糾纏月中老人讓他去找羅佛蘭登玩，而且也獲准去了幾次。

於是羅佛蘭登就和米奧一起回到地球，月中老人回到地下室，月亮狗則坐在屋頂上，目送牠們離去。

IV

牠們飛到世界盡頭之際，一陣冷風由北極星吹來，掀起瀑布的水花，潑灑在牠們身上。回去的路比較艱難，因爲老普薩瑪索斯的魔法沒有再那麼急促，因此牠們能到狗島上去歇息。但因爲羅佛蘭登依然那麼小，因此在那裡並不太愉快。其他的狗都太大太吵，而且對牠十分輕蔑，狗骨頭樹長出的肉骨頭也太大，骨頭太硬。

大後天的黎明，牠們終於看到米奧家的黑色懸崖，太陽暖暖地照在牠們背上，等牠們降落在普薩瑪索斯的小灣，沙丘頂端已經乾燥變白。

米奧低聲呼喚，並用牠的喙敲地上的一塊木頭，這塊木頭立刻直伸至空中，變成了普薩瑪索斯的左耳，很快又看到他的右耳，接著這位魔法師醜陋的頭和頸部也都冒了出來。

普薩瑪索斯發牢騷說：「這個時候，你們倆要做什麼?這是我最喜歡的睡覺時間。」

「我們回來了！」海鷗說。

「你讓牠載你回來了。」普薩瑪索斯轉頭向小狗說，「我以爲獵了龍之後，你應該覺得飛回家很容易才對。」

「但是先生，」羅佛蘭登說：「我把翅膀留在月亮上了，因爲它們並不眞正屬於我。我眞希望再變成普通的狗。」

「哦，好。不過我希望你也喜歡你作『羅佛蘭登』的日子。你應該回家去玩你的黃球，一有機會就跳上沙發去睡覺，或是睡在主人的膝蓋上，做個受寵的小狗。」

「那個小男孩呢？」羅佛問。

「你不是由他身邊逃跑了嗎?傻瓜，一路跑到月亮上去了。」普薩瑪索斯裝作吃驚困惑地說，但卻把一隻無所不知無所不曉的眼睛，調皮地眨了一眨：「我說回家就是回家，不要結結巴巴地和我辯！」

可憐的羅佛正張口結舌，打算發出禮貌彬彬的「普—薩瑪索斯」，好不容易終於說了出口，「普—普—普，普薩瑪索斯先生，」牠婉轉動人地：「契—契—請原諒我，但我又碰到他了；我眞不該逃跑的，而且我眞的屬於他，不是嗎?所以我該回去找他。」

「無稽之談！你當然不必，也不該！你屬於買下你的那位老太太，所以你該回去她那邊。我們不能收買贓物，或者買賣受到魔咒的物品，法律就是這樣規定的，你這傻小狗。小男孩小二的媽媽白花了六便士在你身上，這沒有辦法。而且夢中相會又怎麼樣？」普薩瑪索斯一口氣說完，邊眨了眨眼。

「我以為月中老人的夢有一些可以成眞。」小羅佛難過地說。

「哦！那是月中老人的事，我的工作是立刻把你變回原來的大小，把你送回你所屬於的地方。阿塔塞克瑟斯已經前往其他有用的領域，因此我們不必再擔心他了。來這邊！」他抱住羅佛，用他的胖手在這小狗的頭上揮舞，說時遲那時快——然而什麼變化都沒有發生！他再重來一次，依然沒有任何變化。普薩瑪索斯於是由沙灘上起身，羅佛這才第一次看到他的腳像兔子一樣。他又蹬又跳，把沙子踢上半空中，一腳踩在貝殼上，還發出哈巴狗發怒時的呼哧呼哧聲響，但什麼也沒發生！

「被一個海草巫師破壞，扁他！打他！」他咒罵著：「被一個波斯採梅人破壞，把他裝在罐子裡，吊死他！」他不斷地大吼大叫，直到最後終於累了，才坐下來。

「好了，好了！」等他平靜了一點，他終於說：「不經一事，不長一智！但阿塔塞克瑟斯實在奇怪，誰想到他竟能在大喜之日還記得你，在蜜月上路之後，還浪費他最強力的變身魔法在你身上——好像他當初的魔法還不夠耍一隻小傻狗似的？」

「好了，我也不必去想該怎麼破解魔法了，」普薩瑪索斯繼續說：「只有一個辦法。你得自己去找他，請求他原諒，但我發誓，我一定會記住這個過節，直到海是現在的兩倍鹹，是現在的一半濕。你們倆現在去散個步，半小時後等我氣消一點再回來！」

米奧和羅佛沿著海岸走上懸崖，米奧慢慢地飛，羅佛則心情沉重地在後頭跟著走，牠們倆在小男孩家外頭停步，羅佛甚至還走進大門，坐在男孩們窗下的花壇上。還是大清早，但牠卻滿懷期待的叫了又叫。這些小男孩不是沉睡，就是不在家，因爲並沒有人到窗口來探看，至少羅佛是這樣以爲。他忘記地球上的一切和月亮後花園的世界是不同的，而阿塔塞克瑟斯的魔法還在，因此牠的叫聲和牠的身材都一樣渺小。

過了一陣子，米奧載著牠沉重地回到小灣，那裡卻有另一件驚人的新消息在等著牠，普薩瑪索斯正在和一隻鯨說話！非常大的鯨，是露脊鯨中最古老的一隻62，名喚烏因。在小羅佛眼中，牠簡直就像是平躺在水中的一座大山，大頭浮在近水之緣的深池裡。普薩瑪索斯對羅佛說：「對不起，我一時之間找不到小一點的東西，但坐在牠身上可很舒服。」

「進來！」鯨說。

「再見！進去！」海鷗說。

普薩瑪索斯：「快點！不要在裡面咬或抓，不然烏因很可能咳嗽，你就會吃不消。」

這簡直和跳進月中老人地下室的大洞一樣糟糕，羅佛向後退縮，因此米奧和普薩瑪索斯不得不把牠推進去，他們的確是用推的，連哄一下都沒有，鯨的下巴「答」一聲立即合上。

裡面的確是很黑，而且魚味十足。羅佛坐在那裡直發抖，而正當牠正襟危坐（連抓抓自己的耳朵都不敢）時，卻聽到，或是自以爲聽到，鯨尾拍水的颼颼聲；牠感覺到，或是自以爲感覺到，鯨朝著深藍海底越沉越深。

等鯨停了下來，再度張開大嘴（牠很樂意如此做，因爲鯨喜歡把下巴張得大大的，在海底像拖網捕魚一樣，等潮水把食物送進來，但烏因卻是一隻非常體貼的鯨）。羅佛探出頭去，外頭可眞深，深不可測，但一點也不藍，只有淡淡的綠色光芒。羅佛走出去，發現自己正在白色的沙徑上，沙徑蜿蜒，穿過暗淡的奇幻叢林。

「往前直走！你不必走多遠。」鳥因說。

羅佛直直往前走，盡量隨著路保持筆直，不久他就站在一座宏偉宮殿的大門口，這座宮殿似乎是用粉紅和白色的石頭製作的，牆面散發出淡淡的光，綠光和藍光穿過這許多窗戶，依然淸淸楚楚地照耀著。牆的四周有巨大的海樹生長，比宮殿高聳的圓頂還高，在暗沉的水中發出光芒。這些樹龐大的軀幹如草一般彎折搖擺，金魚、銀魚、紅魚、藍魚，和發著螢光的魚像鳥兒一樣群聚棲息在無盡的樹枝陰影之下。但這些魚並不唱歌，唱歌的是宮殿裡的人魚，多麼動聽的歌聲！所有的海中仙子都一起合唱，音樂由窗戶裡流洩飄揚，數以百計的人魚用號角、笛子和貝殼伴奏。

在黑暗的樹下，海精張開嘴對著羅佛微笑，牠盡快地向前趕路——只覺得在水中深處，牠的步履沉重而緩慢。爲什麼牠沒淹死？我不知道，但我想普薩瑪索斯·普薩瑪迪茲已經考慮到這點（他對海洋所知的遠超過一般人——雖然他的腳趾頭盡可能不沾一滴水）。在羅佛和米奧去散步之際，他就已經坐在那裡老謀深算，構思出新的計畫了。

不論如何，羅佛並沒有溺斃，但牠實在希望自己在別的地方，即使在鯨潮濕的嘴裡也好，最後牠終於走到了宮殿的門前：許多奇形怪狀的生物由路邊紫色的樹叢和像海綿一般的叢林裡窺視牠，讓牠覺得很不安心。最後牠走到了龐大的門前——這是一座金色的拱門，四周鑲滿了珊瑚，用珠母作的門上鑲著沙魚的牙齒。門環是個很大的環，嵌著白色的藤壺，小小的紅飾帶掛在外面，但羅佛當然搆不著，也不可能移動它，所以牠只好放聲一喊，出乎意料的是牠的叫聲非常宏亮，在牠叫到第三聲時，宮殿裡的音樂戛然而止，門也打開了。

你猜開門的是誰？正是阿塔塞克瑟斯本人，穿著一身紅梅色的天鵝絨上衣，和綠絲褲，他嘴裡依然叼著一根菸斗，只是這回菸斗中噴出來的是如彩虹般五顏六色的美麗泡泡，而非煙霧。不過他這次沒戴帽子。

「哈囉！」他說，「你出現了！我猜你一定過不了多久就會厭倦老普—薩瑪索斯（他對這個誇張的普字多麼嗤之以鼻！）他不可能什麼都會。好了，你來這下面做什麼？我們正在聚會，你打斷了音樂。」

「求求你，阿塔塞克瑟斯先生，不，我是指艾塔塞克瑟斯，」羅佛張口說，牠心慌意亂，又想表現得很禮貌。

「哦，別介意我名字的發音，我不在乎！」老巫師不悅地說：「有話快說，而且長話短說，我沒時間聽你廢話。」自他娶了富有人魚國王的女兒，被指派為「太平洋與大西洋魔法師」（他們在他背後，把這名號簡稱為「太大魔法師」），他派頭十足（對陌生人）：「要是你有什麼急事要見我，最好進來在大廳等，在舞跳完後，我可能會有一點空檔。」

他把羅佛身後的門關上，然後離開了。這隻小狗發現自己在一個很大的空間裡，頭上是光線黯淡的圓頂。四周全是尖頂的拱道，掛著海草簾幕，大部分是陰暗的，唯有一個滿是亮光，樂聲大作，彷彿一直持續，從不重複，從不止息。

羅佛不久就等得不耐煩了，因此牠走向光亮照人的門口，由簾幕裡探頭向外看。牠看到一望無際的大舞廳，共有七個圓頂，一萬根珊瑚柱子，用純魔法點亮，裡頭滿溢著燦爛奪目的溫暖流水。所有的金髮人魚和黑髮海精都邊唱邊舞——並不是用尾巴跳舞，而是邊游邊舞，在清澄的水裡忽上忽下，時前時後。

沒有人注意到小狗的鼻子由門邊的海草探了出來，因此牠看了一會兒，就往裡面爬去。這裡的地板是用銀色的沙和粉紅色的蝴蝶貝構成的，貝殼全都大張著嘴，在輕輕打漩的水裡拍動。牠小心翼翼在這其中找路前進，緊緊貼著牆，卻聽到頭上突然有一個聲音說：「多麼可愛的一隻小狗！這是一隻陸地狗而不是海中狗[63]，我確定。牠怎麼來這裡的——這麼一小咪咪。」

羅佛抬頭向上瞧，看到金髮上插著大黑梳子的美人魚正坐在離牠不遠上方的岩礁上，她那教人惋惜的尾巴垂了下來，手裡正在修補阿塔塞克瑟斯的綠襪子。原來她就是阿塔塞克瑟斯太太（本來稱做太大公主，她和她的丈夫不同，非常受歡迎愛戴）。阿塔塞克瑟斯此時正坐在她的身邊，不管他有沒有時間聽長篇大論的廢話，都正乖乖地聽夫人的訓示，或者該說，一直到羅佛出現之前。阿塔塞克瑟斯夫人一看到羅佛，終於停止嘮叨，也停下手中修補襪子的動作，浮過來把牠抱到她的躺椅上去。這裡其實是一樓窗邊的座位（是個室內窗）——在海中之屋裡沒有樓梯，也沒有雨傘，而出於同樣的理由，門和窗也沒有多大的差別。

美人魚不久就把美麗（且大方）的自己舒舒服服地安頓在躺椅上，並且把羅佛抱上她的膝蓋，窗邊位下立刻傳來一聲駭人的咆哮。

「臥下，羅佛！臥下，好狗！」阿塔塞克瑟斯太太說。不過她並不是對我們的羅佛說話，而是和剛才出現的白色人魚狗說話。這狗並不理會她的話，依舊咆哮怒吼，拍打著牠蹼腳邊的水，用平扁的大尾巴猛拍，尖尖的鼻子不斷冒出泡泡。

「多麼可怕的小東西！」這新出現的狗說：「你看牠那可憐的尾巴！可憐的腳！還有牠那身愚蠢的毛！」

「你自己去照照鏡子，」羅佛在美人魚的膝蓋上說：「你絕不敢看自己第二眼！誰叫你羅佛？鴨子和蝌蚪的混種竟敢說是狗！」由此你可以看出牠們第一眼看見對方，就用了不少想像力。

兩隻狗不久就結爲好友——也許和羅佛與月亮狗之間的友誼有點不同，因爲羅佛在海裡待的時間較短，而且對小狗來說，海洋深處也不如月亮來得有趣快活，因爲海中處處是黑暗可怕的地方，光線永遠沒有照過，未來也不會有光線照耀。因爲除非一片黑暗，否則根本找不到這樣的地方。那裡有可怕的生物，老到難以想像，強到連魔咒也制服不了，大到無可衡量。阿塔塞克瑟斯已經發現了這個事實，太大魔法師可不是件輕鬆的工作。

「現在游開去，自己去玩吧！」他太太說。兩隻狗已經不再吵嘴，只是互相嗅聞：

「不要擔心火魚，不要咬海葵，不要被蚌殼抓到，記得回來吃晚餐！」

「求求你，我不會游泳。」羅佛說。

「老天！多麼廝煩啊！」她說：「太大魔法師！」她是到目前爲止，唯一當面這樣叫他的人：「你終於有事做了！」

「當然，親愛的！」魔法師急著聽命，而且很高興有機會表現他的魔法，證明他不是完全沒用的官員（照海中的語言，就是「笠貝」㊿）。

他由背心口袋中，掏出一枝小小的魔杖——其實那是他的鋼筆，但再也不用來寫字了：人魚用的墨水太黏，鋼筆根本不能用——他用魔杖揮向羅佛。

不管別人怎麼說，照阿塔塞克瑟斯自己的方式，他其實是個很好的魔法師（否則羅佛就不會有這些冒險經歷了）——這是個小技巧，只是需要常常練習㊿。總之在第一個波浪之後，羅佛的尾巴開始變得像魚一般，腳也長出了蹼，牠的毛皮越來越像橡皮布。等到變身完畢，牠一下子就適應了，而且覺得游泳可比飛行容易學得多，幾乎一樣愉快，而且又不會那樣累人——除非你想要向下潛。

牠繞著舞廳試游一圈之後，第一件事就是去咬另一隻狗的尾巴。當然，是出於好玩，不過不管是不是好玩，兩隻狗差點就當場打了起來，因爲人魚狗的脾氣一觸即發。羅佛只來得及飛快地跳走，迅速又敏捷。兩人窗裡窗外展開一場大追逐，沿著黝黑的走道和圓柱，往上往外繞著圓頂追來追去。直到最後人魚狗筋疲力竭，牠的壞脾氣也煙消雲散之後，兩隻狗才在傍著旗杆最高的小圓頂上坐了下來。人魚國王的旗幟則在其上飄揚，這是由海草作的紅綠雙色三角旌旗，上面有珍珠裝飾。

「你叫什麼名字？」人魚狗喘過氣來之後問：「羅佛？那是我的名字，所以你不能叫它，我先取這個名字的！」

「你怎麼知道？」

「我當然知道！你看，你只不過是隻小狗，來這裡還不到五分鐘，而我卻是不知道多久，數百年前就著了魔法來到此地。我想我是舉世第一隻名字羅佛的狗。」

「我的頭一個主人就是個羅佛，意思就是海盜，他總是在北方的水域行船。他的船很長，上面掛著紅色的帆，船首雕著龍，他總稱它，『紅龍』⑯，而且很喜愛它。我愛他，雖然我只是小狗，他並不太注意我，因爲我還太小，不能打獵，而且他也從不帶狗上船。但是有一天，我偷偷跑上船去，那時他正在與妻子道別，起風了，水手們把紅龍裝在滾輪上推下海。龍頸上盡是白泡沫，就在這時我突然覺得要是我不跟著他，此後就再也見不到他了。因此我偷偷溜上船，躲在一個大水桶後面，直到我們離海岸很遠，他們才找到我。

「這就是我叫羅佛的由來，他們拖著我的尾巴，拉我出來，一個人說，『這裡有個眞正的海盜！』另一個接口說：『牠會有奇特的命運，永遠回不了家。』的確我再也沒回過家。而且此後我一直都沒有再長大，雖然年紀增長了不少，當然也多了智慧。

「在那次的旅途上，我們發生了海戰，我在刀林劍雨中跑上前甲板，但黑天鵝號的船員登上我們的船，把我主人的人手都趕到一邊去，他是最後一個離開的人，站在龍頭一旁，接著全身鎧甲地跳入海中，我也跟在他身後躍入海裡。

「他比我快沉到海底，人魚抓到了他⑰，我叫他們趕快把他送上陸地，不然他回不了家，就會有許多人傷心落淚。他們對我笑，把他抬走，有的說他們送他到岸上，有的則對我搖頭。你不能相信人魚，除非是保守他們自己的祕密。在這方面，他們的表現比牡蠣還好。

「我經常想，他們一定是把他埋在白沙裡了。在離這裡很遠的地方，還有一部分紅蟲的碎片，那是黑天鵝的水手把它砸沉的，至少上次我經過的時候，它們還在那裡。在它的周遭和它的上面，全都長滿了海草，只有龍頭倖免。不知爲什麼那上面就連藤壺也不長，而在那下面則有一堆白沙。

「很久以前我就離開了那個地方，慢慢地變成了海洋狗——那時海中老太太常常施用魔法，其中一位對我很好。她把我當成禮物送給人魚國王，也就是現任人魚王的祖父，此後我一直待在宮裡。這就是我的故事，發生在好幾百年前，我已經見過無數的漲潮退潮，但卻從沒有回過家。現在講講你的經歷！我猜你不可能那麼巧來自北海吧？以前我們總稱呼它是英格蘭之海。你大概也不知道奧克尼群島⑱（蘇格蘭北部）的那些老地方吧？」

我們的羅佛不得不承認，牠從沒有聽過這些名字，只知道「大海」，就連對大海，牠也所知不多。「不過我去過月亮上，」牠說，而且還盡力把牠在月亮上的經歷描述得歷歷如繪，好讓牠的新朋友能夠了解。

人魚狗非常喜歡羅佛的故事，至少相信一半。「眞是好聽的故事，」牠說：「是好久以來我聽過最好聽的故事。我看過月亮，因爲我偶爾會到海面上，但我從沒想過它竟是那樣子。但說實在的，月亮狗實在有種。三隻羅佛！兩隻已經夠糟了，三隻簡直是不可能！而且我一點也不相信牠的年紀會比我大；牠要有上百歲就夠教人驚訝了。」

或許牠是對的，因爲你可能已經注意到，月亮狗很喜歡誇張。人魚狗接著說：「不管怎樣，牠的名字是自己取的，而我的是主人幫我取的。」

「我的也是。」我們的小狗說。

「可是你的名字沒有特別的意義，也不是因爲你的努力或經歷得來的。我喜歡月中老人的想法，我也叫你羅佛蘭登，如果我是你，就會一直用這個名字——你永遠不知道接下來你會碰到什麼！讓我們下去吃晚餐吧！」

這頓晚餐魚味十足，但羅佛蘭登很快就習慣了，而且它似乎很配牠那蹼狀的腳。晚餐後，牠突然想起自己爲什麼大老遠到海底世界來，因此去找阿塔塞克瑟斯，結果看到他正在吹泡泡，並且把泡泡變成眞正的球，逗人魚孩子玩。

「求求你，阿塔塞克瑟斯先生，能不能廂煩你把我變——」羅佛蘭登說。

「走開！走開！」這名魔法師說：「你沒看到我沒空嗎？現在不行，我忙得很。」阿塔塞克瑟斯每次都用這樣的話打發他覺得無足輕重的人。他很清楚羅佛想要什麼，但他可不急。因此羅佛蘭登游開了，上床去睡覺，或者該說是棲息在花園大石上的一叢海草裡。老鯨正巧就棲在底下；如果有人和你說，鯨不會到海底去，或不會打個幾小時的盹，你也不必太在意，因爲老烏因在任何一方面都是例外。

「哦？」牠說：「你進行得怎麼樣了？我看你的尺寸還是像玩具一樣小。阿塔塞克瑟斯怎麼啦？難道他沒辦法嗎？還是他不肯？」

「我想他能，」羅佛蘭登說：「你看我的新造型！但只要我一提到大小的問題，他就一直說他多忙，沒時間聽我長篇大論。」

「噢！」鯨說，接著用尾巴拍拍樹——掀起的水波差點把羅佛蘭登掃下牠所棲息的石頭。「我想太大魔法師可能不行，但我不該擔心。你遲早會沒事的。而且明天還有很多新事物等著你去瞧呢。去睡覺吧！再會！」牠游進黑暗中，不過牠帶回小灣的報告還是教老薩瑪索斯勃然大怒。

宮殿裡的光全都熄了。在黑暗的深水域中既沒有月亮，也沒有星星，綠色變得越來越深沉陰暗，到最後全變成黑色，一絲光影也沒有，只除了發光的大魚在水草之中緩緩地穿梭。不過羅佛蘭登那晚倒睡得很香甜，接下來那晚，和接下來好幾晚也是。第二天，還有第三天，牠都去找魔法師，但卻沒找到。

一天早上，正當牠開始覺得自己不折不扣是隻海洋狗，可能會永遠待在海裡時，人魚狗對牠說：「何必去理那個魔法師！乾脆別理他，讓他找不到我們。我們去游個長泳！」

牠們出發了，這次的長泳最後變成長達數天的遠足，路程遠得不得了。你得知道，牠們是受到魔咒的生物，而海裡卻沒有多少正常的生物追得上牠們。等牠們厭倦了海底的懸崖和高山，或是在中等高度的奔跑追逐之後，牠們就會由海中向上浮再向上浮，由水中直上一哩多，而等牠們浮上水面，卻望不見任何陸地。

一望無際的海洋非常的平靜光滑，是一片灰茫茫，接著只要一點黎明前的冷風，它就突然掀起波濤，一片片變暗，很快地太陽在天際發出吶喊升起，一片火紅彷佛它才剛飲下烈酒，它很快躍上天空，開始例行的旅程，把波裡濤間全都變成金黃，其間的陰影則轉爲墨綠。海天相連之處只見一艘船直駛向太陽，因此它的桅杆映著火紅的天邊，變成黑色。

「那艘船要去哪裡？」羅佛蘭登問。

「哦，我猜是日本或檀香山或馬尼拉或復活節島或星期四島或海參崴，或這裡或那裡。」人魚狗說，雖然牠號稱花了幾百年走遍世界各地，但牠的地理知識卻有點鴉鴉烏，「我知道這裡是太平洋⑲，但我不知道是哪裡——是個暖水域，憑感覺。這片海域眞大，讓我們去找點東西吃！」

等牠們回來，已經是幾天之後了，羅佛蘭登立刻又去找魔法師，牠覺得牠已經讓他休息得夠久了。「求求你，阿塔塞克瑟斯先生，能不能麻煩你……」他一如往常地開始。

「不行！我不行！」阿塔塞克瑟斯的態度甚至比平常更堅定。不過這一次他是眞的很忙。人魚的訴願由四面八方隨郵件湧到，當然，你可以想見，大海裡各種各樣的事都出了差錯，就是法力最高強的太大魔法師也無能預防，何況其中有些根本和他沒有關係。一下是這裡發生船難，撞壞了某人的海中瓊樓玉宇，一下是海床爆發[70]（沒錯！他們就像我們一樣，也有火山和其他種種麻煩事兒），炸壞了某人得獎的金魚群或珍貴的海葵池或獨一無二的珍珠貝或名聞遐邇的石頭和珊瑚花園，或者有粗魯無文的魚在公路上打架，或者揍扁了人魚小孩，或者心不在焉的沙魚在餐廳裡游來游去，破壞了整個晚餐，要不然就是黑色深淵中深沉陰鬱，不可告人的怪物做了什麼可怕的壞事。

人魚原本對這些事情都採取容忍的態度，但免不了抱怨，他們喜歡抱怨。當然他們也寫信給《海草週報》、《人魚郵報》，和《海洋觀念》等等，但現在他們有了「太大魔法師」，因此他們也寫信給他，把一切都怪在他頭上，甚至連自己的尾巴被自己養的寵物龍蝦螫到，也都算在他的帳上。他們說他的法力不足（有時的確如此），應該要減薪（這是實情，不過太傷感情），他的靴子太大了（這也傷感情：他們說的該是拖鞋，他根本懶得穿靴子），而且他們每天一大早就指東道西，教阿塔塞克瑟斯煩得要命，尤其在周一，而今天正是周一，所以阿塔塞克瑟斯朝羅佛蘭登扔了一塊石頭，害得牠像蝦子逃出漁網一樣地一溜煙跑了。

牠跑到花園裡，發現自己還沒變身，非常開心；我敢說如果牠再慢一步，魔法師就會把牠變成海蛞蝓，或把牠送到天外（管它是哪裡）去了，說不定會送牠去海溝（最深海域的底部）。牠很煩惱，不禁跑去找海裡的那隻羅佛抱怨。

「不管怎樣，你最好讓他休息一下，等周一過了再說，」人魚狗勸牠：「要是我是你，以後我每周一都不會去找他。來吧，讓我們再作一次長泳。」

之後羅佛蘭登讓魔法師休息了好長一陣子，直到他們倆幾乎都要忘記對方了——不過這不太可能，因爲狗可不會那麼容易忘記誰丟石頭砸牠的。但在大家眼裡，羅佛蘭登已經安定下來，成爲人魚宮裡永恆的寵物了。牠總是和人魚狗一起外出探險，通常都有人魚兒童跟著。雖然在羅佛蘭登眼裡，這些人魚兒童不像兩條腿人類的孩子那般活潑（但羅佛蘭登並不眞正屬於大海，因此他的判斷要打個折扣），但他們依然讓牠很開心，而且要不是因爲後來發生的事情，他們可能就會讓牠完全忘記小二，而永遠和他們待在一起了。等我們講到那些事情，你可以自己評斷它們和普薩瑪索斯有沒有關係。

不論如何，那裡都有很多孩子可作玩伴。老人魚有數百個女兒和數千個孫輩，全都在同一座宮殿裡，而且他們全都很喜歡兩隻羅佛，阿塔塞克瑟斯太太也一樣。可惜羅佛蘭登從沒有想到把自己的故事講給她聽，因爲她很淸楚該怎麼應付各種脾氣的太大魔法師。不過眞的要是那樣，羅佛蘭登早就回家了，也會因此錯過很多經歷。牠就是和阿塔塞克瑟斯太太和一些人魚兒童去拜訪大白窟的，那裡是所有失落在海中的珍寶和所有原本就在海中的珍寶以及無數的珍珠所貯藏的地方。

還有一次，牠們去造訪住在海底玻璃屋裡的小海仙子。小海仙子不常游泳，而是在海床平坦之處邊漫步邊歌唱，或是駕著由最小小魚拉著的貝殼馬車馳騁，要不然，牠們會跨騎在小綠蟹身上，牽著細線所作成的轡繩（不過這當然還是免不了防止螃蟹一如往常一般橫行）。小海仙子和海妖精處不來，海妖精比較高大，又醜又吵鬧，除了打架鬧事、捉魚，和騎著海馬遊手好閒之外，成天什麼事也不做。他們可以離水生活很久，也常在暴風雨時在海邊逐浪嬉戲。有些海仙子也可以這麼做，但他們比較喜歡在暖和靜謐的夏夜浮到無人的海灘（因此很少有人看到）。

還有一天，老烏因現身，帶兩隻狗出去玩，換換口味；騎在牠身上就好像坐在一座移動的大山一樣。牠們走了一天又一天，最後才由世界的東緣及時回來。這隻鯨在那裡浮上水面，噴出擎天水柱，牠的水花幾乎灑遍世界的邊緣。

還有一次牠帶牠們到世界的另一邊（或者該說牠敢去的極限），這是更長更刺激的旅程，是羅佛畢生經歷最精彩的一次，不過要等牠長得更大更有智慧之後才明白這點。不過要訴說牠們在所有地圖上沒有的水域中的冒險，以及牠們所看到地理上未曾提到的土地，還需要另一個長長的故事。牠們越過暗影海，抵達魔法島外的仙境灣，遙遙望見遠方西山的精靈故鄉，還有仙境的光芒映照在粼粼水波上[72]。羅佛蘭登以爲牠看到了西山之下綠坡上的精靈城市，那是遠方的一片白光，但烏因卻又突如其來地潛入水中，因此牠無法確定。果真如此，那麼牠就是少數幾個曾經見過其他世界（不論多麼遙遠）的地球生物（不論是兩隻腳或四隻腳）。

「如果被人發現，我就慘了！」烏因說，「從沒有外來世界[73]的生物獲准來到這裡，現在更少。我們得保守祕密！」

我怎麼說狗的？牠們永遠不會忘記人家在生氣時對牠們丟擲的石頭，的確，雖然經歷了如此五光十色的風景和精彩的旅程，羅佛蘭登卻依然牢牢把這事記在心裡，一等牠回到家，這事就浮上腦海。

牠的第一個念頭是：「老魔法師到哪裡去了？對他禮貌又有什麼用！這回只要有機會，我還要咬爛他的褲子。」

在努力嘗試單獨和阿塔塞克瑟斯說話不成之後，牠正抱著這個念頭，卻見到魔法師由皇宮小徑經過。以他這把年紀，當然不好意思再長出尾巴或鰭或學游泳，他唯一像魚的是拚命喝酒（即使在海裡也一樣，因此他一定很渴）；他花許多公務時間在變魔法把蘋果西打裝進他私人公寓的大酒桶裡。如果他希望在海裡快速行動，就駕車行走。羅佛蘭登就是看到他駕著快車——一枚很大的貝殼，形如鳥蛤，由七條沙魚拉著，海中生物紛紛讓路走避，因為沙魚可是會咬人的。

「我們跟上去！」羅佛蘭登對人魚狗說，他們倆跟上前去。這兩隻壞狗趁著馬車經過懸崖下，就把石頭丟進車裡。我說過，牠們可以很快的溜掉，一下就躲在前方草叢裡，把任何觸手可及的物品推下懸崖，把魔法師氣個半死，而且牠們也很小心，不被魔法師看到。

阿塔塞克瑟斯出發時正在發火，沒走多久怒氣更盛，其實在怒氣之中，也摻著焦慮的成分，因為他得去調查突然出現的異常漩渦——而且位於他一點也不喜歡的海域；他覺得（果然正確無誤）那個方向一定有一些討人厭的東西，最好不要去惹它。我敢打賭你們一定猜得到究竟是什麼事；阿塔塞克瑟斯就猜到了。原來古老的大海蛇已經醒了過來，或者該說半睡半醒。

牠已經沉睡了很多年，但現在牠正在翻身。如果把牠拉直，絕對超過一百哩長（有些人說牠可以由世界的這一頭伸到世界的那一頭㉔，不過這太誇張了）；現在牠蜷在那裡，除了牠的老窩（許多人都希望牠待在那裡不要出來），全世界只有一個洞穴可以容得下牠，很不幸，這個洞離人魚國王的王宮還不到百哩。

牠在睡夢中解開一兩圈，水就上下起伏，搖盪不定，打歪方圓百哩之內的房子，讓大家不得安寧。但派「太大魔法師」去調查此事卻是不智之舉，因為海蛇實在太大太強壯，而且又老又蠢（還有人用原始、史前、難以置信、神話似的和傻乎乎等形容詞描述牠），沒有人能夠應付。阿塔塞克瑟斯對這樣的情況知之甚詳。

即使月中老人努力五十年，也不可能調製出夠大、夠強、夠持久的魔咒縛住牠。月中老人只有嘗試過一次（應觀衆要求），結果至少有一個大陸沉到海裡去了㉕。

可憐的老阿塔塞克瑟斯直駛入海蛇洞口，但他才步出車廂，就看到海蛇的尾巴尖尖由洞口伸了出來，簡直比一排大水桶還大，而且又綠又黏糊糊的，他可受夠了㉖。他眞想趁大肉蟲還沒有再轉過身來之前趕緊閃人回家，因為肉蟲常常會出其不意翻過身來。

小羅佛蘭登搞砸了一切！牠對海蛇的事和牠的碩大無朋一無所知，一心只想要狠狠咬上那暴躁的魔法師。因此一等機會出現——阿塔塞克瑟斯站在那裡，正呆呆地望著蛇尾巴出神，他的沙魚馬又沒有提防——牠爬上前去咬了一隻沙魚的尾巴，完全是出於好玩！沙魚立即直跳起來，馬車自然也向前一躍，而剛回過身來準備鑽進馬車的阿塔塞克瑟斯就摔了個四腳朝天。接著被咬到尾巴的沙魚張嘴咬牠當時唯一可以碰到的東西，那就是前面那隻沙魚，那隻沙魚又咬了更前面一隻沙魚，以此類推，直到七隻的最後一隻，由於沒有東西可以咬了，老天爺保祐！這隻蠢魚竟然衝上前去，一口咬下海蛇的尾巴！

海蛇立刻又突如其來大翻身！接下來兩隻狗只知道自己在驚天巨浪中被捲來滾過去，撞上了頭昏腦脹的魚和旋轉不停的海樹，牠們倆被捲在連根拔起的海草、沙石、貝殼、海蛞蝓、藤壺[77]，和其他零零碎碎的東西裡頭，嚇得魂飛魄散，而且情況還越來越糟，海蛇翻轉不停。而老阿塔塞克瑟斯緊抓著沙魚韁繩，也被漩渦捲來捲去，邊向牠們咒罵——我指是的沙魚。幸運的是，他一直都沒有發現羅佛蘭登在這裡究竟幹了什麼好事。

我不知道兩隻狗是怎麼回家的。不過牠們花了好久好久的時間才回到家。起先牠們被海蛇掀起的驚天巨浪沖到海岸，被大海另一端的漁夫捉到，差點送進水族館（那裡的命運可會很悲慘）；等牠們好不容易逃脫，還得靠著雙腳的皮膚[78]一路由地底的騷動中走回來。

等牠們終於回到家，卻發現那裡也有可怕的騷動。所有的人魚全都擠在宮廷前面，一起放聲大喊：「把『太大魔法師』帶出來！（沒錯！他們現在公開這樣喊，不再用更有尊嚴的冗長稱呼。）把『太大魔法師』帶出來！把『太大魔法師』帶出來！」

太大魔法師躲在地下室裡，阿塔塞克瑟斯終於由那裡把他找了出來，教他現身；等他由閣樓的窗戶探出頭來，所有的人魚全都大聲吶喊：「阻止這件荒唐事！阻止這件荒唐事！阻止這件荒唐事！」

他們鬧得這麼大聲，害得全世界各地住在海邊的人都以爲大海的呼嘯更甚於平時。的確如此！而在這時候，海蛇也一再地轉身，漫不經心地追尾巴爲戲，想要一口咬住自己的尾巴尖尖[79]。但感謝老天爺！牠還沒有完全清醒，不然一定會出來氣憤地搖頭擺尾，恐怕又有一塊大陸會沉沒。（當然這是否遺憾端視哪一塊大陸沉沒，以及你住在哪一塊大陸之上而定。）

但人魚並不住在大陸上，而是住在海裡，而且是海洋深處，海水已經變得非常混濁。他們一再要求人魚國王應該想想辦法，讓太大魔法師調製什麼符咒、藥水或溶劑出來，讓海蛇安靜下來：這樣他們才可能把手伸到面前吃飯或是擤鼻子，海水搖晃得這麼厲害，大家都互相撞來撞去，所有的魚都暈眩不已，海水也起伏不定，混濁得很，到處都是泥沙，害得大家都咳嗽不止，跳舞也不得不停了下來。

阿塔塞克瑟斯發出呻吟，但他得採取行動，因此他上自己的工作室，閉關兩週，在這期間共發生三次地震，兩次海底颶風，還有幾次人魚暴動。最後他出關，並且由洞穴遠處釋出最駭人的魔咒（並配有緩和鎮定的咒語），大家都回家坐在地下室裡等待——只除了阿塔塞克瑟斯太太和她倒楣的丈夫。魔法師有責任得留在當地（保持一點距離，但還不能算安全）靜觀後效，而阿塔塞克瑟斯太太則有義務留下來看著魔法師施法。

結果魔咒只讓巨蛇做了可怕的惡夢。牠夢到自己全身蓋滿了藤壺（很討人厭，但有部分的確如此），而且在火山裡面慢火煨烤（很痛苦，而且不幸完全是想像出來的），這時牠驚醒了！

或許阿塔塞克瑟斯的魔法的確比一般人想像的好一點，不論如何，海蛇並沒有出洞——對這個故事是好消息。牠把頭放在尾巴上，打了一個呵欠，大張著嘴，簡直就和山洞一樣寬，發出好大的鼾聲，全海中王國躲在地下室裡的人都聽到了。

接著海蛇說：「阻止這件荒唐事！」

牠又說：「如果這個糟糕透了的魔法師不趕快給我走開，如果他又在海裡吵鬧不休，我就要出洞來，我就要出來；我會先把他吃掉，接著把一切都碎屍萬段。就這樣。晚安！」

阿塔塞克瑟斯太太差點昏倒，立刻把太大魔法師拉回家去。

等他驚魂甫定——不過在他們看來，這倒很快。他立刻把魔咒由蛇身上取下，並且開始打包。所有的人魚都大喊：「把太大魔法師送走！把他擺脫掉！就這樣，再會！」

人魚國王說：「我們很不想失去你，但卻覺得你該走。」阿塔塞克瑟斯覺得非常難為情（其實對他倒有好處），就連人魚狗也嘲笑他。

有趣的是，羅佛蘭登卻非常氣惱，畢竟牠很清楚阿塔塞克瑟斯的魔法並不是沒有效果的，而且沙魚尾巴是牠咬的，不是嗎？一切都是因為牠去咬了魔法師的褲子引起的。何況牠原本就屬於陸地，因此很受不了可憐的陸地魔法師被這些海中居民捉弄。

不管怎樣，牠走向那老傢伙說：「求求你，阿塔塞克瑟斯先生！」

「唔？」魔法師和顏悅色地說（他很高興牠沒有稱呼他太大魔法師，而且他已經有好幾周沒有聽到人家叫他先生了）：「唔？什麼事，小狗？」

「對不起，我眞的對不起。我是說，我很抱歉，我不是故意要破壞你的名聲。」羅佛蘭登想的是海蛇和沙魚尾巴的事，但（幸好）阿塔塞克瑟斯以爲牠指的是他的褲子。

「算了，算了，」他說，「往者已矣。不要去提它，反正很快就雨過天青了。我想我們最好結伴回家。」

羅佛蘭登說：「但求求你，阿塔塞克瑟斯先生，能不能麻煩先把我變回原來的大小？」

「當然可以！」魔法師說，他很高興終於有人依然相信他還有法力。

「當然！但你現在水裡，保持這個樣子最安全最好，讓我們先離開此地！現在我是眞的很忙。」

他的確是忙。他到工作室裡把所有的裝備、標識、象徵物品、紀念品、配方書、算命紙牌、儀器、袋子和各種各樣的符咒瓶子全都收了起來，把一切能燒的全都放在防水鐵爐裡燒掉，其他的全都倒進後花園裡。此後發生了不少奇特的事：所有的花都瘋狂生長，蔬菜長得肥大無比，吃到這些青菜的魚都變成了海蟲、海貓、海牛、海獅、海老虎、海魔魚、海豚、儒艮、頭足類動物，或是災難[80]，或是變得有毒，到處都出現了幽靈、幻覺、迷像、困惑、讓人魚宮中的人不再有丁點平靜，不得不遷地爲良，其實在他們請走魔法師之後，反而敬重起他來，然而那是很久以後的回憶。眼前他們只知吵鬧不休，要他趕緊離去。

等一切都安排好了之後，阿塔塞克瑟斯向人魚國王道別——國王待他非常冷淡，甚至連人魚兒童似乎對他也並不在意——他一直都很忙，而和他們一起玩泡泡（我先前曾提到的）的機會也少得可憐。在他無數的小姨子中，有些盡量保持禮貌，尤其在阿塔塞克瑟斯太太面前；但實際上人人都恨不得趕快送他出大門，這樣他們才能趕緊送個謙卑的訊息給海蛇：

「討人厭的魔法師已經走了，再也不會回來，大人，請您安心歇息！」

當然，阿塔塞克瑟斯太太也跟著離開了。人魚國王有很多女兒，少一個還不打緊，尤其她是老十。他送她一袋珠寶，並且在大門邊給了她一個濕答答的吻，接著回到寶座上，但其他每一個人都覺得很難過，尤其是阿塔塞克瑟斯太太的諸多人魚姪子和姪女；他們也很難過羅佛蘭登要離開了。最難過、最垂頭喪氣的莫過於人魚狗了。牠說：「你每次到海邊的時候，別忘了給我送個信，我就會浮出來看你。」

「我不會忘記的！」羅佛蘭登說。接著他們就上路了。

最古老的鯨等在那裡。羅佛蘭登坐在阿塔塞克瑟斯太太的膝蓋上，等大家全都在鯨背上安頓好之後，他們就出發了。

所有的人都高聲說：「再見！」，心中暗唸：「好不容易擺脫了這個沒用的傢伙。」這就是阿塔塞克瑟斯任太大魔法師職務的結局。此後誰負責他們的魔法，我不清楚。我猜可能由老薩瑪索斯和月中老人共同分擔，由他們倆應付，綽綽有餘。

V

鯨在遠離的薩瑪索斯小灣的一處僻靜海岸靠岸；阿塔塞克瑟斯對這一點非常堅持。阿塔塞克瑟斯把太太和鯨留在那裡，他自己則（把羅佛蘭登揣在口袋裡）走了幾哩，到鄰近的海濱小鎮去買一件舊西裝和綠帽子，還有一點菸草，換掉身上漂亮的天鵝絨套裝（招來路人側目）。他還爲太太買了一把輪椅（可別忘記她的尾巴）。

「求求你，阿塔塞克瑟斯先生，」下午，他們倆再度坐在海灘上時，羅佛蘭登再度開口懇求；「求求你，阿塔塞克瑟斯先生，」這名魔法師正背靠著鯨，吸著菸斗，看起來已經好久沒這麼快樂了，而且一點也不忙碌。「如果你不介意的話，可不可以把我變回原來的形狀⑧？還有原來的大小？求求你！」

「喔，好！」阿塔塞克瑟斯說：「我本來想在開始忙以前要小睡一下，但沒準備。我們來做吧。在哪裡？我的——」接著他突然住口說不出話來。因爲他突然想到，他在深藍海底的時候，已經把所有的魔咒全都燒毀丟掉了。

這回他眞是煩惱極了。他站起來摸索自己的褲袋，背心口袋，外套口袋，裡裡外外的翻找，卻什麼東西也找不到。（當然找不到，這傻老頭；他太急了連這套行頭是一兩個小時前才在當舖買的都忘了。其實這套西裝原本屬於一個老管家，或至少是他賣出來的，在他拿出來典當之前，早就先把口袋翻遍了。）

魔法師坐了下來，用一條紫手帕擦他的額頭，再度愁眉不展，「我眞的非常，非常抱歉！」他說：「我從來沒想到要讓你永遠永遠保持這副模樣，但現在我無能爲力了。你只好把這當成亂咬一個仁慈寬厚好巫師的教訓了。」

「胡說八道！」阿塔塞克瑟斯太太說：「還說什麼仁慈寬厚的好巫師哩！要是你不立刻把小狗變回牠原來的形狀和大小，就根本算不上是仁慈寬厚，更別說巫師了，而且我也要回到深藍海裡，永遠不再回到你身邊了。」

可憐的老阿塔塞克瑟斯露出像海蛇在惹麻煩時候一樣的憂心表情，「親愛的！」他說：「我眞的很抱歉，但在薩瑪索斯（這老混蛋！）干預之後，我在這隻狗身上施了最強力的抗解除咒語，爲的就是要讓他知道他不是萬能的，讓他了解我絕不會讓沙兔魔法師干預我私人的樂趣，但在海底下清理打包的時候，我卻忘了留下解藥！我通常都把它掛在工作室門上一個小小的黑色袋子裡。老天爺，老天爺！我想你們都知道我的本意只是開開玩笑，」他轉向羅佛蘭登說，而他的老鼻子也因爲難過而變得又大又紅。

他繼續喃喃唸著：「老天爺，老天爺，老天爺！」搖著他的頭和鬍子，卻沒注意羅佛蘭登並沒有在看他，鯨則在一旁眨眼示意。阿塔塞克瑟斯太太已經起身走到她的行李那邊，笑著拿出了一個舊的黑色袋子。

「好了，別再甩你的鬍子了，趕快去辦正事！」她說。阿塔塞克瑟斯看到那個袋子驚訝莫名，有一會兒只是大張著嘴巴，什麼也沒辦法做。

「來！」他太太說，「這不是你的袋子嗎？我把它揀回來了，還有一些零零碎碎屬於我的小東西，從你堆在花園裡的那個垃圾堆上揀回來。」她打開袋子朝裡頭探看，魔法師的神奇鋼筆魔杖跳了出來，還伴著一團有趣的煙霧，這團煙霧把自己扭得奇形怪狀，拼成奇怪的臉譜。

阿塔塞克瑟斯清醒過來。「來，把它給我！你這樣會浪費它！」他喊道，接著一把抓住羅佛蘭登的頸背，砰的一聲把掙扎哀叫的牠扔進袋子裡。接著把袋子翻轉了三次，另一手則揮著鋼筆，於是——

「謝謝！這應該可以了！」他邊說邊打開袋子。

只聽得清脆響亮「砰」的一聲，看哪！袋子不見了，只剩下羅佛，就像牠那天早上在草地上初次見到魔法師之前的模樣，噢，或許不完全一樣；牠現在大了一點，因爲已經過了幾個月了。

牠的興奮難以形容，一切的東西在牠眼裡都變得有趣的樣子，而且也小多了，甚至連最古老的鯨也是，羅佛覺得自己變得既強壯又兇猛。有一會兒，牠渴望地盯著魔法師的褲子，但牠可不希望整個故事又來一次，因此牠歡喜雀躍繞著圓圈跑了一哩，叫得自己都快受不了之後，回到魔法師面前說：「謝謝你！」甚至還加了一句：「非常高興能認識你。」這眞是夠有禮貌了。

「沒什麼！」阿塔塞克瑟斯說：「這是我最後一次施法，我要退休了。你最好回家去。我沒有魔法送你回家，所以你只好走路。但對一隻年輕強壯的小狗而言，這不是什麼難事。」

於是羅佛道了再見，鯨向牠眨眼道別，阿塔塞克瑟斯給了牠一塊蛋糕，接著有很長很長的時間，牠沒有再見到他們。很久很久以後，等牠到一塊從未去過的海邊玩耍時，碰到了他們，才知道他們的近況。當然，鯨不在那裡，但退休的魔法師和太太卻在。

他們已經在海邊小鎭上安定下來。阿塔塞克瑟斯改名爲「太大先生」，在海邊開了一家小店，賣香菸和巧克力——但他非常非常謹愼，從不碰水（即使是淡水，這他倒不覺得困難）。這對魔法師而言，只是個勉強的行當，但至少他試著清理他的顧客留在海灘的垃圾，而且還由「太大先生的石頭糖㉜」賺了不少錢，這種糖是粉紅色，黏糊糊的，但它一定多少有些魔法，因爲孩子們非常喜歡它，即使它不小心掉在沙上，他們也照吃不誤。

但阿塔塞克瑟斯太太，或許該說「太大太太」賺的錢更多。她管理帳篷和租小貨車㉝，還教游泳課，駕著白色小馬拉的浴椅回家，在下午則戴上人魚國王給她的珠寶，最後成了名女人，大家都不敢提她尾巴的事。

而同時，羅佛則沿著鄉間小路和公路，堅忍地靠著自己的嗅覺找回家，狗的鼻子最後一定會帶牠回家的。

「所以說月中老人的夢未必都會成眞——就和他自言自語的一樣。」羅佛邊走邊想：「這個夢很明顯就不會成眞。我甚至不知道小男孩住的地方究竟叫什麼名字，眞可惜。」

牠發現乾燥的地方對狗而言，就像月亮和海洋一樣危險，而且還更乏味。一輛接一輛的汽車呼嘯而過，裡面都是同樣的人（羅佛以爲），都全速（灰塵飛揚，臭氣衝天）駛往某個地方[84]。

「我不相信一半的人知道他們究竟要去哪裡，或者爲什麼要去那裡。」羅佛邊咳嗽邊哽著嗓子抱怨：牠的腳在又硬又暗又黑的地上非常疲憊，因此牠轉到野地裡，和鳥兒與兔子做了幾場漫無目標的冒險，和其他的狗打上了幾場有趣的架，還有幾次拼著小命從威脅牠的大狗身邊逃走。

如此這般，在故事開始後數周或數個月（牠說不清究竟是哪一個），牠終於回到自己的花園門前，看到那小男孩正在草地上玩著黃色的球！牠的夢想成眞了，出乎意料！

「那是羅！佛！蘭！登！」小男孩小二大喊。

羅佛立刻坐正，擺出乞求的姿勢，嘴裡卻發不出丁點聲音。小男孩親吻牠的頭，衝進屋子裡大喊：「我的小乞求狗回來了，變成眞的大狗！」

他把所有的故事都告訴奶奶。羅佛怎麼可能知道牠屬於小男孩的奶奶？牠被施咒語時，才來到她家一兩個月而已。但我不知道薩瑪索斯和阿塔塞克瑟斯對此了解多少？

奶奶（對她的狗自己找路回家，健健康康，沒被車撞到，或被卡車壓扁，已經夠驚奇的了）根本搞不清楚這小男孩究竟在說什麼，雖然他把所知的一切一點一滴告訴她，一次又一次。她費了好大的勁才聽懂（當然她有點耳背），這隻狗要叫做羅佛蘭登不是羅佛，因爲月中老人這麼說（「這孩子腦袋裡裝了多少古怪的想法」；牠不屬於她，而是小男孩小二，因爲媽媽把牠和蝦子一起帶回家來（「哦？沒關係，你喜歡就屬於你，不過我以爲是我向園丁哥哥的兒子買的。」）

我不用告訴你們這些又長又複雜的爭論，兩邊都沒有錯。我要說的只是牠最後被叫做羅佛蘭登，而且屬於這個小男孩。等小男孩拜訪完奶奶要回家時，牠也跟著他們回到牠曾經坐在櫃子上的家，只是牠永遠不必再坐在櫃子上了。現在牠有時住在鄉下，有時（大部分的時候）都住在海邊懸崖的白色屋子裡。

他和老普薩瑪索斯混熟了，雖然還沒有熟到能省略掉那個「普」音，但等牠長成一隻漂亮的大狗時，卻可以把他由沙裡挖出來，和他聊天。羅佛蘭登後來眞的變成很有智慧，在當地很出名，還做了各種各樣的冒險（其中有許多都有小男孩參與）。

但我所叙述的這個冒險故事卻是牠所有冒險中最精彩最特別的。只有丁哥說牠一個字也不相信。眞是一隻嫉妒的貓。

附註

①**報紙的報導**。泰晤士報一九二五年九月七日報導：「惠特利灣所有的遊樂攤位和船隻碼頭，都被摧毀殆盡，海灘上盡是凌亂的木頭和鐵片……在角海那邊，海浪高達四十呎，把由海濱別墅到新海灘人行道上的座椅全都連根拔起，淹沒了大片原野。在史卡博洛的南灘海水浴場，也有大石頭被吹落。」等等。氣象預報原本說只是陣雨而已。

②**聖誕老公公來鴻**。大部分都收錄在由貝利托爾金所編的《聖誕老公公來鴻》。「他為這個故事所繪的五幅圖畫」。原圖現藏於牛津大學波德利恩圖書館。

③**擲葡萄乾遊戲**。據牛津英文字典解釋，這個遊戲常在聖誕節的時候玩，玩法是：點燃一盤或一碗白蘭地或其他酒類，把葡萄乾由酒裡挑出來，拋擲入口。

④**幾乎可以確定文章……在一九三七年一月七日的報告**。昂溫的報告引用了「普薩瑪索斯」的名字和「六便士」的價碼，這點一直到原文第二次（片斷）和第三次（全文）打字稿，才出現在文中。

⑤**還有故事**。見卡本特（一九七七年）出版的《托爾金》一書。

⑥**拾荒人**。收破銅爛鐵及其他材料的流動小販，轉手賣出，以維生計。

⑦**綠帽子後面插著的藍羽毛**。托爾金早期故事中的角色——湯姆·龐巴迪，也戴著藍羽毛帽子。他也在本書和《魔戒》中出現。

⑧**只有在夜半之後，牠才能走動**。許多故事都有玩具只能在夜深人靜之後走動的想法，比如安德森童話裡的小錫兵。

⑨**給牠標上六分錢**。在第一次打字稿中，羅佛被標爲四分錢，而在第二次的打字稿中改爲六分錢，可能是反映出兩次手稿之間上漲的物價。

⑩**下午茶時分**。約下午四時的茶點，附有麵包、蛋糕等。

⑪**她有三個兒子**。這裡的媽媽當然是托爾金太太艾迪絲，她的三個兒子是約翰、麥可和克里斯多福。麥可是「特別喜歡小狗」的那一位。

⑫**緊包在紙包裡**。把商品爲顧客包在包裝紙裡，兩端旋緊。

⑬**用他所能模仿最像的狗語**。托爾金喜愛的作者路易斯·卡洛爾（Lewis Carroll, 1832-1898，愛麗絲夢遊奇境作者）的故事〈西爾維和布魯諾〉中，仙子可以說很流利的「狗語」。

⑭**羅佛被放在床邊的一張椅子上**。在最早的手稿中，羅佛被放在五斗櫃上，托爾金很可能覺得這樣的高度對羅佛而言太高，即使先跳到床上，再跳下地四處漫遊，都嫌太高，何況牠還得在早上大家都起床之前，再爬回原處。畢竟羅佛是隻玩具狗，非常小（雖然有時候又好像大了一點）。因此後來文中「他（男孩）看到羅佛坐在五斗櫃上」，是稍早文稿尚未修改的句子，托爾金於是加了一小段

有點牽強的說明：「他剛穿衣服時，順手把它放在這裡。」

⑮ **月亮由海面升了上來，在水面上舖出銀色大道，指向天涯海角，給能行走其上的人使用**。這可能是托爾金發揮自己的想像力想出的描述，但和美國作家兼藝術家派勒（Howard Pyle）的作品《月光背後的花園》（一八九五年）很類似：「明亮的月光路徑由黑暗的大地上朝月亮延伸。」那本書的主角沿著海岸順著月光之拜訪月中老人。而在〈羅佛蘭登〉中，羅佛不是自己行過月光路徑，而是被載著飛過去。

⑯ **小男孩小二**。麥可，托爾金的二兒子。

⑰ **沙地巫師**。在較早的手稿中，這位沙地魔法師被稱爲「薩米德（Psammead）」，是直接取材自奈斯比（E. Nesbit）的《五個孩子和它》（一九〇二）與《護身符的故事》（一九〇六）中的名字。奈斯比的薩米德和普薩瑪索斯一樣，個性粗暴而古怪，最喜歡在溫暖的沙地裡睡覺。在第一次的打字稿中，托爾金有時會把薩米德拼成（samyad），還稱普薩瑪索斯爲尼爾柏格（nilbog，即小妖精英文goblin小妖精的拼法顛倒過來）。在第二次的打字稿中，則稱爲普薩瑪索斯，或是「沙地巫師」。普薩瑪索斯·普薩瑪迪茲。普薩瑪斯（psammos）是希臘字根，意爲「沙」。因此普薩瑪索斯乃是依據他的習性，源自希臘文「海沙」之意。普薩瑪迪茲則有「—之子」之意。兩字合起來是「沙地，沙地之子」。

⑱ **只留下長長的耳尖頂尖伸出沙面**。在所有的版本中，沙地巫師的「長耳朵」都是「角」，但在最後一個版本卻改爲「長耳朵」。奈斯比的薩米德則是「眼睛長在長肉柱上，像蝸牛的眼睛一樣」。

⑲ **「我是普薩瑪索斯·普薩瑪迪茲，是所有沙地巫師之長！」他得意洋洋地把這話重覆唸了幾遍，每**

一個字都清清楚楚地朗讀，而且每說一個「普」字，就把鼻子下方的沙子吹起來，好像一片塵霧。請比較第二三〇頁「他對名字該怎麼發音大費周章」。托爾金是在開玩笑，因爲普薩瑪索斯·普薩瑪迪茲中的兩個「普」字，都不該發音。

⑳ **阿塔塞克瑟斯。**在巫師的故鄉波斯（見下註），這是個很適當的名字，在西元前第五和第四世紀共有三個波斯國王用這個名字，西元前三世紀，薩珊王朝的開國始祖也是這個名字。

㉑ **他是由波斯來的……卻把他帶到波灘……他們說他是個靈巧的採梅人。**波灘是烏斯特郡伊伏夏市附近的小城，托爾金在此是玩弄雙關語波斯和波灘，但還有一點值得注意的是，伊伏夏谷以產梅（尤其是黃色的波灘品種梅子）著名，托爾金的弟弟希拉瑞在伊伏夏附近擁有梅園和菜園，種梅多年。所謂靈巧的採梅人，意即阿塔塞克瑟斯總能精選梅子，採到最好的果實。

㉒ **西打。**在英格蘭，西打是一種酒精飲料，由蘋果汁發酵而成。有人說最好的西打來自英格蘭西部，包括伊伏夏谷。

㉓ **米奧。**海鷗的意思。

㉔ **非常高的黑色懸崖，其上只有光禿禿的岩石。**菲利附近的史必邨和班普頓都以懸崖峭壁（四百呎垂直而下」聞名，這裡也是海鳥的棲息地。不過這裡的峭壁是白堊質地，而非黑色。在英國北部沿岸還有許多無人島，也有像這樣的峭壁，亦爲海鳥棲地。

㉕ **狗島。**眞正的狗島是一塊狹長的土地，位於倫敦東南郊，伸入泰晤士河。島名的來由或許是因爲亨利八世或伊莉莎白一世住在河對岸的格林威治時，曾在此地養過獵犬。

㉖ **至少有一隻狗，因爲月中老人養了一隻。**此說符合傳說。莎士比亞在《仲夏夜之夢》第五幕，第一

景中，就提到「這人，帶著燈籠和狗和樹叢／呈現月光。」

㉗ **羅佛看見一座白色的高塔……一位留著銀白長鬍鬚的老人**。在《失落故事之書》中，「太陽和月亮的故事」裡，托爾金寫到一艘月之船航過天際，其中「一位上了年紀的精靈」駛向月亮；「此後他就住在那裡……在月亮上建了一座小小的白色塔樓，他常常爬上樓去觀望穹蒼或大地……有些人稱他爲月中老人。」」。在托爾金詩作〈月中老人摔落凡塵〉（一九二三年發表，參見本書第九十九頁）中，月中老人住在「黯淡慘白的尖塔／高高的月長石獨自聳立／在月亮山上聳起」。

㉘ **跟著我取名叫羅佛**。托爾金在此又玩雙關語的遊戲。月亮狗說：「你是跟著我取名叫羅佛？」在羅佛蘭登聽來是「你是爲了向我表示敬意，所以稱爲羅佛」，但羅佛接下來說：「你繼我之後取名羅佛。」意思是就時間來看，羅佛蘭登取名羅佛的時間較晚。

㉙ **月亮剛好經過世界下方**。在《失落故事之書》中提到，「月亮不敢面對外界黑暗的絕頂孤寂……他依舊行經世界下方。」「不要擔心月光，也不要殺死我的白兔子，肚子餓了就回家。」傳統童話故事常見到這種禁令混著建議的說法。月中老人的警告以各種不同的方式重述了幾次，後來也在阿塔塞克瑟斯太太的話中出現：「不要擔心火魚。」等等。

㉚ **一直要到很久以後，牠才明白**。其實我們一直都不明白爲什麼普薩瑪索斯把羅佛送到月亮上。最早的文稿是：「牠一直都搞不清楚，因爲魔法師常常有很深奧的理由，即使是好幾世代的貓都弄不清楚，何況是狗。一直要到很久以後，牠才明白。」

㉛ **劍蠅、玻璃甲蟲**。讓讀者聯想到卡洛爾《愛麗絲鏡中漫遊》的馬蠅、金魚藻蠅，和麵包牛油蠅。比較書中另提到有「鑽石甲蟲」、「紅寶蛾」。

五十七種。暗示漢斯食品公司（Heinz Co.）知名的五十七種包裝食品。

㉜ **一直都有柔和的音樂**。音樂在〈羅佛蘭登〉裡非常重要：在月亮的亮側，有花朵創造音樂，在暗側則是由夜鶯和花園中的兒童唱出歌曲，在海裡則有人魚。在這一段中用了眞眞假假許多花名，暗示種種音樂和樂器：鐘、笛、喇叭、號角、小提琴、銅鑼、蘆笛。銅舌也教人想起哥林多前書第十三章第一節「我若能說萬人的方言，並天使的話語，卻沒有愛，我就成了鳴的鑼、響的鈸一般。」

㉝ **樹頂是永不凋零的淡藍葉片……到秋冬時節，滿樹綻放淡金色的花朵**。預示《魔戒》（第二章第六節）中羅斯洛立安的梅隆樹：「因爲在秋天，它們的樹葉不落，而是變爲黃金。」

㉞ **巨大的白象**。可能是暗指尼爾伯爵的故事。尼爾伯爵是十七世紀的藝術鑑賞家，他宣稱在月亮裡發現大象，結果原來是有老鼠爬進了他的望遠鏡裡，而他把這隻老鼠看成大象。

㉟ **煙囪……和黑煙；還有火紅的爐火！**托爾金幼時的所住的伯明罕和他在寫〈羅佛蘭登〉時與家人所住的里茲，都是骯髒而煙霧濛濛的工業城。但現在已乾淨得多了。

㊱ **老鼠和兔子！**俚俗的咒詛，很適合「低品味」的狗。

㊲ **牠們找到第一個避難所，就趕緊鑽了進去，也沒有採取任何預防措施**。見《哈比人歷險記》第四章，一行人沒有事先作徹底檢查，就躲進洞裡，「而這就是洞穴危險之所在：因爲你不知道它們要走多遠才回得來，或是後面的通道引向何處，或是裡面有什麼東西。」

㊳ **牠（白龍）在梅林時代和紅龍於龍堡一決高下……在那之後，紅龍變成「非常紅」**。傳說六世紀的英王佛提剛（Vortigern）想在史諾頓山旁建塔禦敵，但每天晚上，白天所作的工事就會倒塌。年輕的梅林建議佛提剛在鑿開塔下的水池，並把池水抽乾。池底有兩隻龍，一白一紅，兩隻龍一醒來就

相鬥。梅林說，紅龍就代表英格蘭人民，而白龍則是薩克森民族，後者將會占上風。紅龍就會變得「非常紅」，意即因失敗而沾滿血腥。這個傳說發生的地點是在威爾斯的格威內德，戴納斯艾莫瑞斯，也就是此處的龍堡。

㊴ **英倫三島：**英格蘭、蘇格蘭、威爾斯。

㊵ **史諾頓**（雪山）。威爾斯最高山峰（三五六〇呎）。位於格威內德的史諾頓國家公園。托爾金談到有人在史諾頓山頂上留下瓶子的事，意味著此山因爲吸引遊客，因此也帶來垃圾。在第一次的手稿中，托爾金寫到史諾頓的遊客「吸菸、喝薑汁汽水，隨手亂丟瓶子。」「在亞瑟王失蹤之後，龍飛赴葛溫法，當時薩克遜的國王依然把龍尾視爲珍饈」。威爾斯語「葛溫法」意即「白色之地（或福地）」，「天堂」之意。雖然在現有的傳說和童話故事中，找不到符合托爾金在〈羅佛蘭登〉中所用的「葛溫法」之意，但它在此和〈亞瑟王消失〉（最早的草稿是「亞瑟王去世」）並列，亦即他遠赴另一個世界（艾維隆），意味著葛溫法也是類似「離世界盡頭不遠」的世界。或許是威爾斯傳統天堂「葛溫維德」，或者是白龍該去的「白色地方」，地名就叫做「史諾頓」（雪山）。視龍尾爲珍饈的說法也見諸〈哈莫農夫吉爾斯〉（兩者草稿約在同時進行）。在聖誕節的御宴中，會有龍尾這道菜。但吉爾斯的故事時間在薩克森國王在位之前——托爾金似乎是指龍因爲怕尾巴被拿去做菜，因此逃走了。不過「龍尾還受重視」等的文章也列在〈薩克森國王〉打字稿的註中，上書：「法國人不相信世上有一種凶猛民族（薩克森人）」。克里斯多福·托爾金指出，這句話可能是針對法國學者李桂（Emile Legouis）言論的批評。李桂和同僚卡札米恩（Louis Cazamian）在《英國文學史》（一九二六年在英國出版，稍早有法文版本）中指出，盎格魯·撒克遜族是安靜平和的民族

（也就不是凶猛民族），因此在其文學中找到「反映出日耳曼野蠻主義」，是一種錯覺。

㊶ **把整個月亮都變成紅色**。有時候月蝕時，月亮會變成紅銅色調。

㊷ **山巒震撼……瀑布止歇**。在最後的文稿中，此段之後還加了一句：「再沒有年輕人駕著機車穿過眾人熟睡的郊區，還會比此更吵。」不過這段又被作者畫掉了。

㊸ **就像船在還沒有蒸汽機以前，只有帆的時候一樣**。英國詩人史賓塞（Edmund Spencer）在〈仙后〉一詩（一五九〇）中提到的龍，生有兩翼：「像兩張帆，在其中空洞的風╱滿漲蓄勢，加速動作」。

㊹ **煙火節**。十一月五日。英國人用煙火慶祝天主教徒陰謀炸國會的陰謀被揭發，也可稱「福克斯節」，因爲爲首的叛徒就叫作福克斯。

㊺ **下一次的月蝕當然失敗**。月中老人如何安排大白龍的月蝕，以便配合時間表，不得而知。不過早在〈羅佛蘭登〉成書之前，就有神話傳說，認爲日月蝕是因龍呑食（而不只是遮擋住）太陽或月亮而造成的。

㊻ **眞正的色彩**。在〈月中老人摔落凡塵〉詩中，月中老人「厭倦……黯淡慘白的光塔……他滿心渴盼烈火，╱而非蒼白透明清澈之光╱凡是火紅皆是他所渴望╱嚮往緋紅、桃紅的火燄╱以及跳躍的火舌；╱……╱他願有藍色的海，和鮮明色彩。」參見本書第九十九頁。

㊼ **像老鷹一樣的貓頭鷹**。即鷲鴞，一種凶猛的大型鴟鴞，偶爾會由北歐飛到英國。其上半身是黑褐色。

㊽ **薄暮之中有座花園**。請見序中，談此月中花園與《失落故事之書》中花園的相似處。在派勒〈月光

背後的花園〉裡，主角大衛也拜訪了月中人的後花園，許多兒童在其間遊戲喧鬧。在〈羅佛蘭登〉裡，兒童似乎是在夢中赴此花園，他們的肉體還留在塵世，而大衛赴月中花園的方法比羅佛蘭登平凡：由月中人屋後的樓梯爬上來。

㊾ **這些孩子們並不是用你的方式來到此處……但不是在這個山谷**。最早的文稿是這樣寫的：「『這是快樂作夢人的山谷。』老人說：『還有另一個山谷，但我們不會去，而看過那山谷的人幸好都忘記了。他們在這裡做的有些夢持續到永恆……』」；「有些夢是我做的，有些是他們帶來的，有些則是，我很遺憾地說，是蜘蛛製做的——但不是在這個山谷，只要我逮到就不會讓牠們製造。這是快樂作夢人的山谷。」

㊿ **哈柏太太的死狗**。兒歌〈哈柏老太太〉中有一段：「但等她回家，這可憐的狗已經死了……她上酒館／去喝白酒和紅酒／等她回家，這狗倒豎蜻蜓。」

(51) **最後他們終於來到灰暗的邊緣**。在「羅佛蘭登」中，月亮有分界清楚的亮側和暗側：一邊是「暗色大地配淡白穹蒼」，另一邊是「淡白大地配暗色穹蒼」。真正的月球當然也有日夜，而其暗側之所以黑暗的原因不是因爲它沒有接收到光，而是因爲它總是背對地球，所以看不到。雖然這個故事中的地球是平的（見序），但月亮卻很明白是個球體：羅佛蘭登直直穿過月亮中心，掉到暗側，牠和月中老人回家的時候，看到地球升起。約翰·托爾金記得他和麥可在聽這故事時，並沒有覺得這些地方有什麼奇怪，並指出〈羅佛蘭登〉是寫給小孩看的，這些地方只是故事神奇之處。

(52) **世界新聞**。一家以聳動手法作報導的英國報紙。

(53) **他愛上富有人魚王的女兒，她雖然年紀大了一點，但很可愛**。取自吉伯特與蘇利文歌劇〈陪審團審判〉（一八七一）的歌詞「因此我愛上富有律師的又老又醜的女兒」。

㊹ **普羅修斯、波塞頓、川頓，和納普頓**。普羅修斯和波塞頓是希臘神話中的海神，納普頓在羅馬神話中，和波塞頓相當。川頓也是海神，是波塞頓之子，但也是希臘神話中的人魚。

㊺ **尼洛德**。北歐海神。《錯點鴛鴦譜》的故事請見史杜魯森（1178／9-1241）。諸神因爲錯殺巨人，因此答應巨人的女兒，可以挑選一神作爲夫婿，但在選擇時，只能以諸神的腳來挑。她選了腳最美的一位，就是尼洛德。有些評者揣測爲什麼尼洛德的腳比波德的美，而托爾金的推論是，女巨人挑選尼洛德，因爲他的腳最乾淨（在家裡很方便），這是個笑話，但托爾金在里茲大學的同僚戈登在《古北歐神話》緒論（一九二七年，文中並感謝托爾金所提的意見）中指出，尼洛德是海神，所以腳最乾淨（戈登的意思應該是，他的腳經常被水沖洗）。

㊻ **海中老人**。《一千零一夜》的故事，水手辛巴達第五次出航時，發生船難，碰到海中老人，海中老人要辛巴達背他過河，辛巴達應命之後，卻無法讓他下身來。辛巴達最後灌醉了海中老人，再用石頭砸死他。

㊼ **漂浮的地雷……一屁股就坐上引爆鈕！**一次大戰時放在水裡的地雷。

㊽ **蛋殼人跌下牆頭**。兒歌裡的蛋殼人，跌碎之後「所有國王的馬／和所有國王的人」，都不能把它拼回原狀。

㊾ **我以爲主管波浪的是布瑞塔妮亞……她寧可在海濱拍撫獅子，坐在一分錢上，手上拿支鰻叉**。流行歌曲中唱布瑞塔妮亞「掌管波浪」，她是大不列顛的象徵，常被描繪爲手拿盾牌和三叉戟（鰻叉）的坐姿女性，一旁坐著獅子。自查理二世即位之後，她曾出現在英國銅幣和勳章上。

(60) **不要忘記發那個「普」字**。不要忘記發出普薩瑪索斯的第一個普字。但最初就是因爲羅佛沒說「請」字，才造成這一連串風波，而英文的請Please，也是「普」音開頭。因此月中老人是在開羅佛的玩笑。

(61) **至少是彩色的**。當時的報紙並無彩色印刷——人魚諸報中，《海草畫刊》可能是以《倫敦新聞畫刊》爲本。

(62) **露脊鯨最古老的一隻**。露脊鯨的鯨骨很多，很容易捕捉。

(63) **海中狗**。這裡是指海中的狗，但托爾金也暗指俗語「水手」。

(64) **笠貝**。海中腹足動物，緊緊攀附在岩石上，但也意指「尸位素餐的冗員官吏（牛津字典）。」

(65) **這是個小技巧，只是需要多加練習**。托爾金在此暗示阿塔塞克瑟斯的魔法有其限制。在較早的版本中，還有一句可以澄清文意「他其實是個很好的魔法師——依他自己的方式，施魔術型的。」

(66) **他的船很長……他稱它「紅龍」**。人魚狗的故事部分來自史杜魯森所著的崔格維森傳奇，在書中，挪威王崔格維森（西元九九五—一千年）海戰失利，由他名聞遐邇的船「長蟲」中一躍而下，傳說他沒死，而是游到岸上，最後化身爲僧侶，死在希臘或敘利亞。在〈羅佛蘭登〉手稿中，這艘船稱爲「長蟲」。另外托爾金也在一九三八年一月於牛津大學博物館談龍的演講中，提到崔格維森船的名字。崔格維森王有一隻很有名的狗叫維吉，在主人失蹤後悲傷而死。

(67) **人魚抓到了他**。據傳說，人魚很希望抓人下海，如此可把他們的靈魂據爲己有。托爾金還把「金髮人魚」和「黑髮海妖」作了區分。

(68) **奧克尼群島**。蘇格東北的群島。維京人八、九世紀在此定居，於一四七六年成爲蘇格蘭領土。

69 **我知道這裡是太平洋**。其實人魚狗所提的所有地名都是太平洋的地名：日本、夏威夷檀香山、菲律賓馬尼拉、帛琉西邊的復活節島、澳洲昆士蘭北端的星期四島、和俄羅斯的海參崴。

70 **海床爆發**。頭一次講述〈羅佛蘭登〉故事前一個月，也就是一九二五年八月，愛琴海聖托里尼發生海床爆發。

71 **魔法師就會把牠變成海蛞蝓，或者把牠送到天外（管它是哪裡）……說不定送牠去海溝**。最早的文稿是這樣的：羅佛蘭登「不知道阿塔塞克瑟斯最強的魔法已經施在牠的身上，因此再不能施其他法術」。但因爲阿塔塞克瑟斯已經第二度「施法」在羅佛蘭登身上，把牠變成海中狗，因此此說矛盾。「天外」是指最遙遠偏僻之處。

72 **暗影海……仙境的光芒映照在粼粼水波上**。見序。最早的文稿是「鯨帶牠們到魔法島之外的仙境灣，牠們見到西方遠處的仙境海岸，以及最後之境的山巒，仙境的光照耀在水面上。」在托爾金的神話中，影子海和魔法島保護著阿門洲精靈的故鄉。

73 **外來世界**。見〈序〉。先前托爾金用「一般世界」。「他唯一喜歡魚的地方是拚命喝」。意即他拚命飲酒。

74 **古老的大海蛇已經醒了過來……由世界的這一頭伸到那一頭**。參照北歐神話大蛇米德加，此蛇把自己盤據在世界上。另見約伯記第四十一章講鱷魚（或譯「海怪」）該段「牠一起來，勇士都驚恐。」

75 **至少有一個大陸沉到海裡去了**。可能是指亞特蘭提斯。

76 **他看到海蛇的尾巴尖尖由洞口伸了出來……他可受夠了**。請比較〈哈莫農夫吉爾斯〉：「加姆撞上了剛降落的龍的尾巴，再沒有一隻狗夾尾一溜煙逃得比加姆還快。」「趁著大肉蟲還沒有再翻過身來」。是文字遊戲，因爲有個諺語說，「即使是肉蟲也會翻身」。在安格魯—撒克遜和北歐神話中，蟲是龍或蛇之意。

77 **藤壺**。腹足軟體動物，有如紡錘的外殼。

78 **靠著雙腳的皮膚**。指兩隻狗長了蹼的腳。

79 **漫不經心地追尾巴爲戲，想一口咬住自己的尾巴尖尖**。托爾金在此引用傳說中呑噬自己尾巴蛇的故事，這是以蛇呑尾巴作統一、更新、永恆的象徵。

80 **海蟲、海貓、海牛……或是災難**。托爾金似乎在表達阿塔塞克瑟斯把魚變成未必屬於海中的生物。其實這其中大部分的名字都是海中的生物。

81 **可不可以把我變回原來的形狀？**在羅佛要求之後的十三段文稿都是在第二版本（第一次打字稿）中所加。在最早的版本中，魔法師只是「抱起羅佛，把牠轉三圈，說：『謝謝你，這樣應該可以了。』羅佛蘭登就發現牠變回當初在草地上初次邂逅阿塔塞克瑟斯的模樣了。」但這樣阿塔塞克瑟斯的法術似乎更高明，不只是「魔術師」而已。

82 **太大先生的石頭糖**。是一種硬的糖，原在英國海邊遊樂區以長條型出售。較常見的款式是白色糖心外包粉紅長條狀的外層。

83 **管理帳篷和租小貨車**。一九二〇年代，當時風氣保守，沒有人在海灘上更衣，有些人在帳篷內更衣，有些人則在海邊的小貨車內更衣。泳客由面對海灘的門走進車內，換好泳衣，再由另一個門直接走下海灘。

84 **一輛接著一輛汽車呼嘯而過，都全速（灰塵飛揚，臭氣沖天）駛往某個地方。**在整個〈羅佛蘭登〉故事中，托爾金都表現了他對污染及工業化影響的關切。雪山頂上的人亂丟垃圾；尼洛德因廢油而劇烈咳嗽，阿塔塞克瑟斯得清理顧客留在海灘上的垃圾；這裡則提到交通，雖然〈羅佛蘭登〉故事的時代交通情況比現在少得多，托爾金依然爲此不滿。在他的詩〈小城的進步〉（一九三一年發表），據其傳記作家卡本特說，此詩反應出托爾金一九三二年訪菲利之後的感受。他在小城中，看到商店櫥窗：「香菸和人嚼的口香糖（包在紙裡，裝在硬紙板內，給人丟在草地和海灘）；嘈雜的修車廠，辛勤勞苦骯髒的工人乒哩乓啷大吼，引擎轟轟，燈光閃閃，整夜不滅——歡樂的吵鬧！有時在鬧聲中（情況很少）可以聽到男孩們的吶喊；有時夜深，在機車沒有尖聲穿過，可以隱約聽見（如果你願意）浪花依然拍著海岸。拍在何處？在攪動的橘皮，堆積的香蕉皮，教人痛苦的紙，想要磨碾出瓶、包、錫，在新的一日帶著更多垃圾降臨，在明天清晨的大遊覽車喇叭聲中，停在舊客店門前車聲轆轆，熱氣騰騰，鏗鏘鏗鏘，把更多人帶到天曉得什麼地方，而且他們並不在乎，到小城險峭的街道，原先如此美麗，許多房子錯錯落落。

托爾金奇幻小說集

2021年9月四版　　定價：新臺幣320元

著　　者	J.R.R. TOLKIEN
插　　圖	J.R.R. TOLKIEN
譯　　者	莊安祺
責任編輯	顏艾琳
校　　對	楊蕙苓
封面設計	胡筱薇

出版者	聯經出版事業股份有限公司
地址	新北市汐止區大同路一段369號1樓
叢書主編電話	(02)86925588轉5305
台北聯經書房	台北市新生南路三段94號
電話	(02)23620308
台中分公司	台中市北區崇德路一段198號
暨門市電話	(04)22312023
郵政劃撥	帳戶第0100559-3號
郵撥電話	(02)23620308
印刷者	世和印製企業有限公司
總經銷	聯合發行股份有限公司
發行所	新北市新店區寶橋路235巷6弄6號2F
電話	(02)29178022

副總編輯	陳逸華
總編輯	涂豐恩
總經理	陳芝宇
社長	羅國俊
發行人	林載爵

行政院新聞局出版事業登記證局版臺業字第0130號

本書如有缺頁，破損，倒裝請寄回台北聯經書房更換。　ISBN 978-957-08-5999-7 (平裝)
聯經網址 http://www.linkingbooks.com.tw
電子信箱 e-mail:linking@udngroup.com

國家圖書館出版品預行編目資料

托爾金奇幻小說集 / J. R. R. Tolkien著/插圖．
莊安祺譯．四版．新北市．聯經，2021.09
328面；14.8×21公分．
譯自：Tales from the perilous realm
ISBN 978-957-08-5999-7（平裝）
[2021年9月四版]

873.57 110013961